Anthony McCarten

Superhero

Roman

Aus dem Englischen von
Manfred Allié und
Gabriele Kempf-Allié

Mit den
besten Wünschen
überreicht
von

Diogenes

Die Originalausgabe von
Death of a Superhero erschien 2005 bei
Random House Inc, Neuseeland
Die vorliegende Übersetzung basiert auf der 2006
bei Alma Books, Limited, Richmond/
Surrey, England, erschienenen revidierten
britischen Erstausgabe

Umschlagfoto von Henry Steadman
(Ausschnitt)

*Dieser Roman ist frei erfunden.
Ebenso frei erfunden sind Namen, Personen,
Orte und Handlung. Irgendwelche
Ähnlichkeiten mit tatsächlichen Begebenheiten,
Orten, Institutionen oder mit Personen,
seien sie lebend oder tot, sind rein zufällig.*

Diogenes Verlag AG Zürich
www.diogenes.ch
90/07/8/1
ISBN 13: 978 3 257 86158 7
ISBN 10: 3 257 86158 3

Inhalt

Superhero

Für meine Söhne

Erster Akt

Aufblende… DONALD DELPE. Vierzehn. Magerer Junge, Schultern dürr wie ein Kleiderbügel. Schräger Vogel. Keine Augenbrauen, keine Haare. Gesicht wie eine Pellkartoffel. Stapft mit Schuhen Größe 46 durch Watford, in den Nordostser hinein, ein Regenschirmkiller direkt aus Sibirien. Strickmütze tief in die Stirn gezogen, Stöpsel in den Ohren, iPod voll aufgedreht, ist er unterwegs durch die wolkenverhangene Stadt. Wut ist seine Standardeinstellung. Wehmut auch. Die meiste Zeit blickt er zu Boden. Eine Sonnenblume im Regen.

Sein größtes Problem? Sex im Kopf, wie immer, seit ein-zwei Jahren schon. Ein Acidtrip, nur mit Testosteron, scheißeinsam, jeder zweite Gedanke nicht jugendfrei. Wenn die Filme in seinem Kopf je in die Kinos kämen, würden die Zensoren nur noch Schnipsel übriglassen, würden sie verpixeln und ihnen mit Bleeps und schwarzen Balken jede Realität austreiben, würden daraus den Frei-ab-zwölf-Langweiler machen, für den die ganze Welt Donald F. Delpe hält.

Flap-flap-flap machen die Riesenlatschen, als er düster durch diese Stadt nördlich von London geht, so vertraut, daß er jederzeit die Augen schließen kann und trotzdem weiß, wann er an einer Bürgersteigkante den Fuß heben muß oder wann ein Links-rechts-links ihn an seinen Lieblingsplatz im Kentucky Fried Chicken bringt, an die rote Plastiknische mit den Arschmulden, den Platz direkt am Fenster mit Blick auf die riesige Reklametafel auf der anderen Straßenseite, wo rund ums Jahr wunderbare Weiblichkeit im Großformat zu bestaunen ist: ein Wäschemodel, zehn Meter groß, eine Schlampe (sein Lieblingswort), deren mannsgroße Brüste sich in ihrem gigantischen Büstenhalter wie in zwei Hängematten räkeln, eine Schaukel zwischen Bäumen, in der er mit Freuden sein ganzes langes Leben verbringen würde (wenn er denn ein langes Leben vor sich hatte); den gestreckten Körper auf den Ellbogen gestützt, ein Fußballfeld aus Fleisch mit Gänsehaut, wirft sie Donald F. Delpe über die Straße hinweg ihren aufreizenden, verführerischen Blick zu, sein Inbegriff sehnlichen Verlangens.

Ist er krank im Kopf? Muß er sich irgendwie abartig fühlen, weil er bei diesem Plakatgirl im Superformat einen Ständer kriegt? Quatsch. Er ist vierzehn. Eine vierzehnjährige männliche Jungfrau. Klar kriegt er von der Reklame einen Ständer.

Aber heute sieht er kaum zu seiner gigantischen Freundin auf, er muß weiter, er hat zu tun, er ist genauso beschäftigt wie die Leute in den Straßen ringsum, wie die Stadt, von der er ja oft denkt, daß er sie verteidigt und beschützt – gestern noch ein verschlafenes Kaff, heute die Augen weit aufgerissen im Amphetaminschock, weil über Nacht das Filmbusiness gekommen ist und die Einheimischen Überstunden machen, damit sie soviel wie möglich von dem Profit einheimsen können, den die *Zauberlehr-*

ling-Filme jetzt als weltweite Kassenschlager abwerfen, ein Sensationserfolg, der den Namen dieser Londoner Schlafstadt bekanntgemacht hat und Schauspieler, die bis dahin in der Regionalliga spielten, zu Stars.

Der augenfälligste Beweis ist, daß sich ganze Viertel von Watford und Leavesden in Freiluftstudios verwandeln. Gewaltige Latexmonster bedrohen die alte Ankunftshalle des kleinen Flugplatzes; Plakate von gräßlichen Ungeheuern mit blutunterlaufenen Augen und riesigen Reißzähnen grinsen aus den Fenstern von Läden, die Toaster oder Gasgrills verkaufen; ein zwanzig Meter langer Drache hat seine Klauen ins Dach des Kinos geschlagen und könnte mit einer einzigen Bewegung seiner schuppigen Flügel den ganzen Laden in die Hölle schleppen.

Hochsommer 2007: der Sommer, in dem so ziemlich jeder hier glaubt, daß er irgendwie mit Hollywood zu tun hat, dem Land der bunten Bilder gleich hinter dem großen Teich; der Sommer, in dem so ziemlich jeder sich im Showgeschäft sieht, wo jeder in Bildern pro Sekunde denkt und in Breitwand träumt, jeder die Welt als Bildermontage wahrnimmt, als Abfolge von Szenen mit guter oder schlechter Regie, als Serie von schnellen Schnitten und langsamen Blenden, Leben als Hit oder Flop, Beziehungen als Komödie mit kitschigem Ende, die Vergangenheit ein Prequel und die Zukunft die noch nicht verkaufte Filmidee – und so spielt sich das ganze Leben, alles Leben, im Hier und Jetzt ab, in der Gegenwart, pures Filmdrehbuch, und selbst der Müllmann kann nicht mehr schlafen, weil er auf den Anruf seines Agenten wartet, und in sämtlichen Friseurläden und Bars hängen Fotos von den Angestellten, den

Arm um die Schulter irgendeines Stars gelegt. Es ist der erste Sommer, in dem ein einfaches, aufrechtes Leben mit ehrlicher Arbeit im Vergleich zu den lichtdurchfluteten Zelluloidbildern wie eine düstere Alternative aussieht. Donald spaziert durch ein Gewühl von Komparsen, Lichtdoubles, Bodydoubles auf Abruf, Vertretungen der Zweitbesetzung, Leuten, die es fast bis zum Vorsprechen geschafft hätten, entfernten Verwandten von Kleindarstellern, Möchtegerns aller Arten, die sich dem großen Durchbruch näher fühlen als je in ihrem Leben. Aber Don macht sich so unsichtbar, wie er nur kann. Eine Überwachungskamera erfaßt ihn (heutzutage ist ja jeder im Film), er hört nur seinen eigenen Jungle-Rhythmus, und dann (in der Sprache seiner geliebten Comics) **NIMMT DAS VERHÄNGNIS SEINEN LAUF!**

Ein unbeaufsichtigtes Kind. Ein heranbrausender Toyota Corolla. Zwei Dinge, die nicht zusammenkommen sollten. Zum ersten Mal blickt Donald von seinen Schuhen auf. Er kneift die Augen zusammen. Ein Fall für Röntgenblick, ein Fall für telemetrische Linsen, ein Fall für Clark Kent. Schon aus so großer Entfernung sieht dieser Knabe alles voraus, was gleich geschehen wird, und er fängt an zu laufen, er läuft so schnell wie ein Auto, wie der Corolla, der sich dem Kind nähert, das da auf die Straße tappt, ein kleines Mädchen, das gar nicht merkt, was es tut; sein Vater sieht nichts, er steht auf dem Bürgersteig und redet Blödsinn über Immobilienpreise (»Weißt du, Bruce, das kommt ganz auf den Zinssatz an und die progressive Steigerung…«), und auch die Fahrerin des Corolla ist in einer eigenen Welt, weil die beiden Kinder auf dem Rücksitz sich um den

Gameboy balgen und aus einer ansonsten durchaus tüchtigen Mutter etwas wie eine Säuferin in den letzten Zügen des Delirium tremens machen, die ihre Augen überall hat, nur nicht auf dem Kind auf der Straße vor ihr. Und so schlimm das für alle Beteiligten ist, unser Held Donald ist mit Sicherheit zu weit weg, um noch helfen zu können, auch wenn er jetzt rennt – unmöglich, daß er noch rechtzeitig kommt; und doch, mit einer Reaktionszeit, mit der er in *Grand Theft Auto* auch ohne kugelsichere Weste überleben könnte, schnappt er sich das Skateboard, das ein schlaffer Typ unter dem Arm hat, schießt mit Raketentempo voran zum Beinahe-schon-Unfallort, setzt mit einem Sprung über die auf dem Bürgersteig ausgestreckten Beine eines Obdachlosen, fügt noch eine preisverdächtige Flip-Kombination aufrecht und seitwärts hinzu, *einfach nur, weil er es kann*, dann schwingt er sich auf die Straße ohne einen einzigen Gedanken an seine eigene Sicherheit, packt mit einem Arm das Mädchen, hebt es über Stoßstangenhöhe, gerade als der tödliche Chrom kreischend zum Halten kommt (**Kriiiiiiiiii!...**), fünfeinhalb Zentimeter von seiner Trainingshose (Adidas).

Standbild. Fünf Sekunden stehenlassen. Unglaublich. HAARSCHARF!

Als die blauen Reifenrauchwolken sich auflösen, hat Donald das Brett schon mit einem sauberen Backflip seinem Besitzer zurückerstattet und das Kind dem hirnamputierten Vater überreicht und ist wieder unterwegs, als sei nichts geschehen. Die Tatsache, daß vier weitere Fahrzeuge hinten auf den Corolla krachen (in Zeitlupe: **PENG, KRACH, WUMM, SCHEPPER!!!**) und das unglaublichste Blech-Origami kreieren, spielt keine Rolle. Don merkt es überhaupt nicht. Er muß weiter.

Die Menge bleibt zurück und fragt sich staunend: Wer zum Teufel ist dieser Junge?

Für Donald zählt jetzt nur, daß er rechtzeitig zu seinem Termin kommt. Seine Eltern haben gesagt, er darf auf keinen Fall zu spät kommen. Er stapft weiter und zuckt mit keiner Wimper, während aus seinen nagelneuen iPod-Stöpseln ein Song in hirnspaltender Lautstärke dröhnt. Es ist sein momentaner Lieblingssong:

> Du sagst, ich habe keine Tugend,
> Das ist die Pornographie der Jugend,
> Scheiße, so bin ich nun mal drauf,
> Mach keine Zicken,
> Los, auf!

Unser Held greift in die Tasche, um die Lautstärke zu korrigieren: nach oben. Der Beat wird mörderisch. Bewußtseinsverändernd. Großhirnschädigend. *Umpf… umpf… umpf… umpf… umpf…* Dann bleibt er stehen. Hier ist er verabredet? Ein merkwürdiger Ort. Er schaut sich um. Wieso steht er mitten auf dem Bahndamm, auf einer Schwelle, eine Schiene zwischen den Füßen? Was soll denn das für eine Verabredung sein?

Ein Güterzug naht, und die ganze Umgebung fängt an zu beben. Doch statt sich in Sicherheit zu bringen, blickt Donald an seinen Beinen hinunter auf die ausgelatschten Vans auf der öligen Schwelle und sieht, daß ein Schnürsenkel aufgegangen ist und sofort seine Aufmerksamkeit braucht. Der linke Dreifachknoten hat sich gelöst, und er muß sich langsam hinknien, auch wenn die Lokomotive schon um die Kurve kommt. In aller Ruhe bindet Don den Senkel neu, löst zunächst den verbleibenden Knoten, bis er zwei gleichmäßig lange Enden hat; als erstes legt er sie überkreuz, dann hält er den Finger auf die neue Verbindung (so wie ein Arzt den Finger auf eine pulsierende Ader legt), macht zwei gleich große Schlaufen, so wie junge Leute überall auf der Welt ihre Schuhe binden, und verknotet sie schließlich fest. Bingo. Der linke Schnürsenkel ist wieder in Ordnung: gute Schleife. Und erst da erhebt er sich mit einem Seufzer und geht vom Gleis, in der Sekunde – exakt der Sekunde! –, in der 10 000 Tonnen Metall an seinem Rücken vorbeidonnern, ihn um Millimeter verfehlten, so knapp, daß der Zug Donalds Schatten am Hals guillotiniert.

HAARSCHARF!

Ohne Blick zurück, durch seine Ohrstöpsel vom schrillen Schrei der Lokomotive abgeschirmt, geht er weiter, als sei nichts geschehen. Er merkt nur, daß er jetzt ein wenig spät dran ist, und steigert sein Tempo. Er geht bei Rot über die Straße, nimmt Abkürzungen, sprintet zwischen Autos und Leuten hindurch. Hinter dem Café an der High Street biegt er sogar in eine Sackgasse und folgt ihr, bis sie an einer vier Meter hohen massiven Backsteinmauer endet. Wie weiter? Er sieht die Mauer an, wirft einen kurzen Blick über die Schulter, dann setzt er den rechten Turnschuh an die Mauer. Mit einem konzentrierten Schwung, bei dem er die Hüften zugleich auf- und vorwärts bewegt, setzt er den linken Turnschuh neben den anderen! Unter Mißachtung sämtlicher Newtonschen Gesetze steht er nun horizontal an der Wand. Er kann nur hoffen, daß keiner hinsieht.

Dann geht er die Mauer hinauf wie einen glitschigen Bürgersteig – ein wenig vorsichtig prüft er bei jedem Aufsetzen des Fußes, ob er auch hält – und ist in nur sechs Schritten oben, wo ihn ein gekonnter Sprung wieder in die Vertikale bringt. *Voilà.* Jetzt steht er oben auf der Mauer, sicher, souverän, läßt sich die Spätvormittagssonne ins Gesicht scheinen, schließt eine Sekunde lang die Augen und genießt das Glücksgefühl dieses Moments, bevor er sie wieder öffnet, ja aufreißt, als er hinunterblickt – hinunter in den schwindelerregenden Schlund zu seinen Füßen. Denn was vier Meter tief sein sollte, ist auf der anderen Seite ein achtzig Stockwerke tiefer Abgrund, geradewegs die Fassade eines Wolkenkratzers hinab bis zu einer Großstadtstraße, die nicht ganz echt, nicht ganz glaubwürdig aussieht. Was geht hier vor? Was ist das für eine Mauer, auf der einen Seite der Abschluß einer Sackgasse in Watford, auf der anderen der Blick vom Empire State Building? Klarer Fall, er steht hier an einer Grenze, an der Pforte zu einer magischen Megalopolis, zu der er allein den Zugang hat. Wider alle Vernunft schreckt er nicht zurück, dreht sich nicht um, er zurrt nur seinen Rucksack fest, holt tief Luft, ganz der Herr seines Schicksals, und springt …

Er springt. Bingo. Aus der banalen Perspektive der Gasse in Watford ist er einfach nur ein Junge, der über eine Mauer springt. Sieht überhaupt nicht nach Selbstmord aus. Aber … aber wenn man weiß, was Donald weiß, dann … ja dann …

Manchmal ist nicht alles so, wie es scheint – Augen sind

keine verläßlichen Zeugen, Tatsachen und Geheimnis spielen Verstecken, übernehmen abwechselnd die Rolle der Wirklichkeit – denn nur fünfzehn Minuten später wird derselbe junge Mann in einem anderen Teil von Watford gesehen, sicher, unverletzt, unversehrt vor…

Schnitt zu…

… einem Krankenhaus, wo er den richtigen Gebäudeteil exakt zum verabredeten Zeitpunkt betritt, ganz wie die Eltern es wollten. Er nimmt nicht die automatische Drehtür, sondern einen unauffälligen Seiteneingang, den nur regelmäßige Besucher kennen.

Ein gewisser Dr. Fred Sipetka erwartet ihn dort. Donald faßt in die Tiefen seiner Tasche und findet blind die Erhebung zum Abschalten des iPod. Die Musik in seinen Ohren bricht ab, und der Doktor lächelt und sieht, daß es nun möglich ist, mit ihm zu sprechen.

DOKTOR: Hallo, Donald. Alles klar?

Don nickt, und Sipetka führt ihn zu einem Aufzug. Zusammen fahren sie nach oben, acht Stockwerke. Dann den Korridor nach rechts, durch eine Schwingtür mit einem vergilbten Schild darüber. Donald sieht nicht hoch, als er durch die Tür geht. Sein Blick ist auf seine Schuhe geheftet. Er weiß sowieso, was auf dem Schild steht. »Krebsstation.«

Innen. Vorraum. Tag.

JIM DELPE: Wie fühlst du dich, Junge?

DONALD: Als ob ich gleich kotze.

Die Delpes würden sich als aufgeklärte Christen bezeichnen. Statt warmen Worten zum wahren Leben und dem Lohn im Himmelreich suchen sie in der Kirche etwas Handfesteres, Menschlicheres, Konkreteres, und zwar dringend. Sie kommen hierher, weil sie Trost suchen.

Die vierköpfige Familie kommt zu spät. Die Sonntagsmesse hat bereits begonnen.

Die Personen (in der Reihenfolge ihres Auftretens):

Renata Delpe, Dons Mutter, schmale Lippen (Ende vierzig), vorsichtiger Typ. Vorzüge: energisch, fleißig, liebevoll. Das ist ihre Standardeinstellung. Glaubt an Lebensversicherungen, geht nie unter einer Leiter hindurch, befolgt Sicherheitshinweise, wo sie ihr begegnen, hält immer Ausschau nach einem Stück Holz, damit sie »klopf auf Holz« sagen kann. Hofft, daß sie auf diese Weise dem Schlimmsten, was das Leben bereithält, entgehen kann, auch wenn die Anzeichen sich mehren, daß sie ihm *nicht* entgehen wird. Aber sie fühlt sich noch jung, sie hat die Kraft einer Frau, die geliebt wird. Das ist nicht einfach nur Glück. Sie verdankt sie ihrer Voraussicht, diese Kraft ist ein Vorrat, den sie für schlechte Zeiten angelegt hat. Sie fordert Zuneigung und läßt nicht zu, daß ihr Ehemann Jim in diesen Dingen seine Pflicht vernachlässigt – und weil er es so mag, weil es ihm gefällt, wenn sie die Peitsche schwingt, wenn sie ihn antreibt, muß sie sich wenigstens um ihre Ehe keine Sorgen machen. Die Kinder, das ist ein anderes Thema.

Jim Delpe (Anfang fünfzig), eins neunzig, schon etwas weniger Haare, schon etwas mehr Bauch, sanfte Stimme. Still und beharrlich hat er es zu etwas gebracht, im Haus und auch in der Welt. Er ist etwas, das man nicht häufig findet: ein uneigennütziger Anwalt. Spezialist für Grundstücksrecht, bringt aber immer noch eine kostenlose Rechtsberatung unter, wenn er kann. Jim S. Delpe, BCM, LLM (Bristol), steht auch als Trainer für den Basketballnachwuchs zur Verfügung. Früher hat er selbst gespielt, war in seinen Zwanzigern sogar ein As, bis dann sein linkes Knie ausstieg. Jetzt ist dieser stille Mann, wenn seine Söhne auf dem Platz sind, unter den zuschauenden Vätern einfach nur derjenige, der sich am besten auskennt. Wenn er sich aufregt, kommt eine andere Seite an ihm zum Vorschein – seht ihn euch an, wenn er die Hände um den Mund legt und brüllt: »Auf den Korb, Donny, auf den Korb!« –, aber das ist selten. Ein beharrlicher, zielstrebiger, hartnäckiger Mensch. Wenn er ein Boot wäre, wäre er eine behäbige alte Schaluppe, verläßlich, stabil, ideal, um sich durch die Eisschollen der Nordwestpassage zu kämpfen.

Jeff Delpe (achtzehn), Dons älterer Bruder. Den größten Teil seines Lebens ein unauffälliger Junge, doch in letzter Zeit macht sich ein mutiertes Gen bemerkbar – so sehr, daß es jetzt sein Wesen bestimmt. Nennen wir es das Bullshit-Gen. Mit einem Male kann er nicht mehr ehrlich sein. Die Wahrheit ist ihm egal, er will nur noch beeindrukken. Er hat fünfundsechzig Freundinnen, wird mit dreißig Multimillionär; kann, wenn es drauf ankommt, die Meile unter vier Minuten laufen. Dieses eine übergeschnappte Gen macht ihn unerträglich. Seine Eltern sind nicht so, man müßte schon bis zu Renatas Vater zurückgehen – zweimal im Knast und zwanzig Jahre lang eine Geliebte nebenher –, bis man einen Vorläufer fände, aber vielleicht können Gene ja hüpfen wie die Springer beim Schach. Die Eltern haben jedenfalls alle Erziehungsmaßnahmen eingestellt und hoffen einfach nur, daß Jeff entweder sich oder seinen Namen ändert. Oder daß Gott sich ihrer erbarmt.

Im Vorraum, wo sein Vater an der Haupttür bereitsteht, um sie für ihn aufzuziehen, greift sich Don an den Hinterkopf und knotet die Maske auf, die er zum Schutz gegen Infektionen tragen soll. Das ist die Chemotherapie. Jede Bazille kann ihn erwischen. Aber seine Mütze läßt er auf. Seinen Beanie braucht er. Der Beanie kommt ihm nicht vom Kopf. Er ist jetzt soweit, er kann hineingehen, auch wenn er das nicht will. Er faltet das Baumwolltuch zusammen und steckt es in die Tasche, dann atmet er zum ersten Mal seit einer Stunde wieder ungefilterte Luft.

JIM: Fertig?

Donald nickt. Er ist fertig. Die Familie betritt den Kirchenraum.

Innen. Kirche. Tag.

Wie finden Priester nur immer wieder etwas, worüber sie reden können? Das ist die Denkblase, die über Donald schwebt, als er auf der harten, kalten Holzbank sitzt und einem sexuell enthaltsamen (oder angeblich enthaltsamen) Mann lauscht: Jungfrau lauscht Jungfrau, der Blinde weist dem Blinden den Weg. Wie viele Gewißheiten kann es geben, die sich mit soviel Gewißheit an einem Sonntag morgen vor einem ganzen Kirchensaal voller Menschen ausbreiten lassen, die von Gewißheit gar nicht weiter entfernt sein könnten, mal abgesehen von der seit den Anfängen des Glaubens immer wieder erneuerten Versicherung – die für all die Trostbedürftigen offenbar niemals ihren Glanz verliert –, daß Gott einen liebt?

Das ist die Langfassung dessen, was Donald durch den Kopf geht. Die Kurzfassung lautet: Ja und? Diese zwei Worte schweben über ihm, umrahmt von einer mit Fineliner (Künstlerqualität) gezeichneten Linie, und eine Kette von immer kleineren Blasen (alle leer) erstreckt sich bis seitlich an seinen Kopf, den Ausgangspunkt.

Er hört mürrisch zu, ganz und gar untröstlich, und blickt in die Runde. Und seine Augen erblicken …

… erblicken ein gewisses Mädchen. Weit weg. Am anderen Ende der Kirche. Umwerfend. Halleluja, ruft sein Chorknabenherz. Hosianna in der Höhe. Gloria in excelsis deo. Glückseligkeit. Brünett, braungebrannt, ungefähr sein Alter. Eine Eva mit Mittelscheitel, eine strahlende Schönheit, ein Anblick, der sein Herz schlagen läßt wie eine Trommel. Ich bin erlöst, sagt die Denkblase über seinem Kopf. Das sieht doch schon eher nach Himmelreich aus! So hat er sich den Himmel auf Erden vorgestellt. Endlich jemand Anbetungswürdiges, jemand, bei dem sich das Auf-die-Knie-Fallen lohnen, jemand, für den er notfalls einen Pakt mit dem Teufel schließen würde. Das mindeste, was diesem Mädchen vorbestimmt ist, ist eine Hauptrolle in seiner neuesten Liebeskomödie, sie ist ein Starlet, das er (ohne dessen Zustimmung) für ein alles andere als jugendfreies Filmprojekt (in seinem Kopf) besetzen wird, einen Film, der mit einer heißen ersten Verabredung beginnt, einer Knutsch- und Fummelorgie gefolgt von einem ganzen Jahr Glück, bei dem kein Gummiband heil bleibt, deren Höhepunkt an beider sechzehntem Geburtstag der Beschluß ist, die schmutzige Liaison mit einer gemeinsamen Wohnung (winzig und heruntergekommen) zu festigen, wo das Geschirr ungespült im Becken steht, aber was kümmert sie das schon, sie haben ihre leidenschaftliche Liebe und nur Augen füreinander, das Mädchen legt vier-, fünf-, sechsmal pro Tag die Beine um ihn, hält ihn fest, ihre Füße flattern auf seinem Rücken wie Engelsflügel; sie kennt alle erotischen Geheimnisse, er ist ihr seliger Schüler, er strotzt vor Gesundheit, und alles wird in alle Ewigkeit so bleiben.

Der Film wird ein Reinfall, keine Frage; nur zu seinem eigenen Vergnügen gedreht, voller obsessiver Wiederholungen, aber er wird nicht ein einziges Bild herausschneiden. Er muß sie nur ansehen, auf der anderen Kirchenseite, und die betörendsten Einstellungen erscheinen vor seinem inneren Auge und bieten genau das, was jeder Film bieten sollte: vollständige Versenkung, absolute Identifikation. Aber dann juckt es ihn. Ein Jucken, das nicht im Drehbuch steht. Unter seiner Mütze. Ein monströses Kopfjucken, das er nur in den Griff bekommen kann, wenn er diese wollene Verkleidung abnimmt, nur durch echte Finger, die sich in echte Haut krallen. Gott, betet er. Gott, wo bist du?

Er nimmt die Mütze ab.

Und ausgerechnet in diesem Augenblick schaut sie zu ihm hin, das Mädchen, das seinen Ring tragen sollte, sein Kind haben wollte, sich im Bett mit ihm tollte. Ihre Blicke treffen sich. Donalds Finger erstarren mitten im Kratzen. Er senkt das Kinn, stülpt sich die Mütze wieder über; angewidert von sich selbst blickt er ins Gesangbuch und findet die Zeilen: *Mag uns der Tod auch schrecken / Gott wird uns erwecken*. Schon schlimm genug, steht in Dons Denkblase, daß er praktisch keine Augenbrauen mehr hat, aber ohne den Beanie sieht er wie einer von diesen glatzköpfigen

Untergebenen auf der *Enterprise* aus, die Leute, von denen Captain Picard sich die Koordinaten geben läßt. Lieber Gott, steht in seiner neuesten Gebetsblase, bitte spar dir bei mir das Erwecken.

Das ist alles, worum Donald Delpe an diesem Vormittag beten kann: seinen eigenen Abgang. Aber er betet inbrünstiger als jeder andere in diesem Saal. Im Vergleich zu ihm sind die anderen Betenden Amateure.

Später, als die Messe fast vorüber ist, das Ende zum Greifen nah, riskiert er noch einmal einen Blick zu seinem Traummädchen. *(Orgelmusik beherrscht den Soundtrack.)* Wie der Rest der Gemeinde singt sie laut ein weiteres Loblied auf Tod und Erlösung, mit lieblichen roten Lippen. Sie blickt hinüber zum Priester, aber kein einziges Mal mehr sieht sie Donald an, diesen bescheuerten Yoda in der hintersten Reihe, kein einziges Mal gibt sie ihm das Zeichen, das der Anfang ihrer Romanze sein könnte. Statt dessen läßt sie die Casting-Chance ihres Lebens verstreichen, wie so viele, und es bleibt nichts außer einem gebrochenen Herzen und einem Gefühl des Verlorenseins.

»Schnitt!« brüllt irgendwo angewidert ein Regisseur (vielleicht Gott). Die Abteilungsleiter treffen sich zu einer improvisierten Besprechung und sind sich auf Anhieb einig. Dieser Film ist erledigt. Gestorben. Geschichte. Titel: *Der Loser schlägt wieder zu.*

Innen. Badezimmer / Haus Delpe. Tag.

Freak, denkt der Junge, als seine Kotze in die Kloschüssel platscht, und *Freak* mit jedem neuen Schwall, *Freak, Freak, Freak*, als er durch dieses Loch in den Kanal kotzt, alles tut ihm weh mit jedem Zug dieser inneren Quetschkommode, alles was eklig ist, schwimmt vor seinen Augen im Spiegel der Schüssel – Krankheit, Schleim, Erbrochenes – auch Blut, scheint ihm. *Ich will sterben*, steht in der letzten Denkblase, die sich jetzt von einem übelriechenden Aufwind emporgetragen über seinem Kopf formt. Er hat einfach nichts mehr im Magen, was noch herauskann, und er rappelt sich auf und sieht sich in dem echten Spiegel an, dem an der Wand. *Ich will sterben.* Und so zieht er das T-Shirt aus und betrachtet die durchsichtige Röhre, die unterhalb der Schulter aus seiner Brust hervorsticht und in einem Kunststoffventil endet: ein »Permaport«, ein Katheter, durch den die Medikamente für die Chemotherapie verabreicht werden. *Freak.* Die Stelle, wo die Röhre durch die Haut dringt und in seinem Körper verschwindet, ist so wund und rot wie der Mund innen hinter der Unterlippe. Don mag nicht, was er da sieht, und versetzt dem Spiegel des Medizinschränkchens einen Hieb. Ein glatter Schlag. Der Spiegel zerbricht. **KLIRR!** Seine Rechte hat es in sich. Er hätte ein kräftiger Bursche sein können, hätte inzwischen Muskeln haben können wie sein Vater, auch mal ein bißchen Basketball werfen. Na, ziemlich unwahrscheinlich. Er ist eher in die andere Richtung unterwegs. Verschrumpelt. Kein Mumm in den Knochen. Dünn und blaß in der Collage, die die Glassplitter aus seinem Spiegelbild machen.

Er sieht seine Faust an. Nicht zu glauben, aber sie blutet nicht, kein Tropfen – toller Zeitpunkt für Unverletzlichkeit. Aber er spürt den Schmerz, er reibt seine Hand. Das tut gut. Was er an Trost noch so hat. Die eigene Hand, die sanft über den Körper fährt.

Das Klopfen seiner Eltern an der verschlossenen Tür klingt wie aus einem ganz anderen Film.

Innen. Dons Zimmer. Tag.

Es ist schwer für Renata, mit ihrem Sohn zu sprechen, wenn dabei eine tragbare Travenol-Pumpe auf dem Boden neben seinem Bett über einen Schlauch und durch den Permaport an der Schulter Chemikalien in seinen Körper transportiert. Es ist unglaublich schwer, nicht weil die Pumpe zu laut wäre; sie gibt nur dann und wann ein Klicken und ein kaum hörbares Surren von sich. Was es so schwer, ja geradezu unmöglich macht, ist das Wissen, daß die Travenol-Pumpe in diesem Augenblick, in dem sie vor sich hin plappert, die abscheulichsten Gifte in ihren geliebten Sohn befördert, die ein menschlicher Körper überhaupt aushalten kann, ein chemotherapeutischer Ansturm, der die gesunden wie die wuchernden Zellen zerstört, der ohne Unterschied tötet, bis nichts mehr von ihrem Sohn übrig ist; es ist der Gedanke, daß das letzte Stück, das von ihm stirbt, ein gesundes Stück sein könnte. Ein riskantes Spiel, aber Chemotherapie ist wie ein Flug ins All, und da ist es verdammt schwer, so neben seinem Sohn zu sitzen und etwas Ruhiges, Beherrschtes, Aufmunterndes, Mütterliches zu sagen, wo sich vor ihren Augen eine Tragödie abspielt.

In einem verzweifelten Versuch, ihren Schmerz besser in den Griff zu bekommen, hat sie sämtliche Amazon-Bestseller zum Thema Tod bestellt, alle auf einmal, um Porto zu sparen. Das Ergebnis war nicht ganz überzeugend: Das Übermaß an Informationen erschloß ihrem Kummer neue Dimensionen, sie wurde Expertin für T-Zellen, für weiße

Blutkörperchen, für Computertomographie und Nekrosestatistik. Sie weiß alles über MRI und ECG und CEA, über Metastasen und monoklonale Antikörper, Enzymtherapie, die Simontonmethode, Burzynskis Antineoplastontherapie, über Hoxsey, Revici, Burton und die Janker-Klinik, wo Bob Marley gestorben ist. Lance Armstrongs Autobiographie hat sie mit Anmerkungen und Ausrufezeichen versehen, sie setzt Hoffnungen auf die Gerson-Diät und weiß alles über die Erfolgsaussichten sämtlicher Behandlungsmethoden – wer mit welchen Überlebenschancen wirbt, mit welcher Erklärung und seit wann. Sie weiß also ganz genau, daß ihr Junge in diesem Augenblick umgebracht wird, Zelle für Zelle, im Mikrokosmos, immer in der Hoffnung, daß sich so das Ganze retten läßt: stalinistische Medizin, die ganze Völker opfert, damit die Idee des Staates Bestand hat.

Don setzt sich in seinem Bett auf und blickt melancholisch zum Fenster, während Renata ihn mit mütterlichen Röntgenaugen durchleuchtet, Augen, die tatsächlich den Weg des Giftes durch den Körper verfolgen können, von Organ zu Organ, die hineinsehen können in seine Adern, wo das Blut gelb wird wie ein eitriger Yangtse, sie sieht mit an, wie die inneren Organe zurückzucken, sich zusammenziehen, sich verkriechen, als der Fluß sie erreicht, in sie eindringt, sie zum Würgen und Verschrumpeln bringt, und sie sieht all das, als habe man ihm bei lebendigem Leibe die Haut abgezogen. So ist das, wenn man einen Sohn besucht, der gerade eine Krebsbehandlung macht.

RENATA *(mit schwachem, erschöpftem Lächeln)*: Noch drei Tage, Liebling. Dann hast du's geschafft. Dann bist du fertig mit dem Zeug. Hoffentlich für immer – klopf auf Holz. *(Streckt die rechte Hand nach dem Schreibtisch gerade außerhalb ihrer Reichweite aus.)* Du hattest eine Panikattacke, das kommt von dem Reglan, sagt der Arzt. Zum Glück hast du dir nicht weh getan, das ist das wichtigste. Das passiert vielen Patienten. Angstzustände. Oft ist es sogar noch schlimmer. In Ordnung? *(Keine Antwort.)* Soll ich dir vorlesen? Ich habe ein Buch gekauft. *(Hält es in die Höhe.)* Es gibt da eine Stelle, die ich dir vorlesen wollte. Hier: »Im Sommer« – das ist die Stelle – »im Sommer sehnen wir uns nach dem Winter, doch wenn der Winter erst mit seiner Kälte kommt – der Winter mit seiner Kälte kommt … «

Aber Donald hat schon genug gehört und steckt sich die Stöpsel ins Ohr, lehnt all die mütterlichen Bemühungen ab, die Wunderheiler, die Geist-über-der-Materie-Typen, die Kristallkugeln, die fernöstlichen Weisheiten, all ihre aus Selbsthilfebüchern zusammengeklaubten Ratschläge.

Renata hört mit dem Lesen auf und sieht ihn an. Auch das ist nicht leicht für sie, diese emotionale Abschottung. Aber was kann sie machen? Sie ist erschöpft von den Versuchen, in ihm ein Bewußtsein für seine Krankheit zu wekken, den Versuchen, ihn zum Mitmachen im großen Kampf zu bewegen. Er hat ausgezeichnete Chancen, die Krankheit zu besiegen, aber er selbst trägt nichts dazu bei. Sie ist so erschöpft, sie könnte zusammenbrechen. In ihrer Verzweiflung versucht sie es mit einem anderen Ansatz, mit etwas aus ihrer eigenen Kindheit (das letzte Mittel), und reißt ihm die Stöpsel aus den Ohren.

Renata *(laut)*: Donald! Wirst du mir jetzt verdammt

noch mal zuhören? Du hörst mir jetzt zu, verstanden? *(Atmet tief durch.)* Wir! müssen! uns! gegenseitig! helfen!

Doch Donald greift nur nach einem Fineliner (Künstlerqualität) und einer Kladde auf seinem Nachttisch und beginnt zu zeichnen, mit raschen, sicheren Strichen. Er ist unerreichbar.

Renata gibt auf, sie spürt, wie ihr die Tränen die Wangen hinunterlaufen. Sie wischt sie fort, bevor er sie sehen kann. Sei stark, sei stark, sei … alles, nur keine Heulsuse. Die Musik sickert kläglich aus den Ohrhörern in ihrer Hand. Ihre Aufgabe ist entschieden zu groß für sie. Ein Holzwurm in einer Kathedrale. Aber was kann sie tun?

Sie reicht ihm die Ohrhörer zurück. Er nimmt sie ohne einen Blick und stopft sich von neuem die Ohren zu. Sie steht auf, erschöpft an Leib und Seele, dabei ist es gerade erst elf Uhr. Sie betrachtet die sanft surrende Travenol-Pumpe und geht hinaus.

Innen. Eßzimmer / Haus Delpe. Abend.

Renata, Jim und Jeff essen zu Abend. Für Don ist gedeckt, aber sein Platz bleibt leer. Besteck klappert auf Tellern. Langes Schweigen. Jeff ist der schnellste Esser und scheint am wenigsten angegriffen von den Ereignissen des Tages. Genauer gesagt, scheint er kein bißchen angegriffen. Er ist das Bild eines hungrigen jungen Mannes, der versucht, das ganze Leben auf die Zinken einer Gabel zu spießen.

Renata *(schwer besorgt)*: Er tut überhaupt nichts mehr. Nur diese … diese häßlichen Comicbilder zeichnet er noch.

JIM: Dann laß uns seine Freunde einladen. Michael und den anderen. *(An* JEFF.*)* Wie heißt der andere?

JEFF: Raff.

JIM: Wieso kommen die nicht mal vorbei? Sag ihnen Bescheid.

RENATA: Wir brauchen Hilfe. Don braucht Hilfe. Die brauchen wir alle.

JIM: Laß uns ein paar Freunde hierherbringen. *(Bedrükkende Pause.)* Das ist doch das mindeste, was wir tun können, oder?

Innen. Elternschlafzimmer. Später Abend.

Dons Eltern haben schon seit fünf Monaten keinen Sex mehr gehabt. Stress, Streit, Anspannung, ein Gefühl, daß es unter den Umständen nicht richtig wäre – all das fordert seinen Tribut. Es fordert Tribut in allen Bereichen des Lebens, aber greifbar ist es im Schlafzimmer, wo die Zahl Null wie ein peinlicher Heiligenschein über dem Doppelbett schwebt. Doch diese Nacht haben sie zur Nacht erwählt, in der die Zeit der Dürre enden soll. Heute sollen die Sprungfedern quietschen. Keiner von ihnen hätte je gedacht, daß es einmal soweit kommen würde, daß sie den Sex Tage im voraus planen (es ist Freitag, und die Entscheidung haben sie am Montag beim Müsli getroffen), aber so sind die Dinge nun mal.

Jim hat Springsteen aufgelegt. Er ist erregt. Erstaunlicherweise. Ihm hat sogar das Planmäßige daran geholfen, er findet im Tick-tick-tick der Uhr etwas Verruchtes, Aufputschendes, er findet es sexy. Aber für Renata war das Warten zuviel. Die lange Vorbereitung hat sie gelähmt. Als die Zeit kommt, zu ihrem Liebhaber (nackt, bereit für sie) ins Bett zu schlüpfen, vertrödelt sie zwanzig Minuten, wäscht sich, putzt die Zähne, nimmt Zahnseide für die Zwischenräume, entfernt ihr Make-up, trägt Peeling-Gel auf, appliziert Maske, deappliziert Maske, reibt sich die Wangen mit Nachtcreme ein, den Bereich um die Augen mit Antifaltenserum, und dann steigt sie ins Bett – und sträubt sich vom ersten Augenblick an. Als Jim über ihr in Stellung geht, in einer Position, die an einen Sprinter auf dem Startblock erinnert, bittet sie ihn, es langsam anzugehen.

RENATA: Es ist schon so lange her, Schatz.

So waren sie schon immer: Jim eifrig, drängend, wenn es soweit ist, jetzt oder nie; Renata zögernd, langsam, voller Komplikationen, das Gesicht fettig von Kosmetika. Wie bei so vielen Männern und Frauen ist auch bei den Delpes Sex wie Einkaufen. Männer wollen rasch in den Laden, bekommen, was sie wollen, rasch wieder hinaus. Frauen wollen sich umschauen, Sachen anprobieren, finden an etwas Gefallen und verwerfen es dann wieder, probieren etwas anderes: alle Zeit der Welt. Aber heute nacht hat Renata ihm versprochen, daß sie genau weiß, was sie will, und daraufhin hat Jim sich bereit erklärt, doch noch einmal mit ihr einkaufen zu gehen, er hat ihr vertraut. Nun wartet er wieder ungeduldig, während sie sich ziellos im ganzen Laden umsieht. Sie merkt überhaupt nicht, wie lange sie braucht, und in ihm steigt Wut auf; sie begreift nicht, daß sie aus seiner Sicht im Halteverbot stehen und daß mit jeder Minute ein weiterer Strafzettel unter dem Scheibenwischer klemmt. Schließlich gibt er auf. Lächerlich; keine Spur von

Leidenschaft. Jetzt ist sein Stolz gekränkt. Sie hat ihr Versprechen gebrochen. Und als sie nicht protestiert, vielleicht sogar erleichtert ist, dösen sie beide ein, wahrscheinlich schlechter dran denn je.

Doch als sie am nächsten Morgen aufwachen, den Plan vom Vorabend und dessen Scheitern noch gut im Gedächtnis, zu schläfrig, um noch einmal einkaufen zu gehen oder sich gegenseitig Vorhaltungen zu machen, gehen sie stattdessen zum Kiosk. Einfach und schnell. Da gibt es nur ein einziges Regal mit einer einzigen Ware, und mit einem Male weiß Renata, daß sie diese Ware will. Sie nimmt sie. Und er auch. Es ist so einfach. Warum ist es nicht immer so einfach? Geschafft. Beide stoßen sie einen Seufzer aus. Sie haben tatsächlich etwas gekauft. Zusammen! Sie seufzen noch einmal, immer noch im Halbschlaf. Von null auf eins.

Außen. Haus Delpe. Tag.

Jim hat heute den Rasensprenger angeschlossen. Alles sieht nach einem trockenen, heißen Sommer aus. Man hört das Gras geradezu seufzen vor Erleichterung, als das Wasser mit einem Zischen auf die Halme trifft. Donald sitzt auf der Verandatreppe und beobachtet die drei rotierenden Arme, die die Tröpfchen wie Hühnerfutter um sich streuen. Das monotone *Sschh – Sschh – Sschh* des Rasensprengers läßt ihn an eine Mutter denken, die ihr Kind beruhigt. Bald werden die Vögel herunterkommen, die Vögel, die in sicherer Entfernung auf der Hochspannungsleitung warten. Wenn der Rasen schön weich ist, steht in der Denkblase über seinem Kopf, dann kommen sie und picken nach

Würmern. Don wartet schon seit einer Stunde auf diesen Augenblick. Auch als er nach drinnen gehen und kotzen mußte, hatten sie sich nicht vom Fleck gerührt. Sie warten anscheinend darauf, daß er endgültig verschwindet, so wie er darauf wartet, daß sie herunterkommen und ihre Würmer holen, und wahrscheinlich können sie es kaum abwarten, bis es endlich soweit ist. Es ist ein Spiel. Wer kann länger warten, Mensch oder Tier? Klarer Fall. Alle Tiere warten auf den Tod. Unseren. Er gibt den Vögeln eine eigene, gemeinsame Denkblase. Darin steht: »Klar, wir sind immer noch da, Arschloch. 150 Millionen Jahre und kein Ende abzusehen, Kumpel. Und wenn's sein muß, warten wir noch mal 150 Millionen Jahre, bis ihr Krachmacher, ihr selbstsüchtigen verfressenen mörderischen Mistkerle euer eigenes Nest dermaßen gründlich verdreckt habt, daß ihr von der Bildfläche verschwindet und uns echte Tiere da weitermachen laßt, wo ihr uns dazwischengekommen seid. Ohne Umweltverschmutzung, ohne Waldsterben, ohne Speisekarten, auf denen unsere Namen stehen. Ein Spiel unter Gleichberechtigten. Das Paradies. Weißt du noch?« Kein Wunder, daß Tiere im Warten Weltmeister sind. Die haben schließlich jede Menge Übung. Ein Tier weiß, daß das Leben fast nur aus Warten besteht.

Jims Auto biegt in die Einfahrt, Blinker gesetzt, obwohl meilenweit kein anderer Wagen zu sehen ist. Typisch Jim, immer gesetzestreu. Würde nie abbiegen, ohne vorschriftsmäßig zu blinken, weil Schludrigkeit bekanntlich immer weitere Kreise zieht, und ehe man sich's versieht, sitzt man als Axtmörder im Gefängnis. Aus dem Wagen steigen Michael und Raff. **DAS VERHÄNGNIS NIMMT SEINEN LAUF!**

Michael Reeves und Raff Bennett (beide gerade fünfzehn geworden), Donalds Freunde seit der Grundschule. Mit zehn gründen sie eine Gang, eine Clique, eine Bande von Gesetzlosen, deren erstes Ziel ist, Konventionen zu brechen und zivilen Ungehorsam zu schüren. Sie bauen sich ein Clubhaus im Ginstergestrüpp auf einem Stück Brachland, die Wände aus Apfelkisten, das Dach aus geklautem Wellblech. Die Regeln des Clubs sind einfach, doch unumstößlich: Sobald sich zwei oder mehr Mitglieder im Clubhaus treffen, müssen sie in jedem Satz, den sie sagen, mindestens einmal *Fuck* oder *Scheiße* sagen. Das ist gar nicht so einfach, wie es klingt, und wer es nicht schafft, läuft Gefahr, sofort aus der Bande ausgeschlossen zu werden. Zehn Jahre alt. Noch vor dem Stimmbruch. Kleine Jungs, die so tun, als wären sie Männer. Ein Klopfen an der Tür des Clubhauses: »Fuck, wer ist da?« – »Mann, Fuck, ich bin's, Raffy. Mach die Scheißtür auf.« – »Na gut, scheiß drauf. Und was ist das Scheißpaßwort?« Kurzes Nachdenken. »*Fuck*. Jetzt schließ endlich die Scheißtür auf.« Der Schlüssel dreht sich im Schloß. Das ist ihre erste kindliche Widerstandsbewegung. Das schlimmste ist das Nachhausekommen. (Mutter: Wo bist du gewesen, Schatz? Sohn: Kann dir doch scheißegal sein.) Zack. Eingebuchtet. Eine Woche. Aber der Club hält trotzdem zusammen und steigert sich bis heute weiter in seiner Verruchtheit; mittlerweile betreiben die Jungs einen kleinen, aber einträglichen Handel mit schwarzgebrannten CDs, ein Geschäft aus der Schultasche mit hundert Pfund Umsatz pro Woche. Doch seit Donald krank ist und sich von der Szene zurückgezogen hat – ihm gehört der hochwertige CD-Brenner (Übertragungsrate 7800 KB pro Sekunde) –, verfehlen sie regelmäßig ihr Umsatzziel. Mist.

Schnitt zu Don…

…Sein Gesicht zeigt Entsetzen, als Mike und Raff aus dem Auto steigen. Die beiden sind die allerletzten, die er sehen will. Freunde zu Besuch? Er *hat* keine Freunde. Nicht mehr. Er will auch keine mehr haben. Jedenfalls nicht solange er so aussieht, solange er sich nicht in der Öffentlichkeit zeigen kann: haarlos, augenbrauenlos, bleich, klapperdürr, ein wandelndes Kondom. Er kann nur ahnen, was die in der Schule für Schauergeschichten über ihn erzählen werden: daß Donald aussieht wie ein Wattestäbchen, ein Durex, ein Trommelschlegel, ein Thermometer, ein Pimmel mit Beinen. Er ist seinen alten Kumpels fast sechs Monate lang nicht begegnet, und das hat ihn einige Anstrengung gekostet. Nicht angenommene Anrufe. Versäumte Verabredungen. Geschickte Vermeidungstaktik. Und dann kommt dieser Wichser von Vater auf die glorreiche Idee, sie hierherzubringen! Don fühlt sich vergewaltigt, unter Druck gesetzt, auf frischer Tat ertappt, wie Michael Jackson, der mit einem Teleobjektiv fotografiert wird, wie er nackt mit ein paar Noch-nicht-mal-Zehnjährigen durch den Garten tollt. Was zum Teufel bildet sich sein Vater eigentlich ein?

Don springt auf und stürmt nach drinnen. Die Haustür fällt ins Schloß.

In der Einfahrt drehen sich Michael und Raff um und blicken fragend Jim Delpe an; er steht noch in der offenen Fahrertür, aber seine Miene macht klar, daß er schon jetzt sieht, daß das ein Schlag ins Wasser war. Totgeburt…

Innen. Dons Zimmer. Tag.

Als er hört, wie sein Vater den Motor anläßt, tritt Donald ans Fenster seines Zimmers im ersten Stock, zieht die Gardinen beiseite und beobachtet, wie sein Vater langsam rückwärts aus der Ausfahrt setzt, den Arm über die Sitzlehne gelegt, Warnblinker angeschaltet – der gute alte Dad; als er auf die Straße einbiegt, sieht Don einen kurzen Augenblick lang seine Kumpels auf der Rückbank, dann sind sie fort.

Donald bleibt eine Weile am Fenster stehen, sein Blick sucht die Vögel auf der Hochspannungsleitung, aber sie sind weg, verscheucht. Dann holt er seine Windjacke, zieht seine Vans an, macht einen Dreifachknoten, womöglich zum letzten Mal, verabschiedet sich mit einem coolen Blick von seinem Zimmer, macht einen großen Schritt über die Travenol-Pumpe und geht hinaus.

Außen. Brücke. Tag.

Donald steht am Rand einer Fußgängerbrücke. Er ist über das Geländer geklettert. Unter ihm eine Autobahn, Hauptverkehrszeit, ein tosendes Chaos von Personen- und Lastwagen. Die Spitzen seiner guten alten Vans ragen über den Abgrund und schaffen eine Art Rahmen für den Blick auf sein Ziel. Na ja, das Bild trügt nicht. Es ist tatsächlich ein Sprung in die menschliche Maschine.

Wie weit ist es nach unten? Jedenfalls so weit, daß man ihn nicht mehr erkennen wird. Es wird seiner Familie nicht leichtfallen, seine glibberigen Überreste anhand von Zahnarztakten zu identifizieren. Aber soll ihn das von seinem Vorhaben abbringen? Kein offener Sarg für Donald F.

Delpe, wenn er die Sache durchzieht. Bei den Verletzungen werden seine Alten ihn verbrennen lassen, und das ist vielleicht gar nicht so übel. Auch wenn sein Abgang so einen winzigen Beitrag zur Steigerung des Treibhauseffekts leisten wird – er ist für die Einhaltung des Kyoto-Protokolls –, ist ihm der Gedanke an Flammen wesentlich lieber als die Vorstellung von Würmern in den Augenhöhlen und Milben in Kleinhirn und Hoden.

Jeder Tod ist häßlich. Sogar die Sterne, die ihre Gase verbrennen und als Supernova enden, verschmutzen große Teile des Weltraums dermaßen, daß man diese Grundstücke hinterher nicht mal mehr verschenken könnte. Ja, der Junge auf der Brücke vergleicht sich mit verglühenden Sternen, während er darauf wartet, daß die einzelnen Elemente seines Todeswunsches – Ekel, Wut, Schmerz, Übelkeit, Schwäche, Frustration, Ungerechtigkeit, Neid, Einsamkeit, Reue – sich zu einer Kraft verbinden, die ausreicht, ihn in die Tiefe zu stoßen. Mit einer Hand läßt er los, glaubt, daß es an der Zeit ist, Ernst zu machen. Schon halb geschafft. Auf halbem Weg zum Nicht-mehr-Sein. Jetzt bloß kein Rückzieher. Welt, sag adieu zu einer Mißgeburt, die nicht einmal genug Mumm in den Knochen hatte, ihren sechzehnten Geburtstag zu erleben, zu einem Verlierer an allen Fronten, der sich immerhin mit Stil verabschiedet, mit einem *Au revoir*, einem *Sayonara* und einem *Tschüß allerseits* an all die unbeschrittenen Wege und unbesehenen Zukünfte, an alle nicht aufgehakten Büstenhalter und ungeküßten Mädchen, mit einem Lebewohl an alle ungelernten Lektionen und ungemachten Fehler, mit einem herzhaften *Verpißt euch* an alle qualvollen medizinischen Therapien und

Demütigungen und mit einem abschließenden *Gehabt euch wohl* an den ganzen menschlichen Rummel, in dem kaum einer es merken wird, daß hundert Pfund Fleisch mit einer Seele drin irgendwann nicht mehr da sind.

Mit einer letzten großen Geste holt er seinen Stift heraus und will etwas hinterlassen, eine letzte Botschaft an die Welt. Wahrscheinlich wird sie nie einer sehen, aber das ist nicht weiter schlimm. Die Welt ist voll mit übersehenen Grabinschriften, unbekannten Initialen an Bäumen, Bushaltestellen, einsamen Orten. Hier also noch so eine. Mit geübter Hand kritzelt er etwas auf die Eisenträger, einen Abschiedsgedanken, eine letzte Analyse. Als er fertig ist, setzt er seine Unterschrift darunter, denn er ist schließlich ein guter Comiczeichner. Er ist jetzt bereit. Bereit zu explodieren und seine Teilchen im ganzen Universum zu verstreuen. Er blickt hinab auf den Fluß aus Beton. *Spring*, denkt er. Spring, Don. Der Verkehr fließt immer weiter durch die Lücke zwischen seinen Vans. Er steckt sich die Stöpsel ins Ohr, drückt in der Tasche auf *Play*, dann geht er in Stellung, um den olympischen Wettbewerb mit einem spektakulären Sprung zu beenden, dessen Schwierigkeitsgrad nie zuvor auch nur entfernt erreicht wurde.

Der Grabspruch, den er der Nachwelt hinterläßt, lautet: »Ich will mein Geld zurück. Ich habe nichts kapiert.«
© **DD Comix**

Außen. Haus Delpe. Tag.

Renata öffnet die Haustür und sieht einen Polizisten neben ihrem Sohn. Die Adrenalindrüsen legen los, als ob sie an Dons tragbarer Travenol-Pumpe hinge.

Renata *(mit zitternder Stimme)*: Was ist passiert? Mein Gott, was ist passiert? Donald? Was hast du getan? Was ist los?

Polizist: Mrs. Delpe?

Renata *(erbleichend)*: Ja?

Innen. Flur / Krankenhaus. Tag.

Auf dem Türschild steht ›Klinikpsychologe‹.

Innen. Adrians Sprechzimmer. Tag.

Jim und Renata sitzen vor dem Schreibtisch von

Dr. Adrian King, Anfang fünfzig, hochgeschätzt, brillant, angesehener Autor. Spricht mit sanfter, gleichmäßiger Stimme. Stark, mit festen Überzeugungen, aber umgänglich. Mustert seine Klienten über den Rand einer imaginären Brille. Kleidet sich schrecklich, in altmodischen Tweed und Cord. Obwohl er ruhig, gütig und geduldig ist – jede Geste wird zelebriert, ein Leben im Adagio –, hat er doch etwas Verkniffenes, allzu Systematisches, allzu Eingeschnürtes, Überkorrektes. Trotzdem ist er beliebt, angesehen, wird aus der Ferne nahezu vergöttert. (»Adrian, das ist sooooo ein Schatz.«) Keiner kommt auf die Idee, daß es ihm nicht leichtfällt, er selbst zu sein.

Sein Lebenslauf: geboren in Portsmouth als Sohn eines Kneipenwirts an der Seepromenade. Stolpert durch seine Kindheit, umringt von Besoffenen und Rabenvätern aus aller Herren Länder – heruntergekommene Eisenbahner, lüsterne Kabeljaufischer, Austernzüchter, Handelsmatrosen, auch örtliches Treibgut –, und kommt rasch zu dem Schluß, daß er auf jeden Fall anders sein will. Nicht besser, einfach nur anders. Adrian sitzt über seine Bücher gebeugt in der Kneipenecke; wenn Männer, die fünfmal so alt sind wie er, lachen, fluchen, grölen, johlen und einander im Suff an die Kehle gehen, lauscht er dem Deckenventilator, der ein Dutzend widerstreitende Dialekte gemächlich zu einem geschmeidigen Esperanto verrührt. Er blättert in seinen Büchern für die O-Levels, ein Jahr später dann für die Abschlußprüfung, und konzentriert sich in seinem letzten Schuljahr auf Freud, Jung, Reich, J. B. Watson, B. F. Skinner, Max Wertheimer – wenn er nicht gerade das Männerklo mit Desinfektionsmittel schrubbt, bis ihm die Nasenlöcher brennen, während nebenan Filipinos »Hey Jude« singen. Er macht '77, noch mit Babygesicht, seinen Abschluß als Klassenbester, ein belesener Mensch, auch in der Kunstwelt bewandert, umfassend gebildet: Amnesty-Unterstützer und angehender Weinkenner. Er gilt als Lebemann und möglicher Frauenheld. Aber der Schein trügt. Den Mangel an Sex-Appeal (mit dreißig hat er in der Taille und unter dem Kinn Fett angesetzt) gleicht er aus durch Eleganz, die ihn zum angenehmen Gesprächspartner für Menschen macht, denen der Sinn nach Höherem steht. Er hat große Erwartungen an die Liebe und wappnet sich mit Geduld, weil er sicher ist, daß sein Tag kommen wird. Schließlich lernt er eine Französin kennen, bei einer Weindegustation an der Loire. Köstlich. Sie ist köstlich. Sie folgt ihm nach England. Sie heiraten schnell, die kulturellen Unterschiede sind ein weiterer Anreiz. Statt einer einträglichen Privatpraxis wählt er den Staatsdienst und betritt das Reich der Schicksalsgeplagten, der Halbverrückten und ganz und gar Wahnsinnigen, erprobt seine Künste an brillanten Irren und menschlichen Fleischwürsten, preist seine Therapiekonzepte an und steigt auf in seine derzeitige Position an der Spitze der Abteilung für klinische Psychologie im Krankenhaus von Watford, wo er jetzt sitzt, konkurrenzlos und angesehen, vor sich zwei neue Kandidaten, an denen er seine Kunst beweisen soll.

ADRIAN: Mein Spezialgebiet? Trauer.

JIM: Na, das hört sich an, als ob wir an der richtigen Adresse sind.

RENATA *(ringt die Hände im Schoß)*: Donald ist ein so aufgeweckter, phantasievoller Junge, und die Ärzte sagen, er hat gute Chancen durchzukommen – gute Chancen, wenn er nur …

JIM: Achtzig Prozent. Achtzig Prozent.

RENATA: Aber … *(Seufzt.)*

JIM: Er wehrt sich nicht. Kein Kampfgeist.

(Langes Schweigen.)

RENATA: Er sitzt nur da und … zeichnet einen Comic. Über einen Superhelden, der niemals stirbt. *(Zu* JIM.*)* Zeig ihn mal.

ADRIAN: Es ist nicht ungewöhnlich, daß sich Menschen mit schweren Krankheiten Symbole der Unsterblichkeit suchen.

RENATA: Schon, aber das hier, das ist widerwärtig. *(Zu* JIM.*)* Zeig her– *(Zu* ADRIAN.*)* Das ist abartig, das ist krank.

JIM reicht ihm eine großformatige Kladde.

RENATA: Und dazu die Panikattacken von der Chemo…

JIM: Wir machen uns Sorgen, daß er sich etwas … Ich weiß auch nicht.

ADRIAN *(reibt sich bedächtig die Schläfe mit dem Zeige-*

finger): Gut; aber vergessen Sie nicht, es ist wissenschaftlich erwiesen, daß eine Therapie keinen Einfluß auf die Überlebenschancen von Krebspatienten hat.

RENATA: Das glaube ich nicht. Die Menschen kämpfen doch.

ADRIAN: Wie ich gerade sagen wollte – das einzige, was anscheinend hilft, was Leben rettet – das ist Freude, simple Lebensfreude. *(Die Eltern starren ihn an.)* Sie sollten nach Möglichkeiten suchen, Donald das zu geben. So können Sie ihm helfen.

Innen. Adrians Wohnung. Abend.

Adrian betritt seine Wohnung, sein Körper fühlt sich heute abend schwer an. Er läßt die Taschen fallen wie ein Taucher am Hafen seinen Bleigürtel. Er wählt eine CD aus seiner alphabetisch sortierten Sammlung. Im Hintergrund erklingt beruhigende Opernmusik. Er zieht die Jacke aus, es klopft an der Tür. Es ist SYLVIA, eine Frau in den Sechzigern, Haare wie die Füllung eines Polstersofas, fünf verschiedene Farben. Sie trägt eine Katze, die einen sehr verhätschelten Eindruck macht, und scheint schlechter Laune. Sie hält ihm seine Katze hin. Sie lebt allein in der Wohnung unter ihm und kümmert sich um das Tier. Aber nach ein paar beschwichtigenden Worten von Adrian verändert sie sich, blüht sichtlich auf und entwickelt plötzlich ein unbändiges Mitteilungsbedürfnis. Oh, dies und das, und ob Adrian weiß, und ja übrigens. Adrian läßt sie reden. Wie immer. Das ist seine eigentliche Bezahlung für die Hilfe dieser einsamen Frau, das Zuhören, das Kopfnicken, das Grüßen, höflich zu allem und jedem (Frauen, Männern,

Tieren, Fauna, Flora, sogar zu unbelebten Gegenständen). Er ist der Höhepunkt ihres Tages. Er schließt die Tür erst, als sie schon die Treppe hinunterpoltert. Eine tadellos aufgeräumte Wohnung. Originale an den Wänden. Meterlange Bücherregale, vom Boden bis zur Decke, vorwiegend Untersuchungen darüber, warum Menschen tun, was sie tun. Lange Antworten. Was wollen wir wirklich? Was *glauben* wir, was wir wollen? Warum *wollen* wir das, wovon wir glauben, daß wir es wollen? Keine schlüssigen Antworten. Immer wieder zurück zu den grundlegenden Geheimnissen. Dennoch, das Abbild eines einfachen, geordneten, intelligenten Lebens, nur der Beweis, daß jemand sich redlich bemüht, das Gold wieder in die Zähne derer zurückzupraktizieren, denen die Gesellschaft es gestohlen hat. Die Unglücklichen, die Fehlerhaften, die dauerhaft Geschädigten, das sind seine Klienten. Eine anstrengende Arbeit, ein aufreibender Beruf, der ihn auslaugen würde ohne seine heimlichen Gegenmittel. Klassische Bildung, Kunst, Ausgewogenheit, Vernunft, die goldene Mitte, der Glaube an die Schönheit, das sind seine Aufputschmittel. Seine morgendlichen Muntermacher, seine Wundpflaster am Ende eines Tages. Er geht mit dem Kater hinüber zur Couch. Rufus. Rufus war eine Idee seiner Frau, bevor ihr Interesse an Haustieren sich Höherem zuwandte und sie Pferdenärrin wurde. Er hat das Sorgerecht für das Tier geerbt, und aus anfänglichem Protest ist so etwas wie gegenseitige freundliche Duldung geworden. Tatsächlich ist »Rufi« so eine Art Ersatz für seine Frau, denkt er, jetzt wo Sophies Abneigung gegen das Stadtleben jährlich wächst. Schöner Ersatz, was? Ein Wollknäuel mit Mundgeruch und einer Vorliebe für Heringe. Er greift nach einem Stahlkamm und fängt an, das Fell zu kämmen, dabei singt er leise ein paar Opern-takte. Musik macht munter. *Maudite à jamais soit la race.* Flöhe? Kein einziger. Guter Junge. *Amour. Viens aider ma faiblesse.* Adrian kämmt trotzdem weiter.

Innen. Adrians Küche. Abend.

Bevor er sich gestattet, zu Bett zu gehen, muß Adrian noch eine Kleinigkeit erledigen. Es geht um die Maus.

Er ist nun seit drei Wochen Opfer einer Ein-Nager-Plage und hat langsam genug von Mauseköttelnauf der Anrichte und Zahnspuren in der Butter. Ein kleiner Kürbis, den die Maus seit heute vormittag bis zur Mitte des Küchenfußbodens gezerrt hat, bringt das Faß endgültig zum Überlaufen, und inzwischen ist er überzeugt, daß dieses Tier weitaus stärker ist als ursprünglich angenommen. Also geht er auf die Knie, in seinem japanischen Kimono: ah, der Kimono! Ein wenig tuntig das Teil, ein Geschenk von seiner Frau. Was hat er ihn anfangs gehaßt! Aber jetzt zieht er nach dem Duschen nichts anderes mehr an: und er muß zugeben, daß er das seidige Schmeicheln auf seinen haarigen Oberschenkeln insgeheim genießt, in seinem Leben derzeit das, was einer Liebkosung noch am nächsten kommt. Hat Sophie das geahnt? Hat sie seine sinnlichen Bedürfnisse womöglich vorhergesehen und schon lange vor ihm um die wachsende Entfremdung zwischen ihnen gewußt? Nein, so ein Unsinn. *Maudite à jamais soit la race.* Er bestückt eine Falle mit einem Käseköder, vorsichtig, damit er den Mechanismus nicht auslöst und sich die Finger einklemmt, und öffnet die Türklappe unter der Spüle, wo die Maus ihre Operationsbasis hat. Er späht hinein, ganz behutsam. Er macht die Klappe rasch wieder zu. Er hat sie gesehen! Mein Gott, das kleine Kerlchen sitzt da drin und wartet auf ihn. Zwei winzige blitzende Äuglein starren ihn an, ein Edelsteinpaar in der Dunkelheit. Und nicht einmal groß ist er, dieser Herkules in seinem Versteck. Ein Baby. Wie kann er auch nur auf die Idee kommen, so etwas zu töten? Aber wer *einem* Schädling Unterschlupf gewährt, hat irgendwann Hunderte am Hals. Das liberale Dilemma: Prinzipientreue oder Realpolitik? Also greift Adrian hinter sich zu der Falle samt Käse und will gerade den todbringenden Hebel mit dem Daumen spannen, als hinter ihm sein Kater miaut. Rufus, der alte Kämpfer, trottet heran, schläfrig, satt, furzend, und will nachsehen, was sein Herrchen so treibt. Bei diesem Anblick kommt Adrian eine ganz neue Idee. Er legt die Falle beiseite und greift sich Rufus. Ein viel besserer Plan. Angewandter Darwinismus. Schließlich lebt er zusammen mit einem Raubtier, dem Todfeind der Maus: Wozu braucht er da eine Falle? Er klappt die Schranktür auf, und nach einem kleinen Gerangel mit Rufus, der nicht die geringste Lust verspürt, sich in dieses dunkle Loch sperren zu lassen, schließt er die Tür und wartet, daß der alte Bursche seine Arbeit tut. Im Inneren geht es sofort zur Sache, ein Mordsradau. Los, Rufus, los, denkt er. Los, Junge! Krallen, Zähne; Augen, die in der Dunkelheit sehen; Blut, der Mausekopf im Katzenmaul – all das erscheint vor Adrians innerem Auge. Körper prallen von innen gegen die Tür. Die Klappe zittert unter den Angriffen, Rückzügen, Offensiven, Gegenoffensiven, und Adrian muß sie mit der Hand zuhalten, bis ihm schließlich dämmert, daß das Gepolter nur von Rufus kommt, daß sein Kater versucht, sich zu befreien. Als seine ängstlichen Schreie ein besorgniserregendes Ausmaß erreichen, nimmt Adrian die Hand von der Tür – Rufus schießt aus dem Schrank, ein Meteor mit gesträubten Haaren, und ist auf und davon.

ADRIAN *(seufzt)*: Feigling.

Auf den Knien, in seinem japanischen Kimono, stellt er die Falle wieder auf.

Innen. Adrians Sprechzimmer. Tag.

Donald starrt den Psychologen an. Er ist offensichtlich wütend darüber, daß er hierhermuß. Nur massiver Druck der Familie hat ihn überhaupt soweit gebracht.

ADRIAN: Also … warum erzählst du mir nicht ein wenig von dir? *(Schweigen.)* Gut, was machst du zum Beispiel gern in deiner Freizeit? *(Schweigen.)* Fußball? Rugby? *(Schweigen.)*

So etwas ist Adrian nicht gewohnt. Die meisten Patienten *wollen* zu ihm, sie sehnen sich nach seinen Einsichten, seinen erhabenen Worten, sie schnappen sie aus der Luft wie Elfmeterbälle. Aber diesem Jungen hier liegt nichts an dem Spiel.

ADRIAN: Und wie steht es hiermit? *(Holt* DONS *Comic-Kladde hervor.)*

DONALD *(wütend)*: Wo haben Sie das her?

ADRIAN: Deine Eltern haben es hiergelassen. *(Reicht es ihm,* DON *reißt es ihm aus der Hand.)* Entschuldigung. Ich dachte, du seist einverstanden. *(Schweigen.)* Du hast Talent. Sehr großes Talent. Ich verstehe ein wenig von Kunst.

Donald: Hätten Sie gern einen Stern auf Ihrer Hand?

Adrian: Ich habe mich gefragt, wie die Geschichte wohl ausgeht. Nicht böse sein, ich habe es gelesen.

Donald: Ist doch egal, wie es ausgeht.

Adrian: Nun, ich würde sagen, in jeder Situation, in der wir uns befinden ... früher oder später ...

Donald hört nicht mehr zu. Dieser alte Knacker ist für ihn ungefähr so interessant wie die Kinoreklame für Coruba-Rum, Autos von Renault oder die Vorzüge eines Flugs mit Singapore Airlines. Normalerweise würde er jetzt zu seinen Stöpseln greifen und den Leuten, die ihm unbedingt erzählen wollen, was er tun und wie er sich fühlen soll, eine lange Nase in Stereo drehen, seinen eigenen Soundtrack bis zum Anschlag aufgedreht zum Schutz vor all den Wichsern und Blödmännern und langweiligen Gutmenschen, die die Welt in letzter Zeit auf ihn zu hetzen scheint. Doch er zieht es vor, statt dessen die Lautstärke des Seelenklempners zu drosseln, *ihn* leiser zu drehen, als ob die kleine Kuhle in seinem iPod über Kabel mit dem Kehlkopf dieses Quacksalbers verbunden wäre. Kurz darauf sieht Donald nur noch einen stummen Therapeuten, ein sich bewegender Mund, aus dem kein Laut mehr dringt. Volltreffer. Plötzlich ist diese Sitzung viel interessanter.

Wie idiotisch Leute aussehen, wenn man ihnen beim Reden den Ton abdreht. Selbst ein Leisetreter wie der da sieht plötzlich aus wie ein lächerlicher Pantomime, der die Hände an nicht vorhandene Mauern drückt, einen unsichtbaren Teigklumpen knetet, dann anscheinend einen einzigen Klavierakkord in der Luft spielt, mit hüpfenden Augenbrauen und rollenden Augen. Don kann der Versuchung nicht widerstehen. Im Geiste greift er zu einem seiner feinsten Stifte, dem, mit dem seine Phantasie immer zeichnet, und fängt an …

… fängt an, das Gummigesicht des Psychiaters zu bemalen. Er strichelt einen Schnurrbart über der nackten Oberlippe, zeichnet tiefe Falten zwischen die Brauen, die ihn dreißig Jahre älter machen, außerdem verpaßt er dem Typ ein paar Teufelshörner, einen Pfeil mitten durch den Kopf, kurz, er macht mit ihm genau das, was man im Wartezimmer mit der Titelseite einer Illustrierten anstellen würde (und was er vorhin in diesem Wartezimmer auch gemacht hat). Er fügt sogar eine rasch skizzierte Domina in Lederkluft hinzu, deren pralle Melonenbrüste über die linke Schulter des Psychoheinis quellen, als sie ihm mit ihrer Schlangenzunge ins linke Ohr fährt, und als Krönung malt er ein ganzes Bündel von Sprechblasen über den Kopf dieses Kerls, in denen überall das gleiche steht: »Bla – Bla – Bla – Bla – Bla.«

Dann hört Donald einen Namen und kehrt unvermittelt in die Realität zurück.

ADRIAN: MiracleMan – das ist ein guter Name.

DONALD: Hm …

ADRIAN: Ein Superheld. Interessant.

Donald hat nicht die Absicht, sich in ein Gespräch verwickeln zu lassen.

ADRIAN: Er furzt. *(Pause.)* Interessant.

DONALD: Er ist echt. Leute furzen eben. Na, Sie wahrscheinlich nicht.

ADRIAN: Er ist echt – aber unverletzlich. *(Schweigen.)* Und über wen triumphiert MiracleMan?

Donald *(starrt* Adrian *eindringlich an)*: Arschlöcher. *(Schweigen.)*

Adrian: Und ... nichts kann ihn umbringen?

Donald: Nichts. Das ist es doch, was unverletzlich heißt.

Adrian: Mir ist aufgefallen, daß er manchmal Frauenleichen ausgräbt und Sex mit ihnen hat. Warum tut er das?

Donald: Es bleibt ihm nichts anderes übrig. Die Mädchen wollen ihn nicht.

Adrian: Warum nicht?

Donald: Weil er furzt.

Adrian: Warum gibst du deinem MiracleMan so eine Eigenschaft?

Donald: Hab ich doch gesagt. Weil er echt sein soll. Ich hab die Nase voll von bescheuerten Superhelden.

Adrian: Aber Superhelden sind nicht echt.

Donald *(kühler Blick)*: Sind Sie da jetzt gerade drauf gekommen?

Adrian *(reicht ihm den Comic zurück)*: Sein Erzfeind – Gummifinger? Ein Chirurg, der immer mit einem schnappenden Laut seine Handschuhe anzieht?

Donald: Das ist cool.

Adrian: Du magst keine Ärzte?

Donald: Hätten Sie nicht gedacht, was? Kann ich jetzt gehen? Ich krieg heute nachmittag noch Strahlen.

Innen. Strahlenklinik. Tag.

Der Soundtrack des Lebens schwillt an (oder sollte es zumindest), und wir hören die opulenten Klänge des Zwischenspiels aus Mascagnis *Cavalleria rusticana*. Donalds

Körper schwebt in Zeitlupe in die riesige weiße Muschel des Strahlentherapieapparats. Er trägt eine Schutzbrille. Er ist jetzt in einer anderen Welt, ausgeliefert einer Batterie von Röntgenstrahlen, Elementarteilchen (Elektronen, Neutronen und Pi-Mesonen) und Gammastrahlen, von Kobalt-60, Kohlenstoff-12, Neon-20 und Argon-40. All diese Kräfte dringen unsichtbar durch die Schichten seines Körpers und bringen sein Inneres zum Brodeln wie ein Fertiggericht in der Mikrowelle.

Donald fühlt sich davon inspiriert. Er hat eine tolle Idee, wie sein Buchprojekt weitergehen soll, sein Comicroman, *Die Abenteuer von MiracleMan*, bei dem es jetzt allmählich dramatisch wird. Und während Strahlen und Photonen ihn durchbohren, löst er sich von diesen Qualen und betritt die Welt seines Alter ego, die Welt von MiracleMan. Standbilder erwachen zu flackerndem Leben und regen sich. Als erstes sieht er den Titel der neuen Episode:

GUMMIFINGER KEHRT ZURÜCK

von DONALD DELPE, adaptiert nach seinem eigenen Comic, in welchem MiracleMan (© **DD Comix**) in die Fänge seines Erzfeinds GUMMIFINGER gerät.

GUMMIFINGER, hinter seiner Chirurgenmaske verborgen, zieht mit einem schnappenden Geräusch neue Handschuhe an. LEINWANDFÜLLEND in einer gezackten Blase das Wort **SCHNAPP!!!** Die KRANKENSCHWESTER, eine großbusige Schlampe (ihr knapper Kittel so kurz, daß man den Schritt des schwarzen Höschens sehen kann), fragt ihn:

KRANKENSCHWESTER: Noch eine Gewebeprobe, Patschhändchen?

GUMMIFINGER: Diesmal nicht, Karbolmäuschen. Diesmal machen wir Ernst mit unserem unverletzlichen Freund.

MIRACLEMAN ist auf einen Operationstisch geschnallt, wo ein TODESSTRAHL auf ihn zeigt, ein Gerät, das aussieht wie eine große Tortenspritze. Mit einem gehässigen Grinsen schaltet GUMMIFINGER ein. MIRACLEMAN bäumt sich vor Schmerzen auf, sein Hintern schwebt gut zwanzig Zentimeter über dem Tisch, und er leidet entsetzliche Qualen, bis er schließlich zusammensackt und STIRBT.

GUMMIFINGER: Das hätten wir.

Die KRANKENSCHWESTER löst MIRACLEMANS Fesseln und blickt auf ihn hinunter, mit einer Träne im Auge. Eine Denkblase erscheint über ihr. Wir lesen sie …

KRANKENSCHWESTER *(Blase)*: »…was für eine schöne Leiche.«

GUMMIFINGER: He, haben Sie da etwa gerade was GEDACHT?

KRANKENSCHWESTER *(verlegen)*: Äh … oh …

Dann fühlt GUMMIFINGER MIRACLEMAN den Puls.

GUMMIFINGER: Scheint, daß wir ihn verloren haben. Großartig. *(Lächelt böse.)* Schwester, ist die Injektion bereit?

KRANKENSCHWESTER: Natürlich.

GUMMIFINGER: Gut. Wunderbar. Das sollte reichen.

GUMMIFINGER nimmt die Spritze, spritzt einen Strahl in die Luft, sticht dann DIE NADEL IN SEINEN EIGENEN ARM und injiziert mit einem ORGIASTISCHEN SEUFZER.

GUMMIFINGER: Wenn das so weitergeht, werde ich den hypokritischen Eid noch neu leisten müssen.

Während er sich die Spritze setzt, schmiegt sich die KRANKENSCHWESTER an ihn wie eine Katze.

KRANKENSCHWESTER: Bitte, bitte, bitte, bittebitte, schnurrrrrr...

GUMMIFINGER: Natürlich. Wie unaufmerksam von mir.

Nun sticht er dieselbe SPRITZE in ihren sehnlich hingehaltenen Arm, der wie bei allen Süchtigen voller Einstichmale ist. Sie stöhnt lustvoll, als der Rest der Droge in ihren Kreislauf kommt. Dann KÜSSEN sie sich, ihre ZUNGEN winden sich umeinander wie Schlangen in einem Korb, während GUMMIFINGER die KRANKENSCHWESTER von hinten entkleidet. MIRACLEMAN ist vergessen.

Unser Blick richtet sich derweil auf die TOTE HAND von MIRACLEMAN, und eine EXTREME GROSSAUFNAHME zeigt eine LANGE BLAUE ADER in seinem Arm. Plötzlich hören wir den verstärkten Ton seines Herzschlags und sehen in der nächsten Sekunde eine Blase – BLUT, das durch diese Ader in die tote Hand gepumpt wird; wir folgen der vierten oder fünften dieser Blasen zur toten Hand und sehen, wie die FINGER zucken und sich zur Faust ballen. Als schon niemand mehr damit rechnet – und gerade als GUMMIFINGER und DIE KRANKENSCHWESTER es auf dem Tisch nebenan treiben wie die Hunde –, springt MIRACLEMAN auf. Es ist ein Wunder.

MIRACLEMAN: Nicht so schnell, du Schlächter! Hat dir nie jemand gesagt, daß jämmerliche schmierige Junkies nicht leichtsinnig sein sollten?

GUMMIFINGER: Wie... was???...

MIRACLEMAN: Tut mir leid. In meiner Familie werden nun mal alle ziemlich alt.

Woraufhin MIRACLEMAN seinen Widersacher zu Boden schlägt und den TODESSTRAHL als LASERKANONE nimmt und den ganzen Laden in Stücke schießt. Als die Maschinen explodieren ...

Innen. Onkologie / Krankenhaus. Tag.

Heutzutage spricht keiner mehr von einer Krebsstation, denkt Dr. Adrian King. Der Begriff ist Mitte der achtziger Jahre aus der Mode gekommen, ungefähr zur gleichen Zeit, als aus Huren Hostessen wurden. Und es waren nicht nur die Huren, die zumindest terminologisch ausgemustert wurden. Aus Müllmännern wurden Entsorgungsfachkräfte, aus Rentnern Senioren, aus Ausländern Menschen mit Migrationshintergrund. Anscheinend war nur der Glockenspielmacher der euphemistischen Entwürdigung entgangen.

Wieso sagte man nicht mehr Krebsstation? Adrian fielen zwei Gründe ein. Zum einen galt es als geschmacklos, die Kranken daran zu erinnern, daß sie Krebs hatten. Zum anderen dachte man bei dem Wort allzuleicht an jahrelanges hoffnungsloses Leiden, an eine Reise ohne Rückfahrkarte. Das lateinische Wort Onkologie sollte all das in Ordnung bringen, es sollte nach Wissenschaft klingen, nach Schweizer Effizienz, nach dauerhafter Heilung und Pfizer-Forschungsstipendien, eine Industrie der Hoffnung, obwohl – schwer zu glauben – weder Fortschritt noch Wissenschaft noch Terminologie die Überlebenschancen nennenswert verbessert hatten. Die Krankheit reagiert nicht auf semantische Heilmittel, sie ist immun gegen Werbeslogans und taub für die neuesten technischen Errungenschaften. Es ist immer noch der gleiche tödliche Fluch wie vor hundert Jahren. Krebs bleibt Krebs. Eine Station bleibt eine Station.

Solche Gedanken gehen Adrian King durch den Kopf, als er die Patienten in ihren Betten von der Tür aus mustert: Die Namensänderung scheint ihm ebenso sinnlos wie eine Schönheitsoperation an einer Leiche. Ja, die Station läßt ihn an die ersten Zeilen von Edgar Allan Poes *Untergang des Hauses Usher* denken. Wie heißt es da? Er erinnert sich noch genau an den Wortlaut, aus einem Kursus über amerikanische Literatur. »Einen ganzen langen und lautlosen und dämmrigen Herbsttag lang war ich geritten, unter Wolken, die bedrückend tief am Himmel hingen, durch außerordentlich öde Landschaft; und fand mich schließlich, als die Schatten des Abends schon länger wurden, in Sicht des melancholischen Hauses Usher. Ich weiß nicht, wie es geschah – doch mit dem ersten Blick auf dies Gemäuer bemächtigte sich meiner ein Gefühl von unerträglicher Düsternis.« *Unerträgliche Düsternis.* Das ist der Ausdruck, nach dem er gesucht hat. Und mit einemmal wird ihm klar – er hat keine Ahnung warum –, daß es genau diese Düsternis ist, unerträglich und öde und bedrückend, mit der er es in seinem Beruf aufnehmen muß. Und als er die Station entlangschaut, die halb zugezogenen Vorhänge um die Betten, sechs auf jeder Seite, belegt mit einem Sortiment von Kranken aus allen Schichten, arme wie reiche, Gewinner wie Verlierer (solche Unterscheidungen sind hier nicht von Belang), spürt er, daß diese Aufgabe zu groß für ihn ist.

Was soll man einem Menschen schon sagen, der einen schrecklichen Tod vor Augen hat? Man faßt seine Qualen in schöne Worte, aber wieviel Erleichterung ist das? Psychologe ist das falsche Wort für das, was er tut. Unpassend. Er ist ein bezahltes Echo. Das trifft es schon eher. Ein Echo, das wiederholt, was der Kranke längst weiß.

Aber vielleicht muß er ja nur ein wenig ausspannen. Er hat schon bunte Urlaubsprospekte gesammelt, und allmählich sehnt er sich nach Sonnenbräune. Irgendwohin wo es ruhig ist. Ein Land ohne Industrie. Wie er so dasteht und alles Revue passieren läßt, entdeckt er Roy, den Pfleger, der am anderen Ende des Krankensaals von Bett zu Bett zieht wie ein genius loci; er macht seine Runde, geheimnisvoll, huscht wie Glöckchen, die Fee aus *Peter Pan,* von Kissen zu Kissen und flüstert den Leidenden kleine Nichtigkeiten ins Ohr, worauf sie, vor Adrians Augen, laut loslachen! Ein schallendes Lachen! Wie Lazarus erwachen diese Halbtoten und stimmen in verschwörerisches Flüstern ein! Was zum Teufel? Was hat der Kerl diesmal vor? Roy, Roy, Roy, Roy, Roy.

Roy Jessons, zweiunddreißig Jahre alt, unglaubliche Kräfte für einen so dicken Mann. Zweiunddreißig Prozent Körperfett – selbst ein Schwein hat nur vierundzwanzig. Wenn man ihn ein fettes Schwein nennt, ist es eine Beleidigung für das Schwein. »Mann, ich müßte ein Jahr lang jeden Tag joggen, bis ich ein fettes Schwein wäre. Ich *träume* davon, ein fettes Schwein zu sein.« Das ist Roy, ein Komiker, ein Unikum. Verabscheut jegliche Autorität, wenn er das Gefühl hat, daß ein Dummkopf am Drücker sitzt. Lebt allein, eine Hölle für jeden Hygieniker. Fährt zur Arbeit mit einem 50-Kubik-Motorroller, der am Berg unter seinem Gewicht schlappmacht. Dennoch ist er von einer geradezu unanständigen Lebensfreude, selbst wenn ihm die meisten der üblichen Voraussetzungen fehlen: Aussehen, Geld, Grund- und anderer Besitz, eine Frau. Da sich seine Schiffsschrauben in keinem der üblichen gesellschaftlichen Netze verfangen haben, dringt er in Bereiche vor, die andere nie kennenlernen. Es gefällt ihm an düsteren Orten. Menschen, die wie die Sterbenden keine Ambitionen mehr haben, vergöttern ihn. Sie sehen das Himmelreich in seinen blitzenden Augen, finden Fröhlichkeit in seinen vielfachen Kinnen – wenn er Geige spielte, hätte er Mühe zu entscheiden, unter welches er sein Instrument klemmen sollte.

Roy Jessons ist eher zufällig Krankenpfleger geworden. Nach der Schule drei Jahre arbeitslos, dann eines Tages ein Computerfehler im Sozialamt, der ihn zum Krüppel macht, an Armen und Beinen gelähmt. Sie schicken sogar die Papiere. Er heißt sein Schicksal mit offenen Armen willkommen, unterschreibt und hat fortan Anrecht auf alles, was es so gibt: Essen auf Rädern, Hausbesuche, sogar dreimal pro Woche eine Ganzkörperwäsche, ausgeführt von einer adretten, jungen, halbjamaikanischen Pflegerin. Er mimt den Gelähmten. Beschafft sich am Flughafen einen Rollstuhl, spielt seine Rolle sechs Monate lang. Bald reagiert er wie ein Pawlowscher Hund, bekommt eine Erektion, sobald er Schwester Barbara an der Tür klingeln hört. Er lernt auch ziemlich viel über Krankenpflege und hat große Achtung vor dem Beruf, zumindest so lange, bis seine hübsche Helferin aufhört und ihren Schwamm einem einsachtzig großen Rugbyspieler übergibt. Ein Wunder: sein Zustand bessert sich schlagartig. Aber in der Hoffnung auf weitere jamaikanische Mädchen mit ähnlich begnadeten Händen wie Schwester Barbara beginnt er eine Krankenpflegerausbildung. Er will Engel mit warmen Händen um sich haben. Doch abgesehen von den seltenen Gelegenheiten, wo das eine oder andere großherzige Mädchen sich selbstlos aufopfert, bleibt er allein. Die Krankenschwestern behandeln ihn wie ein Maskottchen. Scheuchen ihn an Halloween in Unterwäsche durch die Flure des Schwesternheims. Er bricht seine Pflegerausbildung bald ab, nimmt aber eine Stelle als Pflegehelfer an. Landet schließlich in der Onkologie. Die Sterbenden lieben ihn.

Während Roy sich langsam in Richtung Tür vorarbeitet, hin und her von Bett zu Bett, tritt Adrian einen Schritt zurück, wo ihn Roy nicht sehen kann, und beobachtet ihn.

ROY (*zu* PATIENT 7, *Bauchspeicheldrüse*): Odessa im dritten? Schön. Schön. Gute Wette. Gefällt mir. (*An* ALLE) Der hat das Zeug zum Sieger, Leute! (*Zu* PATIENT 8, *Non-Hodgkin-Lymphom.*) Und was ist mir dir, Gunga Din?

GUNGA DIN (*Geld in der Hand*): Ich setze auf Mutter des Erbarmens.

ROY (*pfeift*): Ganz schön risikofreudig. Glückwunsch. Nur weil der Gaul in seinem erstaunlich langen Leben noch kein einziges Rennen gewonnen hat, heißt das ja nicht, daß sich das auf seine alten Tage nicht noch ändern kann, was? Wenn man hier ist, muß man einfach an Wunder in letzter Minute glauben. Stimmt's oder hab ich recht? Dann mal zu. Okay. (*An* ALLE.) Wohlan, ich eile von dannen zu den Buchmacher-Mannen, und hernach kehr ich zurück zu euren Bettpfannen. *(Er vollführt einen eleganten Kratzfuß, dreht sich auf dem Absatz um und stößt mit*

Adrian *zusammen.)* Für das dritte Rennen in Ascot sind kaum noch Wetten möglich, aber wenn Sie mir jetzt Ihren Tip sagen, sehe ich zu, was ich für Sie tun kann.

Innen. Flur vor der Station / Krankenhaus. Forts.

Adrian *(mit gedämpfter Stimme, mißbilligend, von oben herab)*: Sie haben mir Ihr Wort gegeben. Hören Sie, Sie wissen doch, worum es hier geht – zum Sterben gehört auch ...

Adrian und Roy *(zusammen)*: ... die Vorbereitung auf das Ende ...

Roy: Ja, das haben Sie mir gesagt.

Adrian wirft Roys Notizbuch mit den Wettaufzeichnungen in den Müllsack einer vorbeikommenden Putzfrau. Die Putzfrau läßt ihren Karren ein Stück weiter hinten im Flur stehen.

Adrian: Ich weiß, was Sie vorhaben. Die Idee ist nicht schlecht, aber ... na, Sie wissen schon. Glücksspiel? Das können wir besser.

Roy: Ich bin nun mal altmodisch. Wir von der alten Schule sind anders. Also ich finde, solange diese Leute noch Räder unter dem Hintern haben, warum sollen sie denn da nicht Gas geben? Sie sehen das eben so, und ich sehe es anders. Na, Sie sind der Experte.

Adrian *(reicht ihm die Hand)*: Abgemacht?

Roy *(schüttelt sie widerstrebend)*: Sie brechen mir das Herz.

Roy schickt sich an wegzugehen, dann bleibt er stehen, zieht mit einem verschmitzten Lächeln sein Notizbuch aus dem Müllsack und schwenkt es vor Adrians Augen über dem Kopf, zumindest so lange, bis eine Oberschwester aus einem Büro am Ende des Korridors tritt. In dem Augenblick läßt Roy das Büchlein hinter dem Rücken verschwinden und nickt ihr dienstbeflissen zu. Sie erwidert sein Nicken. Adrian sieht kopfschüttelnd zu und kann sich ein Lächeln nicht verkneifen.

In diesem Augenblick kommt eine attraktive Krankenschwester vorbei. Zu Adrians Erstaunen lächelt sie ihn ermunternd an. Adrian ist soviel Aufmerksamkeit nicht mehr gewohnt und vergißt vor lauter Verblüffung zurückzulächeln.

SCHWESTER: Doktor.

Sie bleibt sogar bei ihm stehen und gibt ihm eine letzte Chance.

ADRIAN: Ähm… hallo.

Doch statt die Unterhaltung wenigstens freundlich, ohne Hintergedanken, fortzusetzen, dreht er sich um, als sei er beschäftigt, und stürmt fast im Laufschritt den Korridor entlang. Die Frau blickt ihm enttäuscht nach, aber wie üblich merkt Adrian nichts.

Innen. Untersuchungszimmer / Krankenhaus. Tag.

Donald sitzt mit nacktem Oberkörper auf einem Untersuchungstisch, und Dr. Sipetka nimmt zwei Röntgenaufnahmen vom Lichtkasten: *schnapp, schnapp*. Jim und Renata platzen fast vor Anspannung, bis der Arzt sich endlich umdreht und sie mit seinem Zahnpastalächeln anstrahlt.

DR. SIPETKA: Alles in allem sind die Ergebnisse so vielversprechend, daß ich vorschlagen würde, wir nehmen den

Permaport heraus. *(Tippt auf den Katheter in* Dons *Schulter.)*

Jim: Sie meinen … der wird nicht mehr gebraucht?

Dr. Sipetka: Das müssen wir abwarten. Die Strahlenbehandlung hat uns sehr geholfen. Wir sind noch nicht über den Berg, aber was ich sehe, gefällt mir. Es gefällt mir sehr.

Renata: Meine Güte! Meine Güte! Sie hält sich die Hand vor den Mund, und als ihr klar wird, was sie da gehört hat, schlingt sie die Arme um Jim. Sie jubeln. Die erste Erleichterung seit sechs Monaten. Sie spüren, wie ihr eigener Schmerz nachläßt. Beinahe vergessen sie den, für den diese Nachricht tatsächlich lebenswichtig ist. Sie drehen sich um und sehen Donald an, der dort an der Wand sitzt.

Renata: Meine Güte. *(Sie und* Jim *erdrücken* Don *beinahe mit ihrer Umarmung.* Renata *schluchzt. Bei* Jim *fehlt auch nicht mehr viel.)* Ich hatte fast vergessen, daß es auch so etwas wie gute Nachrichten gibt.

Dr. Sipetka *(lächelnd, zu* Donald *gewandt)*: Gute Arbeit. Doch wir sind noch nicht am Ziel. Der Kampf geht weiter, klar? Nicht aufhören, verstanden? Gute Arbeit, Don.

Donald *(beinahe verblüfft):* Aber ich habe doch überhaupt nichts ge*tan*.

Innen. Kunstschule. Abend.

Heute hat die Aktzeichenklasse ein lebendes Modell. Adrian blickt seitlich an seiner Staffelei vorbei und studiert es und fügt erst dann noch ein wenig Hautton hinzu. Zufrieden blickt er in die Runde und betrachtet seine Künstlerkollegen. Alle sind konzentriert bei der Arbeit. Sein Blick wandert wieder zu dem Modell, er läßt den Pinsel sinken und mustert sie mit nicht ganz so künstlerischen Augen. Anfang dreißig. Ein schönes Exemplar. Er fragt sich, wer sie wohl ist. Seht sie euch an, wie sie sich da auf den Kissen räkelt, ohne einen Faden am Leibe, keinen einzigen Pixel Scham in ihrem ganzen Körper – und das zu Recht. *Nuditas virtualis.* Die Nacktheit, die Adam und Eva genossen, wenn auch nur wenige nach ihnen. Welch ein Meisterwerk ist der Mensch! Schönheit. Sie ist überall! Der Schönheit ist er seit jeher verfallen. So ist sein Herz oft: überquellend. Aber dabei dezent; es quillt im verborgenen. Am liebsten würde er weinen, aber das kann er nicht zulassen. Schönheit, Schönheit überall und kein Tropfen zu trinken. Wer kann sie trösten, die dürstende Seele von Dr. Adrian King?

Innen. Kino. Abend.

Heute abend wählt Don den Film aus. Jim sagt, das steht ihm zu, und Renata und Jeff erklären sich bereit, sich anzusehen, was er aussucht. Und hier ist sie nun, eine ganz gewöhnliche britische Familie, die sich einen Ausflug ins Kino gönnt; sie reichen sich das Popcorn, recken die Hälse, damit sie besser zwischen den Zuschauern vor ihnen hindurchsehen können, und verfolgen einen Film über drei jugendliche amerikanische Delinquenten – Superhelden, alle drei mit exzentrischen, doch übermächtigen Kräften, die es mehr als nur mit denen ihrer Kollegen, den Gangsterjägern, aufnehmen können. Ironisch ist nur, daß der einzige Delpe, dem dieser Blockbuster *nicht* gefällt, Donald ist; er schüttelt im Dunkeln immer wieder den Kopf, angewidert von jeder neuen Unwahrscheinlichkeit im Plot, murmelt »So ein Scheiß«, wieder und wieder und so laut, daß mindestens sechs andere Leute im Publikum ihn anzischen, er soll endlich den Mund halten. Daß drei davon seine eigenen Familienmitglieder sind, verbittert ihn nur um so mehr.

Innen. Auto. Abend.

Auf der Rückfahrt macht Renata den Fehler und fragt Donald, wie er den Film fand. Äußerst unklug. Jeff stöhnt, er weiß, was jetzt kommt: Er hat das alles schon gehört. Es war ohnehin eine rhetorische Frage gewesen, Renata hatte im Scherz gefragt, aber das gibt Donald die Gelegenheit, vom Leder zu ziehen – und wie! Auf einen Zug redet er mehr, als er das ganze letzte Jahr geredet hat, er zetert regelrecht. Er ist empört. Einen solchen Blödsinn hat er noch nie gesehen. Das soll ein Film sein? Er will sein Geld zurück. Nichts als Reklame, triefend vor Effekten, verpackt in einen kalorienfreien watteweichen Plot. Die unmögliche *Rettung in letzter Sekunde* macht ihn wütend. Er will, daß dieses idiotische Klischee endlich ausgemerzt wird. Er hat mal ein wenig recherchiert. Die Griechen haben es für ihre Fabeln nie gebraucht. Die Märchenonkel, die Brüder Grimm, sind nie auf den Gedanken gekommen. Und der Ober-Onkel Shakespeare, nach dem zu urteilen, was Don an Lektüre nicht vermeiden konnte, hat es auch nicht nötig gehabt. Aber wenn man sich heutzutage einen Superhelden-Film ansah, konnte man sicher sein, daß genau das kam (es kam sogar in jedem Actionfilm). Was hat denn das für einen Unterhaltungswert, wenn der 150-Meter-Dachsturz der netten alten Großmutter nicht mit Pizza auf der Straße, sondern mit Rettung in letzter Sekunde endet, und die Oma kommt Zentimeter über dem Asphalt durch einen superheroischen Einsatz zum Halten, als ob der Superheld nur mit ihr spielt; der schmust gerade mit seinem Mädchen (oder mit seinem Mann, für den Fall, daß es sich um eine Superheldin, eine von diesen neuen Überschlampen im Latexanzug, handelt), während das Mütterlein **Aaaaahhhhh** schreit, bis der Held (oder die Heldin) aus zwei Meilen Entfernung den Schrei vernimmt und sich ganz in Schmachtfetzenmanier von seiner oder ihrem Liebsten mit einer Replik verabschiedet, daß er oder sie nur so dahinschmilzt, und dann springt, taucht, fliegt, sich katapultieren läßt; er legt die lächerlichen zwei Meilen in 0,75 Sekunden zurück, so daß wir schon denken Ooo, ooo, ooo, da ist nichts mehr zu machen, und dann... Mann! Unglaublich! Der wackere Superheld. Die Greisin ist gerettet und liegt wie ein Baby in seinen Armen, sogar die falschen Zähne sind noch drin. Abspann. Don gelobt, daß er sich nie wieder einen solchen aufgeblasenen moraltriefenden Schwachsinn ansehen wird, sein Leben lang nicht mehr. Scheiß drauf. (»Nicht fluchen«, tadelt ihn seine Mutter.) Warum kann es denn nicht ein *einziges Mal* realistisch sein? Warum kann der Held sich nicht betrogen und mißbraucht fühlen, billig und leer? Die Alte hätte direkt auf einem Polizeiauto landen sollen, platsch, ein großer Klecks Erdbeermarmelade. Das ist das Leben. Die Freundin von dem Superhelden hätte mit einem anderen ins Bett gehen sollen. Ganz normale Grausamkeiten. Für so was würde er seinen Boykott glatt beenden.

Eltern und Bruder warten, bis er sich beruhigt. Heute abend ist Donald dran. Sie lassen ihn weiter und weiter reden über sein Lieblingsthema. Und erst als Jim Delpe den Blinker setzt, 150000 Meilen bevor er nach links abbiegen will, kommt Donald auf einmal auf etwas anderes zu sprechen.

Innen. Schuhladen. Tag.

Der Mensch geht nicht in Vans allein. Nur deshalb war Donald damit einverstanden, mit seiner Mutter einkaufen zu gehen. Kaufrausch aus gegebenem Anlaß. Alles was er haben will. Sagt sie jedenfalls am Anfang. Das findet er sogar spannend. Aber als sie dann im Saab sitzen, unterwegs in die Stadt, kommen die Einschränkungen: Alles, solange es vernünftig ist. Und solange er darin gehen kann. Gehen? Ja, genauer gesagt alles, was bei Footlocker zu haben ist. Damit begrenzt sich der Kaufrausch also auf Schuhe. Das ist der Lohn dafür, daß er nicht gestorben ist. Scheißmütter.

Im Laden hat er ein paar chinesische Van-Kopien entdeckt, die ihm besser gefallen als die neuen echten Vans. Eine modische Verirrung. Und außerdem gibt's in dem Laden sonst nichts, was er braucht. Italienische Lackschuhe oder ein solider Schnürschuh für den Herrn von Welt sind nicht gerade sein Ding, und eher will er verrotten als seiner Mutter den Gefallen tun und ein Paar neue schwarze Schulschuhe anprobieren. Alle Tage ist kein Sonntag. Die Schule steht wieder auf dem Programm. Na herzlichen Glückwunsch, heißt es in der Denkblase über ihm: gewohnheitsmäßiger Mißbrauch, ätzende Langeweile, tägliche Bestätigung jeder Schwäche, die man hat, und die alte chinesische Wasserfolter, die systematische Brutalität der Uhr, wie sie unter Ächzen und Stöhnen auf die Drei zukriecht und erst dort ankommt, wenn man längst jede Vorstellung von Freiheit verloren hat, allen Grund zu leben. Chemo und Strahlenbehandlung sind vielleicht doch gar nicht so übel.

RENATA: Magst du die? *(DON nickt die Van-Kopien ab.)* Gut. *(Zur* VERKÄUFERIN.*)* Wir nehmen diese, danke. Haben Sie sie eine Nummer größer?

VERKÄUFERIN: Passen sie nicht?

RENATA: Doch. Die passen wunderbar, aber... Sie wissen doch, wie sie in dem Alter wachsen. Alle Tage ist kein Sonntag, schwebt die Blase über Donald. Seine Mutter sagt nicht einmal »klopf auf Holz«.

Außen. Haus Delpe. Tag.

Donald der Untote macht die Garagentür auf und holt sein altes Fahrrad heraus. Das Ding ist reichlich ramponiert von zu vielen Kamikazeabfahrten, die an Bäumen und Zäunen und Parkuhren endeten, aber es sieht immer noch gut aus. Vorsichtig steigt er auf, dreht es in Richtung Straße, fährt die Auffahrt hinunter, macht kehrt und fährt wieder hoch. Das war's.

Er ist erledigt. Kann nicht mehr. Sitzt auf dem Sattel und keucht und drückt die alte rostige Klingel am Lenker. Sie scheppert, aber sie funktioniert. Einmal Klingeln schafft er, dann ist selbst das zuviel. Er hat keine Kraft mehr. Er steigt ab, schiebt das Rad zurück und schließt die Garagentür.

Er steht da, ein wenig schwindelig, und sieht sich die Umgebung an. Feines Viertel, eins der besten in Watford, eine ganze Zeile mit schuldenfreien Häusern, an diesem Vormittag unter heftigem Heimwerkerbeschuß. Hier ist er aufgewachsen. Die einzige Straße, die er wirklich gut kennt. Tolles Städtchen. Der Dienstagmorgensoundtrack ist ein einziger Schrei aus Rasenmähern, Kreissägen, Hämmern und aufheulenden Motoren, überallhin getragen von einer sanften Golfstrombrise. Menschen voller Hoffnung, steht in der Blase, Leute mit langfristigen Plänen, die sich für die Zukunft bereitmachen. Glatt, gefällig, versunken im vorhersehbaren Leben. So selbstgefällig wie Pearl Harbor am Tag vor dem Knall. Genau das ist dieser Ort hinter den Kulissen: Pearl Harbor am 6. Dezember. Geschäftsbetrieb in einem gewissen Bürokomplex in Manhattan, 10. September. Don weiß, daß es keine Gewißheit gibt. Nichts ist selbstverständlich. Nichts was es nicht vielleicht am nächsten Tag nicht mehr gibt.

Er atmet tief durch. Die Vormittagssonne blinzelt durch die Bäume und malt ihm ein Spinnwebmuster aufs Gesicht. »Ich bin am Leben.« Eine Selbstverständlichkeit, denn sonst wäre die Denkblase ja nicht da, aber für Donald ist das neu. Er fühlt sich zwar wie in der Mikrowelle aufgewärmte Kacke, aber er ist am Leben. Das muß er einsehen. Sein Körper funktioniert noch. Sein Kopf ist klar. Das ist gut. Gut genug. Doch statt Freudenglocken reicht es gerade mal für eine Fahrradklingel.

Warum? Vielleicht weil er sich gestern abend im Internet über Kobalt-60 schlau gemacht hat. Die Radiologen verwenden eine Menge von dem Zeug. Wieviel davon sie auf ihn schon abgefeuert haben, wird er nie erfahren, das wird ihm nie einer sagen, aber auf der Website hieß es, Kobalt-60 habe eine Halbwertzeit von 5,6 Jahren. Als nächstes googelte er »Halbwertzeit«. Das ist, erfuhr er, die Zeit, in der eine Substanz *die Hälfte* ihrer Radioaktivität verliert. Na Glückwunsch. Nach seiner Rechnung bleibt er ein Tschernobyl auf zwei Beinen, bis er einundzwanzig ist, und solange wird es ihm nicht viel besser gehen als jetzt. Danach ist er dann bis zu seinem sechsundzwanzigsten Geburtstag ein halbes Tschernobyl.

Her mit den Kamikazes, steht in der nächsten Denkblase. Her mit den Japsen und ihren Zeros, wie sie in Schwärmen aus der aufgehenden Sonne kommen, auf ihn zuhalten, gerade da, wo er jetzt steht, in der Auffahrt zu seinem Haus an einem ganz gewöhnlichen Dienstagmorgen im goldenen Westen, wo Gras gemäht und Rasen gewässert und schon der Baugrund für den gemauerten Gartengrill abgesteckt wird. Her damit.

Außen. Garten / Haus Delpe. Tag.

Don sitzt auf der Baumschaukel hinter dem Haus und zeichnet an seinem Comicroman. Die Mütze hat er abgenommen; sein Haar wächst allmählich wieder. Ein kleines Mädchen von nebenan schaut über den Gartenzaun.

KLEINES MÄDCHEN: Wieso bist'n du nicht in der Schule?

DONALD: Und du? Wieso bist *du* nicht in der Schule?

KLEINES MÄDCHEN: Ich bin krank.

DONALD: Dann sind wir schon zwei.

KLEINES MÄDCHEN: Was hast du?

DONALD: Lepra.

KLEINES MÄDCHEN: Was ist das?

DONALD: Schlag's nach.

KLEINES MÄDCHEN: Ich hab Asthma.

DONALD: Gewonnen. Willst du Morphium?

KLEINES MÄDCHEN: Was ist Morphium?

Donald antwortet nicht, sondern wendet sich wieder seiner Zeichnung zu. Er ist voll in Fahrt. Vielleicht hat der Ärger über den Film vom Vorabend ihn angespornt. Er zeichnet so viele Einzelbilder in einem solchen Tempo, daß er das Gefühl hat, sie bewegen sich tatsächlich, mit 40 Bildern pro Sekunde; sie flackern durch sein Bewußtsein wie ein Film. Heute ist die Geschichte lebendig. Sie lebt.

AUFBLENDE MIT SCHRIFTZUG *(bildfüllend)*: EINE ZWEITE TERRORISTISCHE BOMBE ERSCHÜTTERT DAS BEREITS VERWÜSTETE GEBÄUDE.

Hinter der Absperrung schaut eine schockierte Menschenmenge dem nächtlichen Schauspiel zu. Dann löst sich eine Gestalt aus den Rauchschwaden. Es ist MIRACLEMAN; er trägt einen ALTEN MANN, den er ZWEI POLIZISTEN übergibt. MIRACLEMAN wirkt angeschlagen, er blutet aus mehreren Wunden.

POLIZISTIN: Warten Sie! Wer sind Sie? Sind Sie verletzt?

MIRACLEMAN: Verletzt? Ich bin in das flammende Inferno gegangen. Was denken Sie? Verbrennungen dritten Grades, sechzig Prozent von meinem Körper. Scheiße noch mal, natürlich bin ich verletzt.

POLIZISTIN: Nicht fluchen.

MIRACLEMAN: Aber keine Sorge. Das heilt schon wieder. Verlassen Sie sich drauf.

MIRACLEMAN stapft davon in die Nacht, und die

MENSCHENMENGE applaudiert. Später, auf dem FRIEDHOF, sticht MIRACLEMAN einen SPATEN in ein FRISCHES GRAB. Aber er wird entdeckt. Der Strahl einer Taschenlampe richtet sich auf ihn.

TOTENGRÄBER: He du ... was machst du da?

MIRACLEMAN *(verlegen)*: Ich ... äh ... ich wollte nur ... Er läßt die Schaufel fallen und läuft davon in die Nacht. Der TOTENGRÄBER kratzt sich am Kopf.

Dann sitzt MIRACLEMAN auf einer EINSAMEN PARKBANK, verlassen, allein, verzweifelt. In der Blase über ihm: »Ich bin ein Schwein ...« Plötzlich ertönt eine STIMME; er fährt zusammen.

RACHEL *(aus dem Off)*: Hier versteckst du dich also.

RACHEL setzt sich neben ihn. Sie ist spröde, brünett, brav, aber sie sieht umwerfend aus.

MIRACLEMAN: Da bin ich dir wohl eine Erklärung schuldig.

RACHEL: Hm-hm.

MIRACLEMAN: Gut, also. *(Pause.)* Es war vor ein paar Jahren. Ich habe in der städtischen Kanalisation als Ingenieur gearbeitet.

RÜCKBLENDE, *ein Farbwirbel im Stil der Siebziger, zur ...*

... KANALISATION. MIRACLEMAN mit SCHUTZHELM und SCHREIBBRETT. Plötzlich bricht das Baugerüst, auf dem er steht, zusammen. Er stürzt in einen FLUSS aus SCHEISSE und GEFÄHRLICHEN GIFTEN und KLOPAPIER und RATTEN. Er muß durch diese HÖLLE schwimmen, um sich zu retten.

RACHEL *(aus dem Off)*: Iiiiiih, das ist ja ekelhaft!

MIRACLEMAN *(off)*: Ich weiß. Ich weiß. Aber wenigstens weiß ich jetzt, was da so schwimmt.

Schnitt zu …

… MIRACLEMAN in einem KRANKENHAUSBETT.

MIRACLEMAN *(off)*: Und – wer hätte das gedacht? – ich wurde krank. Irgend so ein Supervirus, Bakterien, die kein Mensch je gesehen hatte. Geheimnisvolle Krankheit. Die Ärzte waren sicher, daß es aus war mit mir. Ja, ein paar Sekunden lang …

EIN MONITOR ZEIGT HERZSTILLSTAND …

BIIIIIIIIP!!!

MIRACLEMAN: … *war* es das auch. Es war aus mit mir. Doch dann …

HERZSCHLAG kehrt zurück – Bip – bip – bip …

MIRACLEMAN: Und es heißt ja immer, was einen nicht umbringt, macht einen stark, nicht wahr?

Schnitt zu …

MIRACLEMAN, wie er sich aus einem ROLLSTUHL erhebt und spürt, wie seine Kräfte zurückkehren.

Schnitt zu einem …

ARZT, der MIRACLEMAN im Sprechzimmer gegenübersitzt.

ARZT: So etwas habe ich noch nie gesehen. Ihr Immunsystem ist … so etwas gibt es gar nicht!

MIRACLEMAN: So etwas Gutes, hoffe ich.

ARZT: Normalerweise liegt die Zahl der weißen Blutkörperchen bei ungefähr 2000. Ihre sind … bei Ihnen sind es …

MIRACLEMAN: Wie viele? Spucken Sie's aus, Doc! Ich krieg noch Furunkel am Hintern vom Warten.

ARZT: 140 000!

MIRACLEMAN: 140 000? Aber …

ARZT: Diese Zahlen … äh … wir müssen das noch einmal prüfen. Das kann gar nicht sein. Das ist UNMÖGLICH!

Zurück zur PARKBANK.

MIRACLEMAN: Und deshalb kann mir seitdem nichts mehr etwas anhaben. Nichts.

RACHEL: Nichts? Nicht einmal die Liebe?

MIRACLEMAN blickt ihr tief in die schönen Augen.

MIRACLEMAN *(unglücklich)*: Ich weiß es nicht.

In diesem hochromantischen Augenblick FURZT MIRACLEMAN.

MIRACLEMAN: Verzeihung. Ich finde es schrecklich, wenn mir das passiert.

RACHEL: Ich auch. Kannst du denn nichts dagegen tun?

MIRACLEMAN: Ich will's versuchen. Aber ich bin nur ein Mensch. Ich kann es nur versuchen.

Außen. Highschool. Tag.

Donald stapft den gewundenen Weg zu seiner Schule hinauf, im Schuloutfit (mit glänzenden neuen Schuhen von Footlocker – jawohl, er hat kapituliert); die meisten anderen Jungen sehen aus, als kämen sie frisch vom Schlachtfeld, obwohl es gerade erst neun Uhr morgens ist – eine geschlagene Armee, die sich in ihre Stellungen zurückzieht. Die Schulglocke ertönt. Schlurfend reiht Donald sich ein. Sein Beanie sitzt fest wie ein Kondom auf dem Kopf, heruntergezogen bis über die Augenbrauen, und nur die Ohrstöpsel des iPod dürfen noch unter diese Hülle, sie hämmern in seinen wollwarmen Schädel einen Zyklotron aus

Lärm, während seine Daumen den Plusknopf an einem Gameboy drücken und seinen Mann andauernd in Position bringen, in die Schußlinie und wieder heraus. Schulkoma. Das beste Koma unseres Lebens.

Innen. Highschool. Tag.

Auf den Gängen spricht er mit niemandem, wie immer. Und keiner spricht mit ihm. Wo ist das Spruchband über dem Haupteingang: Willkommen zurück, Donald? Wieso gibt es keinen spontanen Jubel? Er fragt sich, ob die anderen ihn anstarren. Er geht davon aus, aber er müßte von seinem Gameboy aufblicken, um sich zu vergewissern, und das würde er nicht mal für sämtliche String-Tangas von Rio de Janeiro tun. Gerade in Zeiten wie diesen sind die Mario Brothers gute Gefährten. Sicher, ihnen fehlt die dritte Dimension, und gesprächig sind sie auch nicht (weshalb sie doch nicht so ganz als Freunde zählen), aber über prekäre Momente helfen sie einem schon hinweg.

Als es zum Unterricht läutet, geht er ins Klassenzimmer und setzt sich an seinen alten Platz am Fenster, und nachdem er die Peinlichkeit der Begrüßung hinter sich hat (willkommen zurück, wiedererstanden von den Toten) – ein schrecklicher Moment des Ausgesetztseins, von seinen Mitschülern (sie seien gesegnet) tatsächlich mit einem *buuuh* begrüßt, einem ultratiefen *buuuh* fast schon außerhalb des hörbaren Frequenzspektrums –, wandert sein Blick hin und her zwischen dem Lehrer, dem speckigen Kragen des Jungen vor ihm, der Uhr an der Wand (mit ihrem senil dahinkriechenden Zeiger) und dem Fenster, wo er in Gedanken aus den Wolkenbildern Rorschachtests macht: Er sieht Brüste in den Schäfchenwolken, Hintern in den Schleierwolken, noch eine weitere Brust hoch oben in den Haufenwolken, einen Arsch in den aufgetürmten Gewitterwolken, Titten praktisch überall, verführerische Bilder, die entstehen und sich wieder verflüchtigen – eine einzige geile Orgie am Wolkenhimmel. Die Uhr trödelt. Sekunden werden zu Äonen. Er träumt, erwacht, träumt, erwacht, macht widerwillig ein paar Notizen in seinem Heft, und schließlich haben die Götter ein Einsehen und es ist 12 Uhr 20. Mittagszeit.

Außen. Sportfeld / Highschool. Tag.

Was hat sie ihm eingepackt? Lechz, lechz. Hot dog mit Pommes? Lechz, lechz. KitKat und Cola? Pizza und Jack Daniels? Nein; als Donald seine Tupperware öffnet – gepackt hat sie Köchin Renata von der Kantine der Krebsstiftung –, ist er noch vergleichsweise wenig überrascht, als er darin einen Salat findet, garniert mit Gras. Das neueste Experiment. Sicher, kleingehackte Tomate ist dabei, blanchierter Broccoli, aber doch großzügig bestreut mit genau dem, was ihn umgibt, da wo er sich unter dem Baum niedergelassen hat, die gleiche Flora, auf der später seine Kameraden Cricket spielen werden, genau das, was die regengeplagten Schafe des Landes ernährt oder was, auf einem hübschen Hügel angesät, seinerzeit drei Mörderteams am Dealey Plaza in Dallas Deckung bot und John F. Kennedys Schicksal besiegelte. Gras. Scheißmütter. Sie gibt ihm Gras zu fressen. Er weiß nicht, was er damit machen soll. Soll er die Plastikgabel benutzen, die seine Mutter ihm fürsorglich beigelegt hat, oder soll er die Tupperware lieber auf den Boden stellen und die Weizenkeime auf allen vieren verzehren, wie das Kleinvieh, deren natürliches Futter sie sind? Scheißmütter.

RAFF: Hey!

MICHAEL: So … hier versteckst du dich also.

DONALD: Hey.

MICHAEL: Hey.

RAFF: Was ist los, Mann? Willst du nicht mit uns gesehen werden oder was?

DONALD: Nein, ich wollte nur …

RAFF: Du hast ein Gesicht gemacht, als hättest du ein Gespenst gesehen, als wir zu dir nach Hause gekommen sind.

DONALD: Na ja … ich mußte gerade kotzen. Das ist alles. Ich hab euch zwei gesehen, und da kam es über mich.

Donald rappelt sich auf, schließt seine Tupperdose mit Grünzeug und Gras und begrüßt seine alten Kumpels per Handschlag.

MICHAEL: Na, genug von dem Scheiß. Du bist wieder da, jetzt geht's weiter mit dem Geschäft, 'kay?

DONALD: Ihr … habt also weitergedealt?

MICHAEL: Gedealt? Machst du Witze? Was denkst du, was in der Scheißtasche hier ist?

Michael hat eine Nike-Sporttasche über der Schulter, und sie sieht ziemlich schwer aus. Donald starrt seine Freunde an, die schicksalhafte Tasche, dann wieder die beiden, bis alle drei einfach davon ausgehen, daß sie sich einig sind.

Innen. Büro des Schulleiters. Tag.

SCHULLEITER: Du wurdest gesehen, wie du sie auf dem

Schulhof *verkauft* hast. Du wurdest ge*sehen*. Also. Sind noch andere beteiligt? *(Hält eine schwarzgebrannte* CD *hoch.)* Hast du nichts zu sagen? Du machst es also allein. Keine Kompagnons. Dann will ich dir sagen, was ich tue. Zuerst gibt es morgen eine Durchsage über Musikpiraterie, in der ich deutlich machen werde, daß das ab jetzt ein Grund für einen Schulverweis ist. Und nun zu dir. Nun zu dir, junger Mann. Ich *könnte* die Polizei rufen. Ich *könnte*. Doch wegen deines Gesundheitszustands habe ich mich dagegen entschieden. Ich habe mit deinem Vater gesprochen – ja, mit deinem Vater –, und er versicherte mir, er wird dafür sorgen, daß du in Zukunft keine Möglichkeit mehr hast, solche Kopien zu machen. Er wird deinen CD-Brenner entfernen. Es wird erwartet, daß du und deine … Komplizen – deine Komplizen, halte mich nicht für dumm –, daß ihr keine solchen … solchen … Produkte mehr herstellt und nicht versucht, sie zu vertreiben. Hast du verstanden, Donald? Verstehst du mich? Don?

Innen. Adrians Sprechzimmer. Tag.

Adrian wartet darauf, daß Donald ihm antwortet, aber der Junge hat sich wieder zurückgezogen. Unmöglich zu sagen, was ihm durch den Kopf geht.

ADRIAN: Deine Eltern fanden, wir sollten uns noch einmal unterhalten. *(Schweigen.)* Magst du Lakritz? *(Als DON nicht antwortet, nimmt ADRIAN sich selbst ein Lakritz.)* Kennst du irgendwelche Witze?

DONALD: Was? *(Ein Lebenszeichen.)*

ADRIAN: Ein Mann wurde einmal gefragt … ein Mann wurde gefragt, wie er sterben wolle. Darüber dachte er einen Moment lang nach. Er dachte einen Moment lang nach und antwortete dann, er wolle gehen, wie sein Vater gegangen sei, friedlich im Schlaf – friedlich im Schlaf – und nicht unter Schreien wie seine Fahrgäste. *(Don sitzt wie versteinert.)* Hör mal, warum machen wir nicht einen Ausflug? Wie fändest du das?

Donald: Einen Ausflug?

Adrian: Ja, einen kleinen Ausflug.

Donald: Sehe ich aus wie fünfundachtzig? Einen Ausflug.

Adrian: Sag, was dir durch den Kopf geht. Bitte. Hier kannst du alles sagen.

Donald: Ich scheiß auf Sie. Wie finden Sie das?

Adrian: Gut. In Ordnung.

Donald *(laut)*: ICH!!! Scheiss!!! auf!!! Sie!!!

(Pause.)

Adrian *(gefaßt)*: Wunderbar.

Innen. Adrians Sprechzimmer. Tag.

Renata: Einen Ausflug?

Adrian greift zu seinem Montblanc-Füllfederhalter mit Goldfeder und rollt ihn zwischen den Fingern hin und her, als wolle er eine Zigarette drehen: eine Geste so spontan wie eingeübt, eine Pose, die man anscheinend auf der Psychologenschule lernt.

Adrian: Offenbar will er nicht mit mir reden. Obwohl die onkologischen Befunde positiv sind, ist er nach wie vor ausgesprochen angespannt, pessimistisch, zurückgezogen, er versucht mich zu provozieren. Deshalb bin ich auf den Gedanken gekommen. Wegen des Tagebuchs, das Sie mir gezeigt haben – seinen Comicroman, wie er ihn nennt. Ich glaube, er hat eine künstlerische Ader. Ich kenne mich ein wenig mit Kunst aus. Ich male in meiner Freizeit. Es gibt da ein paar Dinge, die ich ihm zeigen könnte. Damit er wieder Interesse an etwas bekommt. Ich beschäftige mich gerade damit, wie Kunst etwas bewegen, inspirieren, vielleicht sogar heilen kann. Derzeit eine Art Nebenbeschäftigung von mir.

RENATA: Kunsttherapie?

ADRIAN: Nein, das nicht. Es geht um die Idee der Schönheit – den Patienten mit Schönheit in Berührung zu bringen, mit ihrer heilenden Kraft. Sagen Sie es mir, wenn Sie finden, daß ich Unsinn rede.

JIM: Nein, das klingt … Ja. Sicher. Machen Sie, was Sie für richtig halten.

RENATA: Und dann würden Sie …? Was würden Sie …? Ihn mit …?

ADRIAN: Das müßte ich mir noch überlegen. Aber ich wollte zuerst hören, was Sie überhaupt von der Idee … weil es bisher noch nicht …

RENATA: Alles was Sie tun können, ist in Ordnung.

ADRIAN: … es ist … im Grunde …

RENATA: Ja.

JIM: Ich finde, das ist eine tolle Idee.

RENATA: Ich bin so erleichtert. Ich dachte, Sie wollten uns sagen, daß Sie nichts für ihn tun können. *(Lacht nervös.)*

ADRIAN: Doch, das könnte ein Ansatz sein.

Innen. Foyer / Londoner Kunstgalerie. Tag.

Auf dem Schild steht: »Zu den Ausstellungen folgen Sie

bitte den Hinweispfeilen.« Adrian und Don folgen, bis sie einen Säulenvorbau passieren, auf dem ein wallendes seidenes Spruchband *Liebe in der Kunst* verheißt. Ein ganz gewöhnliches Vater-und-Sohn-Team. Der Vater führt den Sohn zu etwas kulturell Erbaulichem, der Sohn möchte sich am liebsten links in die Warteschlange derer verdrükken, die in die Ausstellung von *Making of ›Der Zauberlehrling‹* wollen und über denen lebensgroß die Figur des Teenagerstars dieses Films wacht, David Sutcliffe. Bei *Liebe in der Kunst* steht niemand an.

Dons neue Pseudo-Vans machen einen fürchterlichen Lärm auf den Marmorfliesen. Bei jedem Schritt schreit der Ballen des jeweils hinteren Fußes **»QUIIIIIIETSCH!«,** und bei dem Nachhall drehen sich Köpfe, die zuvor in die andächtige Betrachtung von 400 Jahren künstlerischer Darstellung der menschlichen Leidenschaft versunken waren.

Adrian ist aufgeregt. Diese Ausstellung wird weltweit zu sehen sein, sie kommt direkt aus Frankfurt. Eine großartige Zusammenstellung, und auch der thematische Aufbau gefällt ihm: Soviel aufschlußreicher zu sehen, was zwanzig Künstler zu einem bestimmten Thema zu sagen haben, als zu sehen, was ein einzelner zu zwanzig Themen sagt. Gezeigt wird unter anderem Hugh Goldwin Rivieres *The Garden of Eden* – eine Frau in den Kensington Gardens, an einem grauen Londoner Tag, blickt forschend in das Gesicht ihres Verlobten, als habe sie sich verirrt und studiere die Landkarte: Sie vergöttert ihn, schlicht und einfach. Dann Evelyn de Morgans *Boreas and Orithyia*, wo ein geflügelter Verehrer genug von den Zurückweisungen seiner Angebeteten hat und das Weibsstück kurzerhand packt und in die Lüfte davonträgt. Renoirs *Ländlicher Tanz*, eine simple Szene geradewegs aus Flaubert, ein alter Mann, eine junge Schönheit, das Licht der Provence strahlt einem von der Leinwand entgegen. Vielleicht das eindrucksvollste von allen (zumindest für Adrian, der lange davor stehenbleibt), ist Jean-Léon Gérômes *Pygmalion und Galatea* – ein sittenstrenger Bildhauer, durch die entsetzliche Moral seiner Zeit zum Hagestolz gemacht, schafft sich sein nacktes Frauenbild, steigt auf den Sockel und küßt ihre ach so kalten Lippen: die bestürzende Einfalt der Anständigen.

Donald kommt hinzu, wirft einen gelangweilten Blick auf das Bild und zieht weiter. Adrian holt ihn ein. Donald findet es öde, öde, öde.

DONALD: Was machen wir hier?

ADRIAN: Also… in der Kunst findet man bisweilen die Essenz des Lebens. »Durch Kunst, und durch sie allein, können wir begreifen, was Vollkommenheit bedeutet.« Oscar Wilde.

DONALD: Ein Freund von Ihnen?

ADRIAN: Ich wollte, daß du das hier siehst.

DONALD: Bevor ich sterbe, meinen Sie?

ADRIAN: Wer sagt, daß du stirbst? Du sprichst gut auf die Behandlung an. Wir haben allen Grund zur Hoffnung. Allen Grund. Und… ich dachte, vielleicht inspiriert es dich. Als Künstler. Mich inspiriert es. Aber wenn es dir nicht gefällt, können wir gehen.

Sie ziehen weiter zu einigen moderneren Bildern, ebenfalls Frauenakte. Donald bleibt stehen und zeigt zum ersten Mal Interesse. Adrian nähert sich.

Donald: Die sind alle fett. Die ganzen Weiber hier. Die hier ist ein richtiger Fleischklops.

Adrian: Vergiß nicht, das war vor dem Pilates-Training. Vor Aerobic. Damals waren nur arme Leute schlank und braun.

Donald: Dann gibt's hier zu wenig Bilder von armen Leuten, wenn Sie mich fragen.

Sie verlassen die Ausstellung und treten in einen anderen Museumsraum, und die Vans säuseln dazu auf dem Marmorboden. Ein Kunstwerk, ebenfalls eine Leihgabe, steht auf einem kleinen Podium – ein Hauptwerk der Kunst des zwanzigsten Jahrhunderts.

Adrian: Wie findest du das?

Donald: Sieht aus wie ein Fahrradunfall.

Eine rote Kordel trennt sie vom Vorderrad eines Fahrrads, dessen auf dem Kopf stehende Gabel in einem Holzschemel steckt.

Adrian: Marcel Duchamps *Fahrrad-Rad*. Als dieses Werk zum ersten Mal gezeigt wurde, 1913, wollte der Künstler, daß die Betrachter es anfassen können. Sie sollten das Rad drehen, sie sollten es mit allen fünf Sinnen erleben.

Don nickt. Dann, bevor Adrian ihn daran hindern kann, klettert er über die Absperrung.

Adrian *(flüstert, dem Herzstillstand nah)*: Donald – Donald – Don …

Donald gibt dem historischen Rad einen mächtigen Schubs und nickt anerkennend. Es kommt ordentlich in Schwung, als sei es wieder in vollem Tempo auf den Boulevards von Paris unterwegs. Er kehrt zu Adrian zurück und bleibt neben ihm stehen, während das Rad weiterrattert und erst ganz allmählich ausläuft – wenn auch entschieden zu langsam für Adrian, dem diese nächste Minute ungefähr so lang vorkommt wie die Qing-Dynastie.

Und in diesem Augenblick, in dem das berühmteste Rad der Kunstgeschichte beweist, daß es sich immer noch dreht, kommt der Aufseher wieder in ihren Teil der Galerie geschlendert, spaziert in ihre Richtung, die Arme hinter dem Rücken, die Augen noch auf die Millionen Pfund teuren Bilder und ihre Betrachter geheftet. Adrian hofft schon, daß sie gerade noch davonkommen – doch dann fängt Duchamp ganz unvermittelt an zu quietschen. *Iiiik – iiiik – iiiik*, sagt Duchamp, findet nach achtzig stummen Jahren seine Stimme wieder. Keine kräftige Stimme, aber in einem Saal wie diesem hört sie trotzdem jeder.

Der Aufseher bleibt stehen, dreht sich auf dem Absatz, sein Gesicht läuft rot an. Er braucht einen Augenblick, bis er begreift, woher das Geräusch kommt. Gerade genug Zeit für Adrian. Er packt Donald und zerrt den grinsenden Gnom am Ärmel zum Ausgang, während der Wärter noch nach seinem Walkie-talkie angelt.

Donald *(zum Aufseher)*: Mit allen fünf Sinnen!

Quiiiiietsch, quiiiiietsch, quiiiiietsch, sagen die Van-Clones, *iiiiik – iiiiik – iiiiik – iiiiik*, antwortet ihnen Duchamp. Konversation für Kanarienvögel.

Draußen. Kunstgalerie. Forts.

Donald, übermütig von der Flucht, ist noch für eine weitere Überraschung gut und rutscht das lange Treppengeländer hinunter – wie der Blitz, Füße hoch, nach hinten gelehnt, die Hände hinter sich, so daß er das Tempo steuern kann (und was für ein Tempo!). Als er knapp vor dem eiermordenden Knauf auf dem Treppenpfosten abspringt, kommt ihm der Boden so bedrohlich entgegen, daß er laufen muß, den Kopf voran, er wedelt mit den Armen, um die Balance zu halten, aber am Ende fällt er doch. Er geht recht unsanft zu Boden. Adrian stürmt die Treppe hinunter, nimmt zwei Stufen auf einmal, aber als er ankommt, ist Donald schon wieder auf den Beinen und tut, als sei nichts gewesen.

DONALD *(wischt sich den Staub ab)*: Keine Panik.

ADRIAN: Wirklich alles in Ordnung?

DONALD: Ich bin aus Titan. *(Pause.)* Und ich habe Hunger.

Innen. Vornehmes Restaurant. Tag.

Donald, immer noch sehr zufrieden mit sich, sieht sich die edle Speisekarte an. Ein paar Sekunden lang läßt Adrian den Jungen aus den Augen und blickt sich um. Er ist zum ersten Mal hier, und er ist beeindruckt. Dezente, aufmerksame Bedienung, geschmackvolles Dekor, jeder Platz mit drei Weingläsern gedeckt. Sein Blick bleibt an einer Salmanassar-Flasche Champagner hängen (so groß wie zwölf normale Flaschen), die am Eingang in einer eisgefüllten Schale liegt.

ADRIAN: Hast du schon einmal Champagner getrunken?

DONALD: Champagner? Klar. Dauernd. Na ja, nicht richtig. Ein paar Schluck.

ADRIAN: Hättest du jetzt gern welchen? Nur dies eine Mal?

Donald *(lächelt, zuckt mit den Schultern, sieht sich um)*: Geiler Laden.

Kellner *(kommt)*: Haben die Herren gewählt?

Adrian: Donald?

Donald *(studiert die Speisekarte)*: Hm … mmmm … ich nehme einfach … Brot, aber weiß und weich muß es sein, und ein bißchen Butter, und dazu Pommes mit Ketchup und Senf. *(Der Kellner erstarrt zur Salzsäule.)* Haben Sie das alles?

Die Salzsäule blickt Adrian an, dieser nickt.

Kellner *(zu Adrian)*: Und für Sie, Sir?

Adrian: Dasselbe. Aber bitte Schwarzbrot. Und eine Flasche 98er Cristal. Danke, das wäre alles.

Er lächelt Don zu.

Donald: Und Sie sind also schwul, stimmt's?

Adrian *(Kinnlade klappt herunter)*: Wie kommst du denn darauf?

Donald: Weiß nicht. Irgendwie sind Sie 'n bißchen tuntig. Aber das ist cool. Geben Sie's einfach zu.

Adrian: Ich bin nicht schwul. *(Pause.)* Soll ich dir von meinem Privatleben erzählen?

Donald: Auf gar keinen Fall.

Zwei Champagnerflöten werden gebracht. Eine Flasche. Don sieht aufmerksam zu, als der Kellner die Folie entfernt und den Draht über dem Korken aufdreht.

Draußen. Vornehmes Restaurant. Tag.

Donald tappt mitten durch eine Pfütze, Adrian, ein wenig beschwipst, weil er den Großteil des Champagners getrunken hat, lüpft seine Hosenbeine und springt darüber.

Es wirkt albern, unglücklich unter diesen Umständen, denn Donald wirft ihm sofort einen Ich-hab's-ja-gleich-gewußt-Blick zu.

DONALD (*sotto voce*): Saubere Arbeit, Adrian.

Adrian kann sich ein kopfschüttelndes Lächeln nicht verkneifen. Cleveres Bürschchen. Altklug. Und soviel weltgewandter als er in diesem Alter; in mancher Hinsicht sogar weltgewandter, als er je sein würde, zumindest was die Kenntnis der globalen Popkultur angeht. Andererseits betrachtet er diese ständig wechselnden Trends voller Zynismus, diese ewige Tyrannei, was gerade als cool oder als uncool gilt. Mochte Donalds Generation das anstrengende Spiel des Heute-in-morgen-out spielen. Das Dröhnen, das dieses Spiel verursacht und das andere als ein Murmeln wahrnehmen, ist für Adrian wie Donnergrollen. Die Wirkung auf die kollektive Psyche bleibt nicht aus. Das kann er tagtäglich an seinen Patienten beobachten. Und auch wer mit Prozac vor dem Chaos flieht, findet nicht die ersehnte Erlösung. Der kluge Mann mit Herz muß eigene Wege suchen. Er wird auf klassische Werte setzen, die Kultur des Dauerhaften. Und dieses große Ganze erscheint ihm wie Gott als Dreifaltigkeit: die bleibenden Werke von herausragender Schönheit, die ewig unlösbaren Rätsel und die zeitlos gültigen Prinzipien. Doch Adrian fürchtet, all dies würde einem Jungen wie Don bestenfalls ein Lachen entlocken. *Loser*, würde Don sagen. Schwuler Loser.

Adrian versucht sich vorzustellen, wie er selbst mit vierzehn einen rund vierzig Jahre älteren Mann – noch dazu eine Respektsperson – gefragt hätte, ob er schwul sei. Undenkbar.

Sie sind beim Wagen angelangt. Wortlos läßt Adrian den Motor an.

Innen. Dons Zimmer / Haus Delpe. Abend.

Auf dem Monitor steht »Download«, darunter ein Balken, auf dem ein blaues Band langsam weiß wird; es sieht aus wie die Quecksilbersäule eines Thermometers, es kriecht wie Serum in eine Spritze, wie Medikamente in eine Vene. Darunter: das Symbol eines Dämons.

Donald zieht einen tragbaren CD-Brenner aus seinem Rucksack (er hat keine Stunde gebraucht, um den von seinem Dad konfiszierten zu ersetzen), stöpselt ihn ein, nimmt die Maus und klickt auf ein Icon auf dem Desktop. Dann steht er auf, öffnet die Tür und verläßt sein Zimmer, wo die riesige Festplatte unter dem Tisch rotiert wie ein Tornado: Was da in einer einzigen Kiste unter seinem Schreibtisch steckt, entspricht ungefähr der Gedächtniskapazität der Bevölkerung eines Kleinstaats. Die Monitoranzeige wechselt zu einem Bildschirmschoner, auf dem von allen Seiten her kleine rote Teufelinnen auf schlängelnden Pythons geritten kommen.

Innen. Jeffs Zimmer / Haus Delpe. Abend.

Don dringt heimlich in verbotenes Terrain ein, greift nach einem Buch – *Einführung in die Makroökonomie* – und findet, zwischen den Seiten versteckt, ein Plastiktütchen mit Gras. Etwa fünfundzwanzig Gramm, Spitzenqualität. Er stellt das Buch zurück ins Regal, das Kapitel über Keynes jetzt wieder in unmittelbarer Nachbarschaft zu dem über Friedmann, zwei vormals getrennte Theorien, die sich nun endlich auf einen Kompromiß verständigen können: Ganz gleich wie präzise die mathematischen Vorhersagen auch sind, letztlich tappen alle im dunkeln. Jeder zieht seine Zahlen mehr oder weniger blind aus dem Hut. Unsere angeblich so fest verbürgte Zukunft ist nur ein Pokerspiel, unser Besitz nie wirklich sicher, ganz gleich, wie gut wir ihn verstecken und bewachen; das Ergebnis hängt ab von der Drehung des unberechenbaren und niemals stillstehenden Rades sinkender Renditen. So sieht es aus. Niemand kann zuverlässige Prognosen machen. Der Zufall regiert. Kein sicherer Hafen, keine Garantie, keine unfehlbaren Tips. Jeder gegen jeden hoch zehn – und Don, ein Instrument des Laissez-faire, schließt beim Hinausgehen behutsam die Tür. Der Markt hat entschieden.

Innen. Dons Zimmer / Haus Delpe. Abend.

Donald zündet seinen Joint an, nimmt einen Zug und nickt, als ob sein Kopf auf einer Feder sitzt. Vor und zurück, vor und zurück.

DONALD: So, und jetzt alle festhalten.

Den qualmenden Joint in der rechten Hand, überprüft er mit der linken den Downloadstatus. Die Teufelchen lösen sich in Luft auf. Der Balken ist zu fünfundsiebzig Prozent weiß. Zähfließender Verkehr auf der Datenautobahn. Er schaltet zurück auf den Bildschirmschoner, denn der ist beruhigender für das Auge, und um noch mehr Atmosphäre zu schaffen, steht er auf, dreht sein Lieblingsposter um – einen springenden Skater (Free Running oder Parkouring), freischwebend im tödlichen Blau zwischen hohen Gebäuden –, und auf der Rückseite …

... auf der Rückseite räkelt sich eine mega-großbusige Oben-ohne-Schönheit auf ihrer Harley. Von Dope kriegt Don immer einen Ständer. Er hat ohnehin die meiste Zeit einen Ständer, aber Dope macht ihn erst so richtig scharf. Ein Glück, daß er diese Schlampe immer auf Standby hat.

Nachdem er sein Motorradluder ein paar Züge lang angestarrt hat, holt Don seine Stifte hervor, schlägt den selbstgezeichneten Comic auf und fängt an, ein paar Bilder zu kolorieren, nur hin und wieder unterbrochen von einem weiteren Zug, und da... da... da... taucht ein Hintergrundlicht das Zimmer in eine Art magische Dämmerung, wie am ersten Tag der Schöpfung im Garten Eden, als der liebe Gott Regie führte und alles wie besessen ausleuchtete und sah, daß es gut war – alles ist in himmlische Farben getaucht, anfangs ein überirdisches Wechselspiel aus Licht und Schatten, bis die Farben tiefer und intensiver werden, wie bei einem Sonnenaufgang, und Donald nach ein paar weiteren Zügen immer mehr eins wird mit seinem Schöpfer, diesem göttlichen Comiczeichner. Rosa und Blaßgelb und Türkis gehen über in Tiefrot und Grün und Leuchtendblau, und Donalds Zimmer ist völlig verwandelt, es sieht aus als ob... als ob... als ob...

MIRACLEMAN greift nach dem Aschenbecher neben dem versifften Einzelbett in diesem Rattenloch von Motel und streift die Asche von seiner Tüte, da hört er ein KLOPFEN an der Zimmertür. Kein gutes Zeichen, so ein Klopfen. Schluß mit Paradies. Er rappelt sich auf seiner klammen Matratze hoch, versteckt den Stoff hastig hinter Roy Wistons hervorragendem Kompendium *Comic Book Planet,* dem einzigen Buch im ganzen Zimmer. Dann versucht er vergeblich, den Rauch beiseite zu wedeln. Der Dopegeruch ist unverkennbar. Er geht hinüber zu der zweidimensionalen Klinke (die seiner Hand erstaunlicherweise trotzdem Halt bietet), öffnet nervös die Toontown-Tür und sieht …

… RACHEL (15), den Traum seiner schlaflosen Nächte, Sängerin und Tänzerin in einer Girlgroup. Aber heute abend ist sie züchtig gekleidet und lächelt ihn zweidimensional an, einen Arm hinter dem Rücken: BLUMEN? Ein nettes Mädchen, ein liebevoll aufgezogenes Gewächshauspflänzchen, doch in ihr steckt ein kleiner Teufel, das spürt er genau: eine ihm bisher nicht gezeigte Seite. Er erwidert ihr Lächeln, aber dann holt sie hinter dem Rücken eine Knarre hervor, eine großkalibrige Handfeuerwaffe, mit der sie ihm aus unmittelbarer Nähe direkt zwischen die Augen zielt.

MIRACLEMAN: Was zum …?

WUMM!!!

Das GROSSKALIBRIGE DUMDUMGESCHOSS hinterläßt ein RIESIGES, KLAFFENDES LOCH in MIRACLEMANS Kopf und bohrt sich anschließend in den Fensterrahmen auf der gegenüberliegenden Seite des Raumes, **KRAANTSCH!!!,** sehr zum Entsetzen einer FLIEGE, einer gemeinen *musca domestica,* die erschrocken vom Fensterbrett auffliegt, in wilder Panik das jetzt mit BLUTSPRITZERN und KNOCHENSPLITTERN ÜBERSÄTE ZIMMER durchquert, mehr oder weniger auf der Flugbahn des Projektils im Zickzackkurs auf unseren Helden zuhält, dann **(UÄÄHH!)** von hinten in MIRACLEMANS Schädel eindringt, sekundenlang in diesem GRAUSIGEN LOCH verschwindet, um dann – SCHNITT IN DIE FLIEGENPERSPEKTIVE – Kurs auf das LICHT AM ENDE DES TUNNELS zu nehmen und endlich auf der noch warmen, reglosen Mündung von RACHELS rauchender Pistole zu landen. Hinter dieser Pistole, immer noch den Blick auf ihr Ziel gerichtet, wartet RACHELS liebliches Gesicht. Sie öffnet die Lippen. Sie spricht – aber mit einer widerlich MÄNNLICHEN STIMME.

RACHEL: Was treibst du da, du Kotzbrocken?

Mit diesen Worten nimmt der Traum ein abruptes Ende.

JEFF: Ich hab dich gefragt, was du da treibst.

Donald blinzelt. Vor ihm steht sein Bruder und zeigt ausgesprochen lebensechte, dreidimensionale Wut. Jeffs Nasenflügel beben, er schnüffelt, erkennt den Geruch. Er stürmt ins Zimmer und stößt Don beiseite.

JEFF: Wo hast du es versteckt? Was hast du damit gemacht? Bloß weil du Krebs hast, kannst du dir noch lange nicht alles erlauben, klar?

DONALD: Kann ich wohl.

JEFF: Du mieses, kleines... Gib mir sofort den Stoff, kapiert? Das Zeug ist teuer. Weißt du eigentlich, wie lange ich gebraucht habe, bis ich mir die Kohle dafür von Dad zusammengeklaut hatte? Eine Ewigkeit, Mann. Also her damit.

DONALD: Und was hast du vor, wenn ich es nicht tue?

JEFF: Dann mach ich dir das Leben zur Hölle.

DONALD: Zu spät. Sonst noch irgendwelche Pläne?

JEFF: Keine Ahnung. Ich nehm dieses Zimmer auseinander, bis ich den Stoff finde, und dann … *(Er schnappt sich die Computertastatur, zieht das Spiralkabel lang.)* … dann erzähle ich Mum und Dad von den Scheiben, die du illegal brennst und vertickst.

DONALD: Zu spät. Die wissen Bescheid.

JEFF: Red keinen Scheiß. Gib mir den verdammten Stoff.

DONALD: Willst du mal was hören? *(DONALD stöpselt seinen iPod an die Computerlautsprecher.)* Mom und Dad finden das sicher auch interessant.

Donald drückt auf Play. Man hört Jeff und seine Freundin kichern und stöhnen und seufzen, und die Sprungrahmen quietschen wie verrückt.

FREUNDIN *(off)*: *Gut so? Gott. Mmmmm. Mmmaah. Ohhhhh.*

JEFF *(off)*: *Ja. Das ist sexy. Hier … hier in dem Bett haben sie mich gemacht.* (GERÄUSCH EINER ZERSPLITTERNDEN VASE!) Mist!

FREUNDIN *(off)*: *Stimmt. Das ist sexy, da hast du recht. Im Bett von deinen Eltern. He – he. Heee! Nein, nicht so. Hier. Blödmann. Weißt du denn nicht, wie man das –? Stop. Ts! Weißt du denn nicht …*

Jeff hat plötzlich einen Sonnenbrand im Gesicht, dreht die Lautstärke runter und starrt Donald an.

JEFF: Das tust du nicht. Dad würde … Dad würde mich umbringen.

DONALD: Oooooh. Aahhhh.

JEFF: Mann. Du bist ganz schön tough.

DONALD: Hart wie Titan.

Die Teufelinnen haben sich klammheimlich wieder auf den Schirm geschlichen.

Innen. Adrians Sprechzimmer. Tag.

Dritte Sitzung.

ADRIAN: Wie fühlst du dich gerade?

DONALD: Geil. Noch weitere Fragen?

ADRIAN: Deprimiert?

DONALD: Nein.

ADRIAN: Wovor fürchtest du dich? Vor dem Tod?

DONALD: Nein.

ADRIAN: Wieso nicht? Willst du denn nicht weiterleben?

(Schweigen, dann …)

DONALD: Das Leben ist eine Geschlechtskrankheit. Die Leute verbreiten sie mit Sex, und am Ende stirbt man dran.

ADRIAN: Wer sagt das?

DONALD: MiracleMan. Als Gummifinger ihn mit einer Dampfwalze plattmacht.

ADRIAN: Du wolltest dich umbringen. Darüber sollten wir reden.

DONALD: Ich geh lieber mit Glanz und Gloria unter.

ADRIAN: Fürchtest du dich davor, deinen Eltern weh zu tun?

DONALD: Nein.

ADRIAN: Du fürchtest dich also vor überhaupt nichts?

DONALD: Nein.

ADRIAN: Nein?

DONALD: Mir kann nichts mehr passieren.

ADRIAN: Du hast nichts zu verlieren, meinst du?

DONALD: Sie haben's erfaßt.

Innen. Adrians Wohnung. Tag.

Adrian führt Donald durch die Wohnung. Opernmusik

läuft. Es riecht ein wenig nach Haushaltsreiniger mit Apfelaroma und nach Kaffee.

Donald: Hübscher Schuppen. Edel.

Auf dem Flur bleibt er stehen und sieht sich ein Gemälde an, eine barbusige Frau, zusammengesunken, verzweifelt, gramgebeugt, die einen Toten in den Armen hält. Der Kopf des Mannes ist nach hinten gefallen, seine Augen sind geschlossen – der ist nicht mehr zu retten, klarer Fall. Der Hintergrund fehlt. Es gibt keine Erklärung für dieses Leiden.

Adrian: Es ist eine Pietà.

Donald: Gutes Bild.

Adrian: Danke. Das da drüben ist mir noch besser gelungen, finde ich. Die Farben sind ausgeglichener.

Donald: *Sie* haben das gemalt?

Adrian: Tu nicht so überrascht.

Donald geht ins Wohnzimmer, betrachtet die andere Pietà und nickt anerkennend.

Donald: Wow. Nicht schlecht. Und … worum geht es da?

Adrian: Es geht um … Form, könnte man sagen.

Donald: Toll. Worum *geht* es? Sagen Sie mir, was auf dem Bild drauf ist.

Adrian *(ein wenig überrascht)*: Gut. Es geht um … ich nehme an, um … das was ich fast jeden Tag sehe, im Krankenhaus. Es ist eine Art … sagen wir, symbolische Darstellung dessen, was ich sehe. Nehme ich an.

Donald: Im Krankenhaus? Auf der Krebsstation?

Adrian: Ja. Auf der Krebsstation. Die Pietà ist eines der wichtigsten Motive, mit denen in der bildenden Kunst menschliches Leiden dargestellt wird. Jeder bedeutende Künstler hat seinen Beitrag zu dieser Tradition geleistet. Selbst die Modernen tun es, auf ihre Weise.

DONALD: Echt?

ADRIAN: Echt.

Das ist eine Antwort, mit der Donald sich zufriedengeben kann, und er zieht weiter zur CD-Sammlung. Mit Zeige- und Mittelfinger spaziert er über die Rücken der Hüllen.

ADRIAN: Kann ich dir etwas zu trinken holen? Eine Cola?

DONALD *(zieht CDs heraus)*: Klar. Und was ist das, was wir da hören?

ADRIAN *(aus der Küche)*: Das ist eine Arie aus *Samson et Dalila.*

DONALD: Tatsächlich?

ADRIAN: Sie heißt ... »Mein Herz erbebt beim Klang deiner Stimme«.

DONALD: Schmalzig.

ADRIAN *(kehrt mit der Cola zurück)*: Opern sind immer schmalzig. Letzten Endes. Aber sie beeindrucken trotzdem. Wenn man sich auf sie einläßt.

Donald packt sich den Kater, der ihm um die Beine streicht, läßt sich auf die Couch fallen, legt die Füße hoch und beginnt das Tier zu streicheln, was das Zeug hält.

DONALD: Also ... *(Läßt kritisch den Blick durch die Wohnung schweifen.)* also, Sie wollen mir immer noch erzählen, daß Sie nicht schwul sind? *(Pause.)* Kommen Sie. Wahrscheinlich arbeiten Sie gern mit kleinen Jungs, hm?

ADRIAN: Was siehst du denn Schwules hier? Das möchte ich wissen.

Donald: Kommen Sie. Ich meine, Sie haben eine Katze. Muß ich noch mehr sagen? Gestehen Sie es sich ein, Mann. Wie hieß dieser Freund von Ihnen? Oscar, jetzt fällt's mir wieder ein. Volltreffer! Und wie ist Oscar so auf der Matte? Und wer von euch ist die Tunte?

Adrian: Wo hast du bloß diese Ausdrücke her? Ich bin verheiratet. Und Oscar Wilde ist im Jahr 1900 gestorben.

Donald: Da sieht man mal, wie alt Sie sind.

Adrian: Meine Frau verbringt ihre Zeit eben lieber auf dem Land. Ich sehe sie an den Wochenenden.

Donald: Versteh schon. Frau auf dem Lande. Das ist gut.

Adrian: Die Katze gehört ihr.

Donald: Sicher. Klar.

Außen. Eine Straße in der Stadt. Tag.

Adrians Wagen verläßt Watford, er verschwindet in einem dunklen Straßentunnel unter der M1 und taucht wie durch Zauberhand wieder auf …

Außen. Auf dem Land. Tag.

… in der idyllischen Landschaft von Warwickshire, achtzig Meilen von Watford entfernt. Ringsum schimmern sanfte Hügel, erstrahlen im Sonnenlicht. Hie und da verstreute Kuhställe auf einem makellosen Teppichboden aus Gras.

Außen. Haus auf dem Land. Tag.

Adrians Audi biegt in die Kiesauffahrt vor einem schmukken Fachwerkhäuschen mit Glasanbauten an Vorder- und Rückseite. Adrian bemerkt einen fremden Wagen, der vor dem Haus steht. Adrian steigt aus, drückt die Stirn an das Beifahrerfenster des anderen Wagens. Im Inneren sieht er einen Notizblock, ein Mobiltelefon, die Reste einer Hamburgermahlzeit, ein Knäuel Bindfaden, einen Roman von Tom Clancy. Dann richtet er sich auf, geht hinüber zum Haus und hebt dabei eine Gartenkelle auf, die mitten auf dem Weg liegt. Die Kelle ist mit feuchtem Lehm verklebt. In den Erdklumpen ringelt sich noch ein Regenwurm, man sieht den Schwanz – Schwanz oder Kopf, schwer zu sagen. Adrian klopft die Kelle am Torpfosten ab, überlegt einen Augenblick, dann geht er weiter zum Haus.

Innen. Haus auf dem Land. Tag.

Im Wohnzimmer ist niemand. Adrian hört Stimmen aus der Küche. Er geht weiter, die Kelle immer noch in der Hand. In der Küche findet er seine Frau, seine schöne Frau, die schöne, französische Sophie, die sich in gedämpftem Ton mit dem örtlichen Tierarzt CONRAD MORGAN unterhält. Der einzige in der Gegend. Auffallend attraktiv. Sechsunddreißig. Verheiratet. Zwei Kinder.

CONRAD (*leutselig*): Adrian! Wie schön!

SOPHIE (*überrascht*): Adrian! Dann habe ich doch richtig gehört.

ADRIAN (*wenig begeistert*): Conrad. (*Er küßt* SOPHIE *auf die Wange.*) Schatz.

Er schüttelt Conrads ausgestreckte Hand, dann dreht er sich wieder zu Sophie um. Ah, Sophie, Sophie, Sophie, Sophie.

SOPHIE, fünfunddreißig, rastlos, temperamentvoll, ungeduldig. Die pechschwarzen Haare im Nacken zusammengebunden. Wespentaille, makellose Haut. Ein glühender Körper: immer ein paar Grad über Normaltemperatur. Große leuchtende Augen. Ein riesiger Mund. Eine Schönheit. Für sie ist das Leben wie die Suche nach einer geheimen Tür, die sich nur mit Hilfe eines versteckten Mechanismus öffnen läßt. Hinter dieser geheimen Tür, glaubt sie, verbirgt sich ihr wahres Schicksal. Sie sucht unermüdlich nach der Feder, die diese Tür öffnet. Oft glaubt sie, sie hätte sie gefunden, dann muß sie feststellen, daß der Hohlraum hinter dem herausgezogenen Buch in der Bibliothek nur ein architektonischer Zufall ist, daß der – drehbare! – Kopf der herrlichen Büste einfach nur Gipsstaub auf den Boden zu ihren Füßen rieseln läßt … Geboren im Seebad Le Touquet. Ihr Vater schließt das traditionsreiche Familienhotel, als nebenan ein Holiday Inn aufmacht. Entwickelt schon früh einen Hang zum Widerstand. Verläßt die Schule und später eine Stelle als Sekretärin bei einem Pariser Autohändler, um als menschlicher Schutzschild nach Palästina zu gehen, als Teil einer Menschenkette um ein Krankenhaus von *Médecins sans frontières*. Verliebt sich in einen Mediziner. Zwei Jahre später, als sie Adrian kennenlernt, ist sie noch immer mit ihrem französischen Arzt zusammen. Die heimliche Affäre, von ihr forciert, führt zu langfristigen Plänen. Als Adrian nach England zurückkehrt, kann sie nicht ohne ihn leben. Er holt sie am Flughafen ab. Sie heiraten nur wenige Tage darauf. Sie ist begeistert, spricht von Kindern, und sie paßt perfekt zu ihm. Er kann nur noch an sie denken. Ein hingebungsvolles Jahr. Ungetrübtes Glück. Aber es ist nicht von Dauer. Schon bald langweilt sie sich. Nicht seinetwegen, versichert sie ihm, eher eine generelle Langeweile. So war das schon immer bei ihr. Dagegen kann sie nichts tun. Und selbst er als Fachmann kennt kein anderes Heilmittel als die Liebe. Wenn er jetzt nach Hause kommt, ist sie schweigsam, vorwurfsvoll und kühl. Mit den Nachbarn kommt sie überhaupt nicht zurecht. Sie will raus, raus aus der Stadt. Pferde. Das wäre eine Lösung. Pferde hat sie schon immer geliebt. Sie will von Pferden umgeben sein. Sie findet ein kleines Bauernhaus samt Stallungen nicht weit von Coventry. Adrian kann seinen Posten in der Stadt nicht aufgeben, und die Fahrt im Berufsverkehr dauert zwei Stunden pro Strecke. Aber sie gibt nicht nach. Die Hypothek ist grotesk hoch, doch auch das nimmt er auf sich. Zwei Jahre lang läßt sie ihn pendeln, fett werden, eine Glatze bekommen, jeden Tag vier Stunden unterwegs, nur damit er bei ihr sein kann. Aber wenn er nach so vielen Meilen auf kurvenreichen Straßen bei ihr ankommt, bleich, das Hemd klebt ihm am Rücken, läßt sie sich immer seltener von ihm berühren. Schließlich überredet sie ihn, während der Woche in eine Mietwohnung in der Stadt zu ziehen. Krank vor Liebe fügt er sich ihrem Wunsch. Sie würde ihn gern häufiger in der Stadt besuchen, sagt sie, aber sie muß sich um die Pferde kümmern. Endlich ist sie beinahe zufrieden.

Und so lassen seine Reifen jeden Montag, noch bevor die Vögel singen, den Kies in der Auffahrt spritzen. Und freitags kehrt sein Wagen zurück. Er liebt sie. Das ist alles, was er jedesmal zu berichten hat. Solange sie ihn liebt, ist alles in Ordnung. Wenn er nur Wochenenden haben kann, nimmt er eben die. Und wenn sie nicht mit ihm schlafen will, wird er auch das akzeptieren. Und wenn all das keine

Garantie für ein glückliches Leben ist, dann ist es eben nicht zu ändern. Wo gibt es schon eine Garantie für ein glückliches Leben?

Conrad *(herzlich)*: Schön, Sie zu sehen. Schauen Sie auch mal wieder zum Wochenende vorbei?

Adrian *(sieht seine Frau an)*: Ja. Nur mal vorbeischauen.

Sophie: Ich war gerade … im Garten … als Conrad vorbeikam … um von Regency zu erzählen.

Adrian *(reicht Sophie die gefundene Kelle)*: Ah ja. Verstehe. Und wie geht's dem alten Klepper?

Sophie: In den letzten Zügen. Conrad sagt, es ist einfach das Alter, nicht wahr, Conrad?

Adrian: Tja. Irgendwann geht's mit jedem Gaul zu Ende. Eines Tages werden Sie ihn von seinem Elend erlösen müssen. *(Lächelt Sophie an, dann wieder Conrad.)* Sie bleiben doch zum Essen?

Conrad *(verlegen)*: Zum Essen? Also ich … ich glaube, das geht nicht. Ich würde gern, aber ich habe noch mehr Besuche zu machen. Noch eine trächtige Stute, um die ich mich kümmern muß.

Adrian: Was für ein Hengst! Der alte Regency. In seinen besten Zeiten. Was für ein Hengst. Findest du nicht auch, Sophie? Das war ein Hengst.

Sophie: Ja, das war er.

Conrad *(druckst)*: Gut, dann will ich mal. Schön, Sie mal wiederzusehen, Adrian.

Conrad zaubert ein Lächeln aus dem Nichts und geht hinaus. Adrian wendet sich seiner Frau zu, doch die sagt kein Wort, dreht sich nur ihrerseits um, geht mit der Gartenkelle in der Hand durch die Hintertür hinaus und läßt Adrian allein in der Küche stehen.

Innen. Eßzimmer / Haus auf dem Land. Abend.

Beim Abendessen, nach längerem Schweigen …

ADRIAN: Ich behandle einen Jungen. Einen interessanten, sehr klugen Burschen – Leukämie. Vierzehn Jahre. Ein ungewöhnlicher Fall. Hat sich ganz und gar damit abgefunden, daß er sterben muß. Zumindest tut er so. Weigert sich einfach zu kämpfen. Ich habe wieder mit dem Schreiben angefangen. Meinen Artikel über Kunst …

SOPHIE *(unvermittelt)*: Es muß doch noch andere Gesprächsthemen geben.

Schnitt zu ADRIAN …

Er starrt sie wütend an, die Fäuste geballt.

ADRIAN: Wieso? Wieso muß es die geben?

Eine unerträgliche Düsternis erfüllt das Zimmer. Sie essen weiter. Ehemann und Ehefrau. Sie reden vor dem Nachtisch nur noch einmal miteinander.

SOPHIE: Hast du jemals geweint, Adrian? Weinst du eigentlich nie?

ADRIAN: Manchmal schon. Beim Cricket. *(Nach einer Pause.)* Wie die meisten Männer weine ich, wenn es nicht wichtig ist.

Innen. Eheschlafzimmer / Haus auf dem Land. Nacht.

Adrian will mit seiner Sophie schlafen. Sie beschwert sich, daß ihr zu heiß wird, wenn sie das Bett mit ihm teilen muß. Er legt sich auf den Bettvorleger; nur mit einem Laken bedeckt starrt er an die Decke und lauscht ihren kindlichen Atemzügen in der Nacht.

Innen. Eheschlafzimmer / Haus auf dem Land. Nacht.

In der Nacht darauf versucht er erneut, mit seiner Frau zu schlafen. Sie sieht ihn nicht an. Im Vergleich zu ihr fühlt er sich plump wie ein Elefant und läßt sie los. Sie kehrt ihm den Rücken zu und rollt sich zusammen, eine Maus. Bedrückt steht er auf und wandert durch das Haus. Blickt durch die Erkerfenster hinaus auf den verwilderten Weinberg, eine Unkrautwüste. Er wird bis zum Sonnenaufgang warten. Dann wird er sich früh auf den Weg machen, solange die Straßen in die Stadt noch leer sind.

Seine Augen füllen sich mit Tränen. Er schluchzt. Unbeobachtet. Nutzlose Tränen.

Außen. Rummelplatz. Tag.

Ein windstiller Tag in Watford. Die Wäsche hängt schlapp auf der Leine. Kein Lüftchen fährt in die Frisur. Wetterfahnen wissen nicht wohin.

Heute bestimmt Donald das Programm. Der Rummelplatz ist seine Idee. Wie du mir, so ich dir. Donald lächelt, als er sieht, wie Adrian mit sehr gemischten Gefühlen die über ihren Köpfen dahinrumpelnde Achterbahn beobachtet, die wenig magenfreundlichen Zentrifugen und menschlichen Steinschleudern, wo man in seinen Sitz gepreßt wird wie ein Astronaut beim Raketenstart.

DONALD: Nun machen Sie schon!

Donald will alles ausprobieren, Adrian nichts. Sie stehen Schlange für eine Jahrmarktsattraktion, die eigentlich in der Genfer Konvention erwähnt sein sollte: das Zyklotron.

Adrian: Klingt nach einer Vorrichtung zur Kernspaltung, ein Apparat, der Elektronen aus dem Gravitationsfeld des Atomkerns schleudert.

Donald: Gar nicht so verkehrt. Sogar ziemlich nah dran. O Mann, diese Schlangesteherei geht mir auf den Keks. Das dauert ja ewig. Los, kommen Sie. *(Er packt* Adrian *am Ärmel und zieht ihn hinter sich her; dabei ruft er lauthals.)* 'tschuldigung, Verzeihung, Leute, ich hab Krebs, todkrank, 'tschuldigung, Krebs, danke. Hab nur noch kurze Zeit zu leben, vielen Dank.

Am Kartenschalter (der Trick funktioniert wie geschmiert – wer will sich schon mit dem Tod anlegen?):

Donald *(zum* Kartenverkäufer*)*: Zweimal Zyklotron und zwei Höllenexpreß.

Adrian: He, he… langsam… ich bin nur als Zuschauer hier.

Donald: Zweimal.

Verkäufer *(würdigt* Adrian *keines Blickes):* Macht 16 Pfund.

Donald: Na toll. *(Zu* Adrian.*)* Können Sie das mal eben zahlen?

Adrian *(zückt seine Geldbörse)*: Ich weiß nicht, ob das wirklich so eine gute Idee ist.

Donald: Jetzt erzählen Sie mir bloß nicht, was gut für mich ist. Ich bin ohnehin am Arsch.

Adrian: Ich mache mir keine Sorgen um dich. Ich mache mir Sorgen um mich.

Zum ersten Mal lacht Donald. Sie nehmen die Tickets von

der Theke und stoßen im Weggehen mit Michael Reeves und Raff Bennett zusammen, die gerade aus dem Zyklotron steigen. Dons Stimmung verschlechtert sich schlagartig.

MICHAEL: He, Donny Darko!

DONALD (*befangen, plötzlich nervös*): Oh… Äh… Hi…

MICHAEL: Das Zyklotron mußt du unbedingt ausprobieren, Mann. Totaler Wahnsinn. (*Mit einem Seitenblick auf* ADRIAN.)

RAFF: Ja, echt klasse.

DONALD: Cool.

RAFF: Nein, ehrlich. He, Mann, wie läuft's denn? (*Mit einem Seitenblick auf* ADRIAN.)

DONALD: Geht so. *(Dreht sich um zu* ADRIAN.*)* Oh… äh… das ist… das ist mein… mein Karatelehrer.

MICHAEL: Hi.

ADRIAN (*macht einen angedeuteten Karateschlag in der Luft*): Ha!

Außer Adrian findet das niemand lustig.

MICHAEL: Na dann, bis demnächst. Ich ruf dich an, okay? Wir müssen was Geschäftliches besprechen.

DONALD: Ja, okay.

(*Die beiden Jungen gehen weiter.*)

ADRIAN: Karatelehrer?

Später, allein im Zyklotron, wird Don gegen die Innenwand der rotierenden Röhre gepreßt. Er dreht sich im Kreis, atemberaubend schnell, aber er grinst. Er hält Ausschau nach Adrian, doch die Welt rast viel zu schnell an ihm vorbei.

Adrian wartet unten am Boden und sieht Don bei jeder

Umdrehung für den Bruchteil einer Sekunde. Ein ruckelndes Bild, wie aus der Anfangszeit des Films, ein Einzelbild, das sich bei jeder Runde erneuert. Er sieht hin und entdeckt ein breites Grinsen.

Vor der Achterbahnfahrt, Donalds nächstem Projekt, schnallt Adrian sich ängstlich neben seinem Schützling fest. Was ihn dazu treibt, so etwas zu tun, wird Adrian später noch analysieren müssen. Ein wagemutiges Experiment zum Thema Arzt-Patient-Verhältnis womöglich. Vielleicht sucht er auch nach dem Durchbruch, der seiner Meinung nach längst hätte kommen müssen. Vielleicht will er einfach nur wissen, was in den Köpfen dieser Kids vorgeht. Oder schlicht und ergreifend Selbstmord begehen.

DONALD: Keine Sorge, das ist ein Klacks. *(Grinst.)* Ein verdammt dicker Klacks, Mann. *(Noch breiteres Grinsen.)*

Schneller Schnitt auf…

… die Hölle. Eine Welt aus Verzerrungen, Bewußtseinsstörungen, Antimaterie, Wurmlöchern im Raum; Magengymnastik am Rande des Erträglichen, am ehesten noch zu vergleichen mit einem Gummihandschuh, den man von innen nach außen stülpt und anschließend in die Wäscheschleuder wirft. Am Ende der Fahrt kann Adrian sich nicht mehr ohne Hilfe aus seinen Gurten befreien. Donald zeigt auf einen Erfrischungsstand, wo sie sich einen Augenblick hinsetzen und ausruhen können. Adrian sieht gleich drei.

Ungerührt läßt Donald sich auf einen Plastikstuhl an einem Plastiktisch fallen, greift nach einer dreiteiligen Plastikspeisekarte mit vierzig verschiedenen Plastikgerichten. Adrian setzt sich schweigend daneben, fühlt sich krank und elend; tief drinnen in seinen Eingeweiden versteht er, was den Reiz solcher Jahrmarktsattraktionen ausmacht: Sie sind ein preiswerter und gefahrloser Vorgeschmack auf den Tod. Eine Möglichkeit, für noch nicht einmal zehn Pfund einen tödlichen Unfall zu simulieren. Menschen spielen mit der Vorstellung der eigenen Zerstörung. Die Sehnsucht, schon einmal vorab einen heimlichen Blick auf ein gewaltsames Ende zu werfen. So lautet seine Analyse.

Während Adrian über die Sterblichkeit nachdenkt, schwankt Donald zwischen Hamburger und Fischfrikadelle.

DONALD: Mann, hab ich einen Hunger.

ADRIAN: Ich denke, wir sollten jetzt aufbrechen.

DONALD: Sie denken, wir sollten *brechen*?

ADRIAN: Aufbrechen, habe ich gesagt. Aufbrechen.

DONALD *(lacht)*: Das könnte Ihnen so passen. Ich hab mir Ihre blöde Kunstgalerie schließlich auch angesehen. *Das* war die Hölle. Und außerdem bin ich hier der Todkranke, der mit der Leukämie. Okay, im Augenblick sieht es ganz gut aus, aber man kann ja nie wissen, wie lange so was hält. Also bestellen Sie mir schon was zu essen.

Hamburger und Fritten lassen nicht lange auf sich warten. Außerdem bringt der Kellner eine Flasche Chilisoße. Alles für Donald.

ADRIAN *(blickt von seinem Handy auf, er hat nachgesehen, ob neue Nachrichten eingegangen sind: Antworten auf sein SOS?)*: Danke.

Donald schnappt sich die Chilisoße, kippt sie über seine Fritten, die er in sich hineinstopft; gleichzeitig sieht er sich um. Was er sieht, den Mund bis zum Anschlag voll, ist eine Gruppe von sechs hübschen jungen Mädchen, die an einem

Nachbartisch ihre Sprechblasen steigen lassen. Er starrt das Sechserpack an und malt sich aus, daß es in ihrer Unterhaltung ausschließlich um Jungen geht, doch keins von den Mädchen zeigt auch nur das geringste Interesse an ihm.

Adrian blickt erneut von seinem Handy auf und bemerkt die Szene. Erst sieht er Don an, dann die Mädchen, dann Don, dann wieder die Mädchen, und er spürt, wie eine düstere Wolke sich über den Jungen legt und die gute Laune erstickt. Schließlich kann auch Donald dieses Elend nicht mehr ertragen und dreht dem glorreichen Sextett den Rükken zu.

ADRIAN: Wie häufig denkst du an Sex?

Donald wirft ihm einen Blick zu …

ADRIAN: Dämliche Frage.

Adrian greift über den Tisch, nimmt sich eine einzelne Fritte und dazu, quasi als Zeichen der Solidarität, einen dicken Klecks der Chilisoße, die Don so großzügig über sein Mittagessen verteilt hat. Fehler Nummer zwei. Das Zeug ätzt ihm den Gaumen weg und frißt sich in den Knochen.

ADRIAN: Mein Gott! Wie kannst du … Gütiger Himmel, das ist ja … *(Trinkt hastig einen Schluck Cola.)* Wie kannst du nur? …

DONALD: Scharf, das Zeug, was?

Don stippt lässig mit einer Fritte in die Soße und verspeist sie, ohne mit der Wimper zu zucken. Das schadenfrohe Grinsen ist wieder da.

ADRIAN: Scharf? Wie … mein Gott … wie kannst du so etwas essen?

Donald: Titan. Eine von meinen besonderen Fähigkeiten. Sie hatten keine Ahnung, daß ich übermenschliche Kräfte habe, oder?

Donald wirft einen Blick über die Schulter – offensichtlich hat er keine Minute lang aufgehört, an die Mädchen zu denken –, und verputzt dabei gedankenverloren die restlichen Fritten, allesamt triefend von Agent Orange.

Außen. Schultor. Tag.

Eine Woche später – eine Woche mit Untersuchungen (keine Veränderung), konstanten T-Zellen-Werten, optimistischeren Eltern und einem unvermindert pessimistischen Sohn. Eltern, die versuchen, besagten Patienten dazu zu bewegen, etwas für die eigene Heilung zu tun (Bitte abgeschlagen), mit Schulbesuch und selbstgewählter Isolation zwecks Vermeidung neuen Ärgers nach der CD-Krise, mit gelegentlicher Arbeit an seinem Meistercomic nach der Schule (immer häufiger unter dem Einfluß von Marihuana, jetzt wo der Nachschub gesichert ist). Eine Woche mit belauschten Unterhaltungen – Mom und Dad streiten sich; auch wenn die Nachrichten gut sind, produziert der Stress doch seine eigenen Giftstoffe und infiziert sie –, eine Woche ohne Sitzung bei Dr. Adrian King, der sich völlig unerwartet krank gemeldet hat (vielleicht liegt es an der mörderischen Chilisoße und dem Höllenlooping), eine Woche, in der Donalds Ständer, der sich nach einem Mädchen sehnt, langsam, aber sicher zum akuten Notfall wird … Nach so einer Woche wartet er, *Homo delinquentus*, die Kapuze über den scheckigen Schädel gezogen, auf seine alten Kumpels, die am Schultor zu ihm stoßen.

Michael: Fertig?

Donald: Fertig.

Raff: Hast du Kohle?

Donald: Ja.

Raff: Okay. Los!

Außen. Kino. Tag.

Das Leuchtschild kündigt zwei Filme an, *Fahrerflucht*, ein familienfreundlicher Thriller, frei ab 12, und in dem zweiten, kleineren Saal ein nicht ganz so jugendfreier Streifen namens *Gina-Town*, wo – sehr vielversprechend – alle Darsteller unter Pseudonym auftreten. Die drei Jungs stehen am Kartenschalter.

Michael: *Gina-Town*. Drei.

Der Kartenverkäufer starrt Michael an, als hätte er ihn gerade auf vietnamesisch angesprochen.

Michael: *Gina-Town* … bitte. *Gina-Town* … dreimal. Okay?

Kartenverkäufer: Wie alt seid ihr?

Michael: Siebzehn.

Kartenverkäufer: Ja, ihr drei zusammengenommen. Ich brauche einen Ausweis.

Michael: Habe ich doch gewußt, daß Sie das sagen würden. *(Dreht sich zu seinen Kumpeln um.)* Fuck, habe ich euch doch gesagt, daß er das fragen wird, habe ich euch verdammt noch mal gesagt. Fuck.

Donald: Laß mich … hier, laß mich das machen. *(Zum* Kartenverkäufer.*)* Hallo. Ich bin Donald. Also, folgendes. Ich habe Krebs.

Kartenverkäufer: Krebs?

Donald: Sehen Sie sich's an. *(Zieht den Halsausschnitt von seinem Lieblings-T-Shirt beiseite – das, auf dem »Die Mädels fahrn auf mich ab – keine Ahnung wieso« steht – und zeigt die immer noch rote Katheterwunde in seiner Schulter.)* Da haben sie die Chemo angeschlossen. Sehen Sie? Hat nichts genützt. Unheilbar. Wahrscheinlich ist das der letzte Film, den ich sehe. Das war's dann für mich.

Innen. Kino. Tag.

Den Film, der da im modernsten Kino von Watford läuft – Lucas-THX-Sound und superbequeme neue Sitze, im Jahr zuvor mit Hollywoodgeld für die Belegschaftspremiere von *Zauberlehrling 3* installiert –, können die drei jungen Männer nur mit offenen Mündern verfolgen. Die Schauspielerin stöhnt und schreit. Lange wird sie das nicht mehr aushalten.

Kamera auf…

… Donald und Michael und Raff, die sich, mit finsterer Miene in ihre Sessel gesunken, umgeben von ein paar wenigen Zehn- bis Zwölfjährigen, *Fahrerflucht* ansehen, womöglich der schlechteste Thriller aller Zeiten.

Donald: Normalerweise funktioniert das.

Langes Schweigen, der B-Film läuft weiter. Die Schauspielerin ist in dem Unfallwagen eingeklemmt. Zuerst hat sie ihn mutwillig gegen einen Brückenpfeiler gefahren, jetzt will sie Hilfe. Verletzungen an Kopf und Armen. Funken sprühen. Benzin läuft auf die Straße. Sieht schlecht aus. Aber dann taucht ihr Freund auf, ganz unerwartet. *Das* ist ein Film, wo die Schauspieler ein Pseudonym gebraucht hätten.

Raff *(zu Michael)*: Das hätten wir aufnehmen sollen. Das hätten wir aufnehmen sollen.

Michael: Wozu? Schon als Raubkopie raus. Und der ist alt. Überall zu haben. Aber *Gina-Town*, Mann, das wär ein Ding gewesen. Irgendwie müssen wir da reinkommen und das aufnehmen. Vielleicht wenn wir 'n Anzug anziehen oder so was.

Holt seine Digicam hervor, richtet sie auf die Leinwand, nimmt aber nichts auf.

Donald: Falschen Bart ankleben oder so.

Michael: Da hätt' ich gern ein paar hundert Stück von gebrannt. Das große Geld, das machst du mit Porno.

Er läßt die Kamera sinken, blickt sich um, vergewissert sich, daß ihn auch keiner gesehen hat, und steckt sie wieder unter die Jacke.

Donald: Hört mal zu, Jungs... ich will euch was fragen, okay? Habt ihr... mit 'nem Mädchen ... ? Seit ich euch zuletzt gesehen hab?

Michael: Klar.

Raff: O ja, tolle Sache.

Schweigen. Alle drei starren auf die Leinwand.

Donald: Cool.

Auf der Leinwand ist der Held lächerlich souverän, als er die Heldin nun in letzter Minute befreit.

Michael: Du etwa nicht?

Donald *(nach bedeutungsschwangerer Pause)*: Noch nicht.

Michael: Ehrlich? Ich hab's schon vor zwei Jahren gemacht. Mit meinem deutschen Au-pair-Mädchen. O Mann. Achtzehn. Sah toll aus. Sie hat, na ihr wißt schon, so Lederklamotten für mich angezogen. Puh! Titten wie Basketbälle und ein Arsch – meine Güte …

DONALD: Hat sie dir … ähm … auch einen geblasen?

MICHAEL: Machst du Witze? Das Mädel hätte den Chrom von der Kleiderstange lecken können. Aber sie war eifersüchtig – wollte nicht, daß ich mit anderen ausgehe – deshalb hab ich Schluß gemacht.

DONALD *(zu RAFF)*: Glaubst du das?

RAFF: Bei mir war's letzten Monat. Wußte nicht mal, wie sie heißt. Irre, Mann. Ich hab sie aufs Klo vom Burger King gezerrt und es ihr da direkt unter dem Händetrockner besorgt.

DONALD *(lacht)*: Himmel …

RAFF: Peng! *(Lacht.)*

MICHAEL: Ja – so was wollen die Weiber.

Donalds Augen wandern zurück zur Leinwand. Alle bleiben am Leben. Und wie üblich bekommt in letzter Minute jeder genau, was er will. Ende der Geschichte. Abblende. Von ein paar Eltern und Kindern kommt sogar Applaus. Aber Donald hat das alles weniger denn je gefallen, noch weniger als seinen Freunden, die immerhin ein paarmal laut gelacht haben. Und er versteht nicht, warum er diese Storys über das Gute im Menschen dermaßen zum Kotzen findet. Keine Ahnung, warum das so ist. Es ist nicht nur die scheinheilige Banalität, die ihn bedrückt. Da ist noch etwas anderes, Undefinierbares. Ausgerechnet jetzt, wo er eigentlich glücklich sein sollte, glücklich, daß er anderen beim Glücklichsein zusehen kann, nachdem er selbst seinen fairen Anteil an Glück und filmreifen Wendungen zum Guten abgekriegt hat, will er mehr denn je sein Geld zurück. Das Glück kommt ihm vor wie eine Lüge. Vielleicht ist das der Grund. Eine einzige, fette Lüge, die jeder unbesehen glaubt. Und es macht ihn verrückt, daß niemand außer ihm etwas merkt. Mann, mittlerweile macht wirklich jeder bei diesem Scheißspiel mit. Am liebsten würde er schreien oder sonstwas tun. Ganz egal was. Einfach nur, damit die Leute kapieren. Kapieren, was da vor sich geht. Und auch, um es sich selbst noch mal zu beweisen. Kapier doch! Kapier doch! Verdammt noch mal, das mußt du doch kapieren!

Schwarz. Schwarz ist das Herz von Donald F. Delpe.

Außen. Dach des Kinogebäudes. Tag.

Don kennt den Weg nach oben aufs Dach. Der Hausmeister läßt die Tür immer unverschlossen. Die drei Freunde stehen am Rand des Häuserblocks und sehen hinüber zum Nachbardach. Hundertzwanzig Meter über dem Erdboden, die Straße tief unten.

Donald: Das sind nur sechs Meter oder so.

Michael: Spinnst du?

Donald: Wer macht den Anfang?

Raff: Kommt überhaupt nicht in Frage, Mann. Los, wir gehen wieder runter.

Donald: Free Running, Leute. Le Parkour. Der Hammer. Okay, dann mach ich es eben allein. *(Holt die Digicam aus der Tasche, die eigentlich für den Mitschnitt von* Gina-Town *bestimmt war.)* Da. Filmt mich. Jemand muß das aufnehmen.

Michael: Film dich doch selbst, du Arschloch. Das ist eine beknackte Idee.

Donald gibt Raff die Kamera, dann bindet er sich die Schnürsenkel und ist bereit.

DONALD: Okay. War nett mit euch, Jungs.

RAFF (*zu Michael*): Wir müssen ihn aufhalten. Ehrlich. Der macht Ernst.

DONALD: Ein Klacks. Mach die Kamera an! Mach die Kamera an! Mach die Kamera an! MACH GEFÄLLIGST DAS DING AN, SONST SPRINGE ICH MIT GESCHLOSSENEN AUGEN!

MICHAEL *(zu* RAFF, *ängstlich)*: Der meint das ernst. Der Typ ist vollkommen durchgeknallt. Mach die Kamera an!

Raff gehorcht widerstrebend.

DONALD: Okay. Läuft das Ding?

RAFF: Ja.

DONALD: Los geht's. Auf in den Kampf.

Er tritt an den Rand des Dachs, atmet ein paarmal tief durch und mißt mit ein paar Schritten rückwärts seinen Anlauf ab. Dann ist er bereit.

MICHAEL: Das ist doch Wahnsinn, Alter. Du bist bescheuert. Laß das sein, Don. Bitte.

DONALD: Keine Spezialeffekte. Kein Double – keine Spiegel...

Donald nimmt Anlauf – er läuft –, bis er den Punkt zum Absprung erreicht. Er segelt hinaus ins Leere, die Arme rudern wie Windmühlenflügel, plötzlich steht ihm die Angst im Gesicht, als hätte er sich furchtbar verrechnet...

Innen. Küche, Haus Delpe. Abend.

Renata weint und kocht dabei das Essen. Sie reißt ein Stück von der Küchenrolle ab und wischt sich die Augen, als Don mit einem großen Pflaster auf der Stirn hereinkommt.

DONALD: Tut mir leid, klar? Ich bring das in Ordnung. Mach dir keine Sorgen. Ich krieg das schon hin.

Jim ist auch da. Wortlos hält er einen teuer aussehenden Füllfederhalter in der Hand. Einen Montblanc. Er dreht ihn ganz langsam hin und her und starrt darauf.

JIM *(hält den Füllhalter hoch)*: Und wenn du mal nicht von irgendwelchen Dächern springst und deine Mutter in Angst und Schrecken versetzt, kannst du mir dann vielleicht verraten, wo du den herhast?

DONALD: Der gehört mir. Wieso wühlst du in meinen Sachen?

JIM: Wo – *(Entziffert das eingravierte Monogramm.)* Wo hast du den her? ›A.L.K.‹ Ich wüßte einfach nur gern, wo du ihn herhast.

Jeff kommt herein. Er hat Donalds iPod umhängen, Musik dröhnt aus den Ohrstöpseln, dann schaltet er ihn ab.

JIM: A.L.K.? Ist das Dr. King? Gehört der Stift Adrian? Du hast ihn gestohlen? Weißt du eigentlich, was so ein Montblanc kostet? Don! *(Keine Reaktion.)* Er ist ein guter Freund von uns!

JEFF (*zu* DONALD): Du Blindgänger. Wieso hast du nicht was Interessantes geklaut?

DONALD *(zu seinem Vater)*: Ich hab ihn aus Versehen mitgenommen. Ich bringe ihn zurück.

JIM: Das will ich hoffen. Das ist wohl das mindeste!

RENATA: Er bringt ihn doch zurück.

Don nimmt seinem Vater den Füller ab und seinem

Bruder den iPod und geht aus dem Zimmer. Jim und Renata werfen einander einen resignierten Blick zu.

JEFF: Wenn ihr mich fragt, ihr seid viel zu nachsichtig.

Jeff verdrückt sich.

RENATA: Schrei ihn nicht an. Ich habe dir gesagt, du sollst ihn nicht anschreien!

JIM: Ich soll ihn nicht anschreien? Was soll ich denn deiner Meinung nach tun? Soll ich stillschweigend mit ansehen, wie er sich in einen Selbstmörder und Kleptomanen verwandelt?

RENATA: Vielleicht könntest du ja mal nachlesen, was er so durchmacht, dann würdest du begreifen, daß es jetzt wichtigere Dinge in unserer Familie gibt als deine Wut!

Renata weint; sie sagt, daß sie das ewige Weinen leid ist. Jim versucht sie zu trösten, doch vergebens.

Innen. Adrians Sprechzimmer. Tag.

DONALD: Wieder besser?

ADRIAN: Mir geht es gut. Danke. Und dir?

DONALD: Alles in Ordnung.

Aber Donald sitzt heute zusammengesunken auf seinem Stuhl. Er wirkt niedergeschlagen. Adrian hat den »verlorenen« Montblanc in der Hand.

ADRIAN: Diese Stimmung kenne ich. Das ist die »Das-Leben-ist-eine-Geschlechtskrankheit«-Stimmung, nicht? *(Schweigen.)* Ich habe ein Geschenk für dich. Hier. Nimm.

Adrian reicht ihm ein in braunes Packpapier eingeschlagenes Paket. Nach einer Weile packt Donald es aus. Es ist ein Gemälde. Eins von Adrians Bildern. Die Pietà aus dem Flur.

ADRIAN: Es ist das Bild, das dir gefallen hat.

DONALD: Mir hat das andere gefallen.

ADRIAN: Wirklich? Dann bekommst du eben das. Kein Problem. Ich tausche es aus.

Aber Donald will das Bild nun doch nicht wieder hergeben. Er stellt es ab, so dicht neben seine Füße, daß es an seinen Beinen lehnt, eine Sekunde lang deutet sich ein Lächeln an, dann implodiert sein Gesicht, fällt buchstäblich in sich zusammen, verfinstert sich zusehends und zeigt schließlich nur noch Resignation.

DONALD: Scheiße.

ADRIAN: Was ist?

DONALD: Ich bin diese ganze Scheiße so leid.

ADRIAN: Deine Krankheit? Ich weiß. Aber du gewinnst.

DONALD: Ja? Sie kann jederzeit wiederkommen. Was ist, wenn sie wiederkommt?

ADRIAN: Tja... darauf haben wir keinen Einfluß. Eins dürfen wir alle nicht vergessen – nicht das Problem ist wichtig, sondern wie wir damit umgehen.

Donald weint – spinnt er jetzt oder was? Zum ersten Mal seit Jahren kommen ihm die Tränen (er weiß nicht genau, wann er das letzte Mal geweint hat, aber damals war er höchstens halb so groß wie jetzt), und er kann kaum glauben, daß er hier und jetzt dasitzt und Tränen produziert. Na super, tolles Timing, blubbert eine Denkblase durch den Sturzbach. Er schämt sich, daß ihm so was passiert, noch dazu vor einem Profi. Er wischt die Tränen hastig ab, aber das zeigt nur um so deutlicher, daß Donald Delpe Gefühle hat, die sich nicht mehr unter Verschluß halten lassen.

DONALD: Ich hab doch noch überhaupt nichts erlebt. Das ist nicht fair.

Adrian: Du hast schon eine Menge erlebt. Mehr als du denkst. Das Leben besteht ohnehin zum größten Teil aus Wiederholungen. Ein paar Grunderfahrungen und dann immer wieder nur Variationen davon. Glaub mir.

Donald: Blödsinn.

Adrian: Schon mit sieben gibt es kaum noch etwas, was wir noch nicht gespürt haben. Gut, wir haben vielleicht nicht die Sixtinische Kapelle ausgemalt oder einen Jaguar V-12 gefahren, haben kein Crack probiert oder beim Golf den perfekten Abschlag geschafft, aber wir wissen, wie sich ein Triumph anfühlt, wir kennen das Gefühl von Enttäuschung, Ungerechtigkeit, Verzweiflung, von Liebe und Freude. Ein Menschenherz kennt das alles, bevor wir überhaupt laufen lernen.

Donald *(verzieht angewidert das Gesicht)*: Was reden Sie da? Mein Gott. Ihr Leben muß ja wirklich beschissen sein.

Adrian verschränkt die Hände und läßt Donald Zeit zu sagen, was er denkt.

Donald: Gott, was müssen Sie für ein trauriges Leben haben. Okay, ich sterbe vielleicht, ohne… ohne daß ich je Sex hatte. Und das ist nicht in Ordnung. Das ist keine… das ist keine – wie haben Sie das genannt? – keine von diesen Variationen. Das ist einfach nur beschissen. Ich habe noch nicht mal… ich habe noch nicht mal 'nen nackten Busen gesehen, verstehen Sie? Ich sterbe vielleicht, ohne daß ich je nackte Brüste gesehen habe!

(Schweigen.)

Adrian: Hast du morgen abend schon was vor?

Innen. Aktzeichenkurs. Abend.

Adrian bittet Donald, auf dem Flur zu warten, und betritt das Atelier, in dem einer der beiden Aktzeichenkurse des Kunstvereins stattfindet. Er will nachsehen, wer heute Modell sitzt, und sieht, daß es Jennifer ist. Eine wunderbare Frau, gewiß, aber nicht die richtige für den Zweck dieses Abends – der darin besteht, daß Donald zum ersten Mal echte Frauenbrüste zu sehen bekommt –, denn sie ist Mitte fünfzig, fünffache Mutter, und ihre Brüste sehen wie Topflappen aus; gut zu zeichnen, aber nicht so schön anzusehen – ihr Körper bietet großzügig Material für Stift und Pinsel, ein Hindukusch aus Hügeln und Tälern, aber nicht das, was er für den heutigen Abend braucht.

Adrian schließt leise die Tür, gerade als Pastellstift, Kohle und Kreide ihre Arbeit beginnen.

Innen. Zweiter Aktzeichenkurs. Abend.

Dieses Modell hat Adrian nie zuvor gesehen. Eine prachtvolle junge Frau im schönsten Alter. Sie ist noch im Bademantel und arrangiert sorgsam die Kissen, auf denen sie anderthalb Stunden lang reglos liegen muß. In der linken Hand hat sie ein Sandwich, ein rascher Ersatz für eine versäumte Mahlzeit und ein Detail, das eines Magritte würdig wäre, behielte sie es während der Sitzung in der Hand.

Adrian ist nervös; zum einen fragt er sich, ob er das Vertrauen, das Donalds Eltern in ihn setzen, mit diesem Ausflug mißbraucht, zum anderen fürchtet er auch, daß es für Donald nicht das große Erlebnis wird, das er ihm bieten möchte. Aber es ist zugleich auch eine angenehme Anspannung, er ist aufgeregt, daß er einen solchen Augenblick im Leben eines Jungen miterleben darf, aufgeregt auch um seiner selbst willen. In gewisser Weise verstärken und verjüngen diese Kurse auch seine eigene Verehrung für den weiblichen Körper.

Adrian blickt zu Donald hinüber, neben sich in der ersten Reihe der Schüler, und bemerkt, daß Donald schon bei der bloßen Aussicht, gleich einen nackten jungen Frauenkörper vor sich zu haben, zur Statue erstarrt ist, daß er atemlos hofft und wartet, bis sich die Himmelstore öffnen; sein Körper ist regloser als der jedes Modells, und vielleicht sieht er schon jetzt in ihr, was Michelangelo einst in David sah. Bis auf das Sandwich.

Um sie herum schlägt ein Dutzend Künstler, überwiegend Frauen, viele schon älter, die Skizzenblöcke auf, ohne etwas von der Tragweite dieses Augenblicks im Leben eines Jungen zu wissen, oder sie stellen mit klinischer Akkuratesse ihre Leinwände auf und werfen besorgte Blicke in ihre Richtung – was tut ein Junge in einem Aktzeichenkurs? Das Modell hantiert immer noch mit den Kissen, und Donald wirkt, als ob er gleich an Sauerstoffmangel stirbt, wenn sie nicht bald den Bademantel auszieht. Adrian lächelt stillvergnügt. Es ist schon ein schöner Anblick – Donald, nicht das Modell. Das ist ein Bild, das er gern nach der Natur festhalten würde, wenn schon nicht auf Papier, dann wenigstens in einer Art Skizzenbuch in seinem Kopf. Sie sind so wertvoll, denkt er, solche ersten Augenblicke. So lange erwartet, dann in einer Sekunde vorbei und für immer Vergangenheit.

Mit dem Rücken zur Klasse läßt das Modell den Bademantel fallen. In einer einzigen Bewegung fällt er zu Boden. Ein Windhauch weht Adrian und seinem Schützling ins Gesicht. Aber für Donald mit seiner raschen Auffassungsgabe wird der Augenblick nun schon in einer Endlosschleife wiederholt, in Zeitlupe, die Kamera fährt den Körper ab und zeigt ihn Rundung um Rundung, Zentimeter für Zentimeter, ein Körperteil nach dem anderen, Zelle für Zelle, während der Stoff zu Boden sinkt, sinkt, sinkt, bis – bis sie …

Nuditas virtualis, denkt Adrian.

Sie legt sich hin, sucht sich eine bequeme Stellung, auf die Seite gelegt, auf einen Ellbogen gestützt, ein Knie ein wenig höher als das andere … Allmächtiger, steht in Donalds Denkblase, *das ist ja das Mädchen vom Plakat!* Das Gesicht, die Gänsehaut, alles da! War es tatsächlich die Gigantin von der Plakatwand? Konnte das Riesengeschöpf an der Häuserwand auf Lebensgröße geschrumpft und Wirklichkeit geworden sein?

Die anderen Teilnehmer des Kurses skizzieren bereits geschäftig, nur Donald und Adrian starren noch das Mädchen vor sich an. Adrian ist der erste, dem aufgeht, daß zwei männliche Wesen nicht einfach in der ersten Reihe eines Zeichenkurses vor einer nackten jungen Frau sitzen und nicht zeichnen können.

ADRIAN: Psssst.

Als Donald ihn ansieht, hält er seine Zeichenkohle hoch. Donald versteht schließlich und holt aus allen Taschen Filzstifte hervor, zwei, drei, fünf, acht, zehn, in allen erdenklichen Farben, und legt sie neben sich auf den Tisch. Beide beginnen zu zeichnen.

Adrian studiert sorgsam das Modell, ihre klassischen Linien, die Proportionen, die Größenverhältnisse, legt in Gedanken ein Gittermuster über sie, kalkuliert die perspektivische Verlängerung der von ihm fortgestreckten Gliedmaßen, die Verkürzung der ihm zugewandten, gestattet sich schließlich, die geometrische Grundform zu skizzieren, und zieht dann zögernd seinen ersten Strich. Donald hingegen ist im Schaffensrausch. Die Spitzen seiner Stifte fliegen mit einem *Quietsch – quietsch – quietsch* über das Papier, in Drehungen, Wendungen, Schleifen. *Quietsch, quietsch, quietsch,* der Klang ist geradezu Donalds Markenzeichen. Der Schwung der Jugend.

Anderswo im Saal nehmen auf einem Dutzend Skizzenblöcken ein Dutzend sittsamer Bilder Gestalt an. Manche Teilnehmer setzen auf Naturalismus, das Leben, wie es ist, andere versuchen das Leben zu zeigen, wie sie es gern *hätten*, ganz im Sinne jener Errungenschaft im Denken des zwanzigsten Jahrhunderts, der Erkenntnis, daß das Wahrgenommene durch den Akt der Wahrnehmung verändert wird. Die Modernisten der Gruppe strecken den Körper also oder machen ihn gedrungener, je nachdem, wie das Modell ihnen vorkommt, sie malen ein Bild ihrer eigenen Emotionen, die Stimmung ihres eigenen Lebens, ein Bild, das verrät, ob sie sich selbst verhungert vorkommen oder vollgefressen.

Aber keiner hat sich auch nur annähernd so viele Freiheiten erlaubt wie Donald. Als der Lehrer bei ihm stehenbleibt und sehen will, wie er zurechtkommt, blickt er über Donalds Schulter und sieht – ja, er sieht …

Dem Kunstlehrer bleibt der Mund offenstehen: ein großformatiges Bild einer Superschlampe mit langem Schwanz, in roter lederner Bondagekluft, und sie schwingt einen dreizinkigen Höllenspieß. Der Lehrer kann nicht glauben, was er da sieht. Es ist pervers: Die pfeilförmige Schwanzspitze spielt mit ihrem Geschlecht, sie trägt kniehohe Stiefel, sie hat zwei Hörner, die Brüste sind einfach lächerlich, ihr Schamhaar zu einem Blitz rasiert! Der Junge hat, wenn auch brillant, aus dem Modell eine Comicfigur gemacht, eine knisternde dreidimensionale Heavy-Metal-Wichsvorlage.

Doch Donald sieht unglaublich zufrieden mit seiner Arbeit aus, begeistert betrachtet er sein Meisterwerk – das gehört zum Besten, was er je gezeichnet hat.

Schließlich fällt auch Adrian auf, was für ein Gesicht der Lehrer macht, und er ahnt, daß sein Schützling etwas angestellt hat. Er legt den Stift ab, steht von seinem eigenen Stilleben auf (er hat nur die Grundlinien eines Fußes vollendet) und sieht es sich an.

Innen. Burger King. Abend.

Adrian: Ich sage ja nicht, daß es *schlecht* ist. Schlecht ist es nicht. Und das ist auch ein Ausdruck, den wir nicht benutzen. In vieler Hinsicht ist es ein Meisterwerk. Aber – hast du das wirklich gesehen? *Ich* habe etwas anderes gesehen. Wieso hast du sie so gezeichnet?

Donald: Die war heiß. *(Pause.)* Oder? Vielleicht hat sie nicht ganz so ausgesehen, aber das ist das, was ich ge*dacht* habe, als ich sie sah.

Adrian: Denkst du immer so etwas, wenn du Mädchen ansiehst?

Donald: Nein. Nur wenn sie gut aussehen.

ADRIAN: Mädchen, die gut aussehen, haben alle einen Teufelsschwanz? Und einen Dreizack?

DONALD: Klar. Die kommen in die Hölle.

ADRIAN: Willst du denn in die Hölle?

DONALD: Wenn die Teufel so aussehen, dann ja.

ADRIAN: Möchtest du einen Rat? *(Keine Antwort.)* Mädchen haben genausoviel Angst wie du. Genausoviel Angst wie du.

DONALD: Was hat denn das mit dem hier zu tun?

ADRIAN: Du mußt keine Teufelinnen aus ihnen machen, nur weil sie dir gefallen. Mädchen sind Wirklichkeit. Du kannst zu ihnen hingehen und sie ansprechen.

DONALD: Ich hol mir noch was zu trinken.

An der Theke entdeckt Donald weiter hinten die Schlampe aus seinem Tagtraum in der Kirche, das Mädchen mit der gelben Strickjacke, seine zukünftige Frau. Sie bewegt sich von einem Tisch, an dem sie mit ihren Freundinnen sitzt, in Richtung – in Richtung – in Richtung Theke, geradewegs auf ihn zu! Eine Nation hält den Atem an.

Schnitt auf…

…ihre Annäherung, in Zeitlupe: Action! schreien Donalds Lenden, Herz und Seele; Musik ab, Trockeneis ab; alles andere in diesem Tempel der Düsternis erstarrt zum Standbild, als sie näher kommt, seine strahlende, vestalische Hohepriesterin des mächtigen, hoch aufgerichteten Gottes.

Und wie erwartet wird er, als sie die Theke erreicht und neben ihm steht, von denselben heidnischen Göttern, die sie erschaffen haben, mit Stummheit geschlagen. Er wagt kaum, sie anzusehen. Einen ganzen Monat lang könnte er nur von ihrem Duft leben.

Shelly Driscoll, fünfzehn, brünett, unbekümmert im Wohlstand der besseren Kreise aufgewachsen, schon jetzt zwei Kreditkarten in der Tasche, ziemlich gefragt. Sie spielt Klavier, schafft den Minutenwalzer in fünfundfünfzig Sekunden, trägt sich mit dem Gedanken, Konzertpianistin zu werden, dürfte aber kaum die nötige Disziplin aufbringen. Jungs sind für sie wichtig und unwichtig zugleich: Sie liefern Gesprächsstoff für ihre Clique (ihre Wünsche, ihre Bedürfnisse, ihre niederen Triebe und liebenswerten Seiten), aber in der Wirklichkeit treten sie nur selten in Erscheinung. Shelly hat keine Lust, freitags abends von Jungen mit fliehender Stirn – Klamotten wie Zelte, umgedrehte Baseballmütze auf dem Kopf – eingeladen zu werden, wenn sie eigentlich lieber mit ihren Freundinnen zusammensitzen und *darüber reden* möchte, wie es ist, wenn man freitags abends eine Verabredung hat. Sie mag das Prickeln, die romantische Spannung, den langsamen Strom immer leidenschaftlicherer SMSe von ihren Verehrern, die nie endenden Liebkosungen sehnsüchtiger Angebote, Rendezvous, zu denen sie nie erscheinen wird, so lange, bis das Handy verstummt, weil seine Kapazität erschöpft ist. Satt und zufrieden zeigt sie ihren Freundinnen die Meldung: Speicher voll.

Shelly: Hi.

Donald: Oh. Hi.

Shelly: Gehen wir in dieselbe Schule?

Donald: Nein. Ich, ähm … ich habe dich bei der äh … neulich bei der Messe gesehen. Wir gehen in dieselbe Kirche. Du hattest eine äh … eine gelbe Strickjacke an.

Shelly: Oh. Ich gehe nicht oft in die Kirche.

Donald: Ich auch nicht. Gott bewahre. Meine … meine

ähm … meine Eltern sind gerade auf … auf ’nem komischen Trip.

Donald ist hin und weg. Er kann nicht anders – er zeichnet ihr in Gedanken einen Teufelsschwanz, der sich hinter ihrem Rücken wiegt, und einen Dreizack in die linke Hand.

Shelly *(zeigt auf Donalds T-Shirt mit der Aufschrift* Schnick*)*: Was bedeutet das?

Donald: Oh, das ist ähm … das ist nur das Geräusch, das Wolverine macht, wenn er, na du weißt schon, wenn er seine Krallen ausfährt.

Shelly: Oh. Wolverine? Was? … Ach, verstehe. Und – und wieso hast du keine Haare?

Donald: Ich *habe* Haare.

Shelly: Und wo sind sie?

Donald: Das hat was mit Karate zu tun.

Shelly *(beeindruckt)*: Cool. Und … mit wem bist du hier?

Donald: Ich bin, äh … Ich bin allein hier. Allein.

Shelly: Cool.

Dann schwebt sie mit einem charmanten Lächeln davon. Ist das eine Aufforderung? Will sie, daß er ihr folgt? Sein Herz dröhnt wie die Trommel eines Massaikriegers beim Fruchtbarkeitstanz. Er dreht sich zu Adrian um, sieht aber nur dessen Hinterkopf. Er ist allein. Der Weg nach vorn führt in unerforschtes Terrain. Shelly hat genausoviel Angst wie er. Sie ist kein Phantasieprodukt. Er muß keine Teufelin aus ihr machen. Sie ist Wirklichkeit. Wirklichkeit.

Er nähert sich der Nische, wo sie sitzt, seine Augen nehmen das Mädchen ins Visier, die Shelly aus der Kirche, die

Shelly seiner Träume, vor allem aber die Shelly aus seinem eigenen Comic. Seit zwei Monaten drückt sie Rachel, der superscharfen Braut von MiracleMan, insgeheim ihren Stempel auf, und Rachels feinere Umgangsformen und makellose Erscheinung sind diesem realen Vorbild nachempfunden – nein, keine Schlampe, etwas viel Angsteinflößenderes: ein richtiges Mädchen. Aber selbst wenn er zuläßt, daß Shelly Wirklichkeit bleibt, kann er ihre drei palavernden Freundinnen nicht genauso behandeln. Er verbannt sie in eine starre, zweidimensionale Vorhölle für pubertierende Zicken und betrachtet die Nische, in der sie sitzen, wie die Grafik in einem Videospiel. Je näher er kommt, desto mehr hat er das Gefühl, er zoomt in ein einziges Comicbild, in dem nur Shelly lebt und atmet. Als einzige real.

Er wartet am Rand dieser Szene, ohne die Grenze zu überschreiten. Nur seine Sprechblase dringt ein. Darin steht:
»Baby, wo hast du mein ganzes Leben lang gesteckt?«

Shelly reagiert, schmilzt förmlich dahin, selig, daß sie so angesprochen wird. Ihr Busen bebt. Mit einer Hand versucht sie ihn zu beruhigen, fünf gespreizte Pianistinnenfinger, ein Stern auf ihrer Brust.

SHELLY *(atemlos)*: MiracleMan!

Sie springt auf und aus dem Bild.

Der Meisterzeichner braucht jetzt ganz schnell ein zweites Bild. Er hat es längst parat. Darauf ist MiracleMan (der in diesem Traum wie Don aussieht), ebenso zweidimensional wie die Zicken in der Hölle, der Inbegriff des reifen Frauenhelden in Anzug und Krawatte, ein Mann, der – im Unterschied zu Donald – nicht alles vermasselt und dermaßen gut aussieht, daß es sie einfach umhaut. Eine zweite

Sprechblase erscheint über seinem Kopf: »Tut mir leid, daß ich mich verspätet habe.« Schon liegt ihm Shelly in den zweidimensionalen Titaniumarmen, und die unbelebten Hände liebkosen ihr echtes, lebendiges Fleisch.

SHELLY: Ich brauche dich soooo sehr.

MIRACLEMAN *(Sprechblase)*: Ich dich auch. Ich muß dich allein sehen.

SHELLY: Bring mich irgendwo hin. Egal wo. Jetzt sofort!

MIRACLEMAN *(Sprechblase)*: Jetzt?

SHELLY *(mit belegter Stimme)*: Ja, jetzt.

Bild drei, Bild drei, Bild drei. MiracleMan drängt Shelly gegen die Wand in der Toilette. Sie hat ein Bein um ihn geschlungen und lutscht ihm die Pixel vom Gesicht. Ihre Haare wehen im Luftzug des Handtrockners, weil sie mit der rechten Schulter auf den Knopf drückt wie auf den Auslöser eines Fotoapparats. Was für eine Schönheit! Wallende Haare, wie bei einer Meerjungfrau unter Wasser.

SHELLY: Ja, ja, mmmm, hmmmmmm… *(Sie murmelt, so gut es geht, zwischen den Küssen, bis plötzlich…)*

…bis plötzlich der echte Donald an einem Tisch mit drei Mädchen auftaucht, eins davon der Traum seiner schlaflosen Nächte, und in ihrer Gegenwart vollkommen sprachlos ist – als hätte er nie sprechen gelernt, ein Wesen von einem anderen Stern, eine Kreatur aus dem Sumpf, zumindest so lange, bis er sich an ein einfaches Wort aus einem viele Jahrhunderte alten verlorenen Lexikon erinnert: »Hallo.«

Die Mädchen starren ihn an.

Er starrt zurück.

Die Mädchen starren ihn an.

Er starrt zurück.

Verdammt.

Außen. Burger King. Abend.

Draußen vor dem Hamburgerrestaurant knöpft Adrian seinen Mantel zu, der Wind ist schneidend kalt.

DONALD: Danke.

ADRIAN: Wofür?

DONALD: Für den Rat.

ADRIAN: Wieso?

DONALD: Ich hab eine Verabredung.

ADRIAN: Mit einem Mädchen? Oder mit einem Teufel?

DONALD: Mit einem Mädchen. Mit einem Mädchen.

Innen. Eßzimmer / Haus Delpe. Abend.

Renata liest medizinische Fachbücher. Wie jeden Abend sitzt sie am Eßtisch und entwickelt sich allmählich zur Krebsexpertin; sie macht sich Notizen und legt die neuen Seiten auf einen Stapel mit älteren Blättern, heute abend gekrönt von einem mit Gummiband zusammengehaltenen Bund Spargel. Mit leicht federndem Schritt tritt Donald durch die Tür, so gut gelaunt wie schon lange nicht mehr.

DONALD: Hi.

RENATA: Donny? Hallo, mein Schatz. Na, wie war's?

DONALD: Och, eigentlich ziemlich cool.

RENATA: Ziemlich cool? Ehrlich?

Sämtliche Zeiger auf Renatas mütterlichen Meßinstrumenten schnellen hoch bis zum Anschlag. Sie dreht sich auf dem Stuhl um, schiebt die Brille hoch und unterbricht ihre Lektüre, bei der es gerade um eine deutsche Klinik geht, die angeblich eine Heilungsrate von achtzig Prozent hat.

DONALD: Ist 'n ziemlich cooler Typ.

RENATA: Dr. King? Das freut mich, Liebes. Das freut mich wirklich.

Donald kommt näher und sieht die Krebsbücher auf dem Tisch.

DONALD: Es wird alles wieder gut, Ma. Ich schaffe das.

Er berührt sie an der Schulter, sieht ihr in die Augen und *schaut nicht weg*, dann macht er kehrt und stürmt die Treppe hinauf, immer zwei Stufen auf einmal. Renatas Hand bewegt sich in Richtung Mund und verharrt kurz vor dem Ziel reglos in der Luft.

Innen. Donalds Zimmer. Abend.

Donald läßt sich auf seinen Stuhl fallen und wartet, bis der Computer hochgefahren ist, seine Firewalls aufgebaut, das Desktop konfiguriert und den Speicher defragmentiert hat – ein rasender Tornado unter seinem Schreibtisch. Ein paar Sekunden später ist er im Netz, aber diesmal surft er nicht auf den üblichen Seiten. Heute abend macht er einen großen Bogen um die Tauschbörsen in den schummrigen Randbereichen des virtuellen Raums, die versteckten Quadranten, in die sich nur Softwarepiraten, Webterroristen, Kinderschänder, Waffenschieber und irgendwelche Spinner auf der Suche nach Bauteilen für Kernreaktoren verirren. Heute abend geht er schnurstracks zu Google, dem McDonald's des Internet, und tippt dort fünf Buchstaben ein: K – R – E – B – S.

Schon hat er Lesestoff für ein ganzes Leben. Für zwei sogar. Aber Donald ist nicht so leicht einzuschüchtern: Zum ersten Mal will er etwas über diese Krankheit herausfinden. Will wissen, was das für ein Ding ist, das seine eigenen Firewalls überwunden und sich in sein System gehackt hat, was da so gnadenlos seine sämtlichen Dateien, Programme und Betriebssysteme zerstört. Wenn er diesen Supervirus besiegen will, muß er ihn erst einmal verstehen. Und damit fängt er jetzt an: noch heute abend. Das Problem ist lösbar. Es muß lösbar sein. Oder etwa nicht?

Außen. Garten / Haus Delpe. Tag.

Donald wirft ein paar Bälle. Die Krankheit hat ihn zwar schmächtig wie einen Bücherwurm gemacht, aber ohne dessen intellektuelle Beharrlichkeit. Die Sonne brennt vom Himmel. Er hat ziemlich lange nicht mehr Basketball gespielt. Und das merkt man.

Es ist ein paar Jahre her, seit Don das alte Korbbrett aufgehängt und mit hundert Nägeln am Garagendach befestigt hat, die meisten schon krumm gehauen, bevor er sie ordentlich einschlagen konnte. Ziemlich schlechte Arbeit, aber immerhin hängt der Korb in der richtigen Höhe. Heute hätte er sich das Ding allerdings ein bißchen größer gewünscht. Irgendwie klappt es nicht mit dem Treffen, und das liegt nicht am Ball – der bräuchte nur ein bißchen mehr Luft. Er versenkt höchstens zwanzig Prozent, und nie flutscht der Ball glatt durchs Netz. Er kriegt es heute einfach nicht hin, sosehr er sich auch bemüht: durchs Netz, ohne den Reifen zu berühren, *wusch*. Genau wie im Leben: das köstliche Gefühl, wenn man reibungslos durchs

Tor des Möglichen schlüpft, ohne irgendwo anzuecken. Doch schon bald ist er außer Atem. Er hält inne, legt die Hände auf die Knie. Völlig am Ende, zumindest fühlt es sich so an. Krebs gegen Donald, 1:0. Trotzdem: nicht schlecht für den Anfang. Sieben Minuten.

Normalerweise würde er an diesem Punkt abbrechen und ins Haus gehen, doch statt dessen wartet er, bis er nicht mehr aus der Puste ist. Er schlendert zurück zur Freiwurflinie, sieht den Korb an, als sei er sein Feind, macht sich bereit und startet einen neuen Versuch. Die perfekten Würfe lassen zwar noch auf sich warten, aber seine Sprünge können sich durchaus sehen lassen. Er schwört sich, daß er erst aufhört, wenn er einen richtig guten Sprungwurf schafft. In den nächsten fünf Minuten donnern die Bälle gegen das Brett, prallen vom Reifen ab und fliegen überallhin, aber dann, aus vier Metern Entfernung … der perfekte Abwurf, ein hoher Bogen … er fliegt, fliegt, fliegt …

Innen. Haus Delpe. Tag.

Jim steht hinter der Gardine, als der Ball glatt durch das Netz rutscht, und sieht anschließend zu, wie sein Zweitgeborener den Ball wieder hinten in dem alten Anhänger verstaut. Er nickt und ballt die Faust, als hätte sein Sohn gerade aus der Tiefe des Dreipunktebereichs den Siegtreffer in der Regionalliga erzielt. Ein Wurf wie aus dem Bilderbuch. Phantastisch. Das sind die Augenblicke im Leben, wo man weiß, wozu man Söhne hat. Einfach großartig. Es gibt Momente, da sind sie das beste, was einem passieren kann. Ja! Er merkt, daß seine Faust noch immer geballt ist. Jawohl!

Innen. Jeffs Zimmer / Haus Delpe. Abend.

Die Brüder sitzen heute abend einfach nur zusammen und reden, zum ersten Mal seit Monaten. Donald reicht Jeff den Joint zurück, Jeff liegt auf dem Bett und hält seine Vorträge. Aus Jeff spricht die Stimme der Erfahrung, die Stimme eines Veteranen auf dem Schlachtfeld der Liebe.

JEFF: Ehrlich. Wenn sich die Gelegenheit bietet, pack sie beim Schopf, aber *schnell* mußt du sein, laß ihnen ja keine Zeit zum Nachdenken, dann sagt jedes Mädchen nein. So sind sie nun mal. Beim ersten Mal muß es ratzfatz gehen, wie bei 'nem Unfall – *wumm*! Scheiße, da ist doch irgendwas passiert, keiner weiß, was ... und schon ist es zu spät. Verstehst du?

Jeff richtet sich auf, er ist begeistert, daß er seine gesammelten Lebensweisheiten zum besten geben kann, seine Lehrsätze über die Wirklichkeit. Er zieht sich das T-Shirt halb über den Kopf, so daß es aussieht wie ein Nonnenschleier.

JEFF: Okay, komm ich zeig's dir. Ich bin ein Mädchen. Los, mach mich an. Worauf wartest du, mach mich an, du Miststück.

DONALD *(ein bißchen verwirrt)*: Ich dachte, *du* bist das Miststück?

JEFF: Ich bin das Miststück. Jetzt komm endlich aus dem Quark, du Miststück. Quatsch mich an.

DONALD: Was?

JEFF: Sag irgendwas. Völlig egal. Und während ich mir noch die Antwort überlege, gehst du mir schon an die Wäsche. Kapiert? Frag mich einfach, wieviel sechs mal sieben ist. Los, frag mich schon.

DONALD: Okay. *(Macht sich bereit.)* Wieviel ist sechs mal sieben?

JEFF: Zweiundvierzig. *(Pause.)* Du hast es vermasselt. Nix passiert.

DONALD: Ich versteh nicht.

JEFF: Du hast deine Chance verpaßt! Du hast es versiebt, Alter. So schnell mußt du sein. Kapiert? Du mußt loslegen, bevor ich zweiundvierzig sagen kann. Klar? Das meine ich mit Tempo. Wie ein geölter Blitz. Auf die Weise habe ich bisher noch jedes Mädchen gekriegt.

DONALD: Wieviel ist acht mal neun?

JEFF: Ähm …

Donald packt Jeff und versucht ihn zu küssen.

JEFF (*schubst ihn weg*): Was soll denn das? Laß mich los, du dämliche Schwuchtel! Gott im Himmel. Du sollst mir nur sagen, daß du verstanden hast. Ich will dir doch bloß was erklären.

DONALD: Ich habe verstanden.

JEFF *(zieht sein T-Shirt wieder herunter)*: Gut. Paß mal auf. *(Er öffnet eine Schublade und holt ein paar Kondome heraus.)* Wenn alles nach Plan läuft, solltest du die Dinger benutzen. Die sind vielleicht zu groß für deinen Pimmel, aber immer noch besser als nichts.

DONALD: Die brauche ich nicht.

JEFF: Nun nimm schon.

Donald wirft sie in den Papierkorb, als Jeff aufsteht und zur Tür geht.

JEFF: Du wirst es vermasseln. Das spür ich.

DONALD: Ist nicht wahr. Ich hab alles kapiert.

JEFF: Wirklich?

Donald: Zweiundvierzig.

Jeff: Zweiundvierzig!

Als Donald allein im Zimmer ist, geht er zum Papierkorb und holt die Kondome heraus.

Innen. Burger King. Abend.

An der Theke, die Hände feucht; Donalds Herz versucht, einen Golfball durch die Aorta zu pumpen. Er und Shelly und vier andere Kids (zwei Mädchen und zwei lästige ältere Jungen – die sollen sich lieber verpissen, sonst sehen sie sich mit Sekundanten im Morgengrauen, steht in Donalds Denkblase) lungern nur einfach herum und reden dummes Zeug. Heute abend wimmelt es nur so von Schwätzern. Alle Welt redet, alle außer Don haben anscheinend etwas wirklich Witziges und Cooles und Tiefschürfendes zu sagen, nur er, Marcel Marceau, Mr. Scheiß-Bean, wartet, daß Shelly, mit der er *offiziell verabredet* ist, ihm guten Tag sagt. Und er wartet jetzt schon zwanzig Minuten auf ein Zeichen von ihr, was auch immer, eine Bestätigung, daß sie tatsächlich eine Verabredung haben, aber bislang vergebens. Dabei gibt er sich wirklich alle Mühe; er setzt sein dämlichstes Lächeln auf, wenn sie zu ihm rübersieht, ganz cool die Hände in den Schlabberjeans vergraben, die Kapuze auf dem Kopf, manchmal runzelt er die Stirn wie Brad Pitt in *Thelma und Louise* (bis auf den heutigen Tag Mams großer Schwarm) und wirft ihr heimlich Blicke zu, wenn sie sich mit den anderen unterhält. Er sieht sie wie eine Serie von Nahaufnahmen, eine Montage aus Augen, Nacken, Nase im Profil, Coladose in den ringgeschmückten Fingern der rechten Hand, ringgeschmückter

Nabel (sie trägt bauchfrei), drei Zehen, die wie Trüffeln vorne aus ihren Sandalen sprießen. Und gerade als er aufgibt und sich die Ohren zustöpselt, um den Frust zu überdröhnen, daß er mit einem Mädchen zusammen ist, auf das er total steht und das ihn nicht mal beachtet, spürt er, wie sie ihn auf die Schulter tippt – ein Engel tippt ihn auf die Schulter. Er zieht sich die Hörer aus den Ohren.

SHELLY: Findest du mich langweilig?

Donald überlegt sich eine ernsthafte Antwort. Sie wartet. Er überlegt. Sie wartet. Eine Parallelwelt: die Menschen in dieser Welt reden nicht. Das Reden ist abgeschafft. Es ist völlig normal, anderen stundenlang ins Gesicht zu starren, manchmal tagelang: Es gilt sogar als besonders charmant.

SHELLY: Alles in Ordnung mit dir?

DONALD: Bitte?

SHELLY: Ob mit dir alles in Ordnung ist? *(Noch mehr Schweigen.)* Hast du ein Schweigegelübde abgelegt oder so? Hat das was mit dem Karate zu tun? *(Schweigen.)* Du magst mich doch, oder? *(Er nickt. Das hätte Brad nicht gemacht.)* Du siehst nicht besonders gut aus. Schwitzt du?

DONALD: Nein.

SHELLY: Ist schon in Ordnung. Viele Typen schwitzen, wenn sie mit mir reden. Find ich irgendwie cool.

Darauf weiß Donald keine Antwort. Er ist sprachlos. Shelly sieht sich um. Die anderen Teenager in ihrer Gruppe haben sich zu Pärchen zusammengetan und fangen an sich zu küssen.

SHELLY: Möchtest du mich küssen?

DONALD: Klar.

SHELLY: Komm her.

Shelly zieht ihn in eine dunklere Ecke und nimmt den Kaugummi aus dem Mund.

Sie küssen sich. Volltreffer. Love me Ständer. Aber als er nach ihren Brüsten grabscht, stößt sie seine Hand beiseite.

Shelly: He! Ich bin erst fünfzehn. Komm bloß nicht auf dumme Ideen. *(Sie starrt ihm ins Gesicht, dann schiebt sie seine Kapuze nach hinten und entblößt seinen Strahlenschädel.)* Du bist ein komischer Typ. Aber irgendwie süß. *(Ruft zu ihren* Freundinnen *hinüber)* Ich geh nur mal eben aufs Klo!

Sie gibt ihre Cola einer Freundin und steuert auf die Toiletten zu. Ist das ein Anmachtrick? Donald ist verwirrt. Es gibt tausend mögliche Interpretationen. Und nur eine davon sagt, daß er bleiben soll, wo er ist.

Shellys Freundinnen sehen Donald an, und er gibt ihnen auch seine Cola und folgt seinem Mädchen, *seinem Mädchen* (endlich hat er das Recht, das zu sagen!), das erste von weiß-der-Himmel-wie-vielen Mädchen, das ihm den Mund darbietet und das er jetzt nie mehr vergessen wird, solange er lebt, ein Tagtraum für seine alten Tage, falls er die jemals erlebt, ein Mädchen, das für alle Zeit sein Überraschungsknüller bleiben wird, seine billig produzierte romantische Komödie, von der sich niemand etwas erwartet hat und die sein persönlicher Kassenschlager wird, der erste einer langen Reihe: *Shelly; Shelly 2 – Wie es weiterging; Shelly 3 – Die Abrechnung; Shelly 4 – Shelly kehrt zurück; Shelly 5, 6, 7...* ein Dauerbrenner. Lieber Gott, mach, daß sie läuft und läuft und läuft.

Innen. Damentoilette. Abend.

Shelly kommt herein, aber sie hat gerade erst ein paar Schritte in Richtung Spiegel gemacht, als die Tür aufgeht und ein Superheld eintritt.

SHELLY *(entrüstet)*: Was hast du vor!? Hier kannst du nicht rein! Igitt! Mach, daß du rauskommst! Du hast sie wohl nicht alle!

Donald bleibt überrascht stehen, seine Gedanken kreisen um ein mathematisches Problem: sechs mal sieben ... sechs mal sieben ... sechs mal sieben ... als er ihr die Hand sanft auf die Schulter legt. Er läßt sich nicht beirren, agiert so schnell er kann, ehe sie nein sagen kann. Aber er hätte genausogut über die Wurzel aus einer Primzahl nachgrübeln können, denn sie hat längst ein dutzendmal nein gesagt.

SHELLY: Mach, daß du rauskommst, du Widerling! Ist ja ekelhaft! *Mein Gott! Mach sofort, daß du hier rauskommst!* Das hier ist das Damenklo! Du bist ja krank! Hau ab!

Sie stößt ihn fort, und Donalds Mantra verstummt. Zweiundvierzig! Zweiundvierzig! Shelly sieht genauso aus wie Ann Darrow auf dem Cover von seinem *King-Kong*-Comic, als sie das Untier anschreit, das sie belästigt, eine entsetzte Sprechblase über dem Kopf: **»AAAAAHHHHHHHHH!!!«,** und sie hört sich auch so an. Er türmt aus der Damentoilette und kommt sich vor wie ein leibhaftiger Vergewaltiger.

Innen. Auto der Familie Delpe. Abend.

Donalds Dad fährt ihn nach Hause. Jim ist gut aufgelegt und hält sich sogar mit dem Blinker zurück. Allerdings nicht mit dem Scheibenwischer. Sein Vater läßt den Scheibenwischer auch nach dem letzten Regentropfen noch gut zehn Minuten weiterackern. Wenn Don zwei Geräusche auswählen müßte, die typisch für seinen Vater sind, wäre es das Klicken des Blinkers und das Quietschen trockener Wischerblätter – das Markenzeichen von Jim Delpe.

Jim: War's schön? Hat ja nicht lange gedauert. Alles gut gelaufen?

Don hätte am liebsten geantwortet: Sexuelle Belästigung ist eben kein abendfüllendes Programm, Dad. Aber er verkneift sich die Bemerkung. Behält es lieber für sich.

Jim: Ich erinnere mich noch an meine erste richtige Verabredung. Ha! Ich habe sie zum Abschied vor der Haustür geküßt. Es war so dunkel, daß ich nur das Kinn erwischt habe. Mann! Am nächsten Tag habe ich erfahren, daß sie überall rumerzählt hat, wie miserabel ich küsse. Ha! *(Ein liebevolles Lächeln umspielt sein Gesicht, als er zu Don herübersieht, der schweigend neben ihm sitzt.)* Ich bin stolz auf dich, Junge. Wir schaffen das.

Donald würde am liebsten heulen.

Innen. Haus Delpe. Tag.

Jeff macht für sich und Donald Eisbecher zurecht und übt Manöverkritik.

Jeff: Lesbe. Keine Frage. Na, mach dir nichts draus. Du findest schon noch die Richtige. Du kriegst noch viele.

Donald: Ich weiß. Ich weiß.

Jeff: Keine Sorge, ich helf dir dadrüber weg.

Donald: Red keinen Scheiß. Du hast doch keine Ahnung.

Jeff: Ich hab keine Ahnung? Na, das wüßte ich aber!

Willst du wissen, mit wie vielen Frauen ich schon im Bett war? Wilst du's wissen? Ehrlich? *(Er zählt es an den Fingern ab, kommt anscheinend bis in die Zwanziger.)* Zwei.

DONALD *(lacht)*: Zwei?

JEFF: Das sind zwei mehr als du, Blödmann. Und noch bei viel mehr hatte ich meine Finger drin. Glaub mir, das Mädel war entweder eine Lesbe oder … oder ich weiß auch nicht, was die hatte.

Donald nimmt einen großen Löffel Eiscreme, dann hält er sich das eine Auge zu. Ein stechender Schmerz. Autsch.

JEFF: Oh, oh. Hirn vereist. Mach lieber langsam, Kleiner. Eis mit so einem Tempo, das ist gefährlich.

Aber dann hält Donald sich auch das andere Auge zu, macht ein verblüfftes Gesicht.

JEFF: He! Was ist los?

DONALD *(ißt weiter)*: Schon in Ordnung. Das ist nichts. Nur ein … bißchen schummrig, sonst nichts.

Innen. Sprechzimmer / Krankenhaus. Tag.

Am Lichtkasten hängt das Röntgenbild eines menschlichen Gehirns.

DR. SIPETKA: Ich fürchte, die Krankheit ist zurückgekehrt. Es tut mir leid.

Zerstörte Träume. Ein Kartenhaus stürzt ein. Begrabene Hoffnung.

RENATA: O nein. Bitte …

DR. SIPETKA: Wir haben leider an vier Stellen im Gehirn Metastasen gefunden. Und weitere in der Lunge. Alles in allem zehn. Ich würde die stärkste Chemotherapie empfehlen, dazu eine weitere Strahlenbehandlung.

Renata *(unter Tränen)*: Was sollen wir bloß machen?

Jim hat ein Enzephalogramm in der Hand, aber er kann nichts darauf erkennen. Für ihn sieht es wie ein Blauschimmelkäse aus.

Jim: Wie lange?

Dr. Sipetka: Sechs Monate mindestens. Wenn wir Glück haben.

Renata hat die Arme fest um den eigenen Körper geschlungen, vor der Brust gekreuzt, ihr Atem kommt kurz und stoßweise, als wate sie, bis zur Hüfte im Wasser, durch einen eiskalten Fluß.

Dr. Sipetka: Wenn die Tumore sich verhärten, weitaus länger. Wir geben nicht auf. Aber es ist ein bösartiges Karzinom. Leider.

Jim versucht zweimal zu sprechen. Beim dritten Anlauf kommt er über das *Wie* hinaus.

Jim: Wie lange hätte er noch, wenn wir nichts tun? Wie lange?

Dr. Sipetka: Etwa gleich lang – aber ich finde, wir sollten die medizinische Lösung verfolgen. Morgen möchte ich ihm Knochenmark entnehmen. Knochenmark ist das Zentrum des Immunsystems. Später können wir es ihm wieder einpflanzen – wenn es ihm wirklich schlechtgeht. Dann braucht er es.

Innen. Cafeteria / Krankenhaus. Tag.

Augenblicke wie diese sind es, in denen Adrian wirklich sein Geld wert ist. In Augenblicken wie diesen kann das richtige Wort, ein wenig Mitgefühl, tatsächlich helfen. Das schlimme ist nur, daß Adrian kaum ein Wort herausbringt. Und so sitzen sie da zu dritt an einem Tisch in der Mitte der großen Krankenhauscafeteria. Sie halten sich die Hände – Renata hat Adrians linke Hand gefaßt, Adrian die rechte auf Jims linke gelegt, Jim seine rechte um Renatas Taille.

RENATA: Warum muß das geschehen? Warum er? Warum sucht sich der Krebs gerade ihn aus?

ADRIAN: Das weiß keiner. Theorien gibt es zuhauf. Erbe. Umwelt. Tierische Fette in der heutigen Nahrung. Belastung durch Stress. Manche Psychologen sagen, Menschen, die schwer Kontakt finden, sind stärker gefährdet. Am wahrscheinlichsten ist eine Kombination von allem. Aber es ist auf dem Vormarsch. Zehn Millionen *neuer* Fälle weltweit jedes Jahr. Bis 2020 werden es zwanzig Millionen sein. Da bekommt man es mit der Angst zu tun. Sie beide gehören nun zu einer weltweiten Gemeinschaft, auch wenn keiner das sieht. Nicht mehr lange, und der Krebs wird mehr Menschen verbinden als alles andere – die größte Gemeinschaft überhaupt, und trotzdem hört man so gut wie nichts davon. Möchten Sie, daß ich Donald weiter behandle?

RENATA: Unbedingt. *(Sie wirft* JIM *einen fragenden Blick zu, und der antwortet mit einem Ja-selbstverständlich-Nicken.)* Unbedingt.

ADRIAN: Denn ich habe schon das Gefühl, daß wir ein paar Fortschritte gemacht haben.

RENATA: Unbedingt. Das ist gar nicht zu übersehen.

ADRIAN *(Aufflackern von Kampfgeist)*: Er muß dagegen ankämpfen. Und letzten Endes ist er natürlich der einzige, der sich helfen kann.

Jim und Renata nicken, ermutigt von der Gewißheit, daß Adrian ihr Verbündeter ist, jetzt wo sie noch weiter in unbekanntes Terrain vordringen.

Innen. Krankenhaus. Tag.

Bevor sie ihren Sohn besuchen – der zum Start der neuen Behandlungsrunde ein Bett in der Onkologie bekommen hat –, wischt Renata sich die Tränen ab und müht sich um aufrechte Haltung, und Jim leistet Beistand, den Arm um ihre Schultern gelegt.

Jim: Besser hier draußen als vor seinen Augen.

Renata: Es geht schon. Ich will stark sein. Ich will ... Das letzte, was er brauchen kann, ist eine Mutter, die ihm was vorheult, oder? *(Versucht zu lächeln.)*

Jim: Wir nehmen einfach einen neuen Anlauf. Wir fangen wieder von vorne an und versuchen es neu. Wir schaffen das. Natürlich schaffen wir das!

Renata *(plötzlich wütend)*: Tatsächlich? Dann übernimm du, Jim. Ja? Ich habe es nicht mal bis hierher geschafft. Jim, ich habe es ja nicht mal bis hierher geschafft.

Das hatte Jim nie so gesehen. Für ihn war sie ein Fels in der Brandung. Neben ihr war er sich stets schwach vorgekommen. Und nun das. Plötzlicher Aufstieg. Er bekommt den Spitzenjob angeboten – Familienoberhaupt.

Renata *(ihre Wut verflogen)*: Nimm's mir nicht übel. Aber das ist die Wahrheit.

Jim: Laß uns gehen.

Und wie Tausende vor ihnen gehen sie und besuchen ihr Kind.

Innen. Onkologie. Tag.

Donald liegt im dritten Bett vom Fenster, und eine Maschine neben ihm pumpt pißgelbes Gift durch einen klaren Schlauch, der in einer Bandage um seinen rechten Arm verschwindet. Er sieht irgendwie verwischt aus, gar nicht mehr wie er selbst, die Karikatur eines erbärmlichen Künstlers, und er sieht sich im Zimmer um und betrachtet die anderen verwischten Gestalten.

In dem Bett direkt am Fenster liegt ein Mann, der allem Anschein nach nur noch Tage zu leben hat. Klapperdürr. Augen geschlossen. Haut wie alter Zuckerguß. Der Brustkorb hebt und senkt sich, ein menschlicher Blasebalg, Luft dringt ein, schnüffelt ein wenig herum und entweicht wieder. Eine Krankenschwester hat ihm, purer Luxus, die Haare über die Glatze gekämmt, damit er ein wenig würdiger wirkt.

Im nächsten Bett, zwischen dem Frisierten und Donald, liegt der Mann mit dem Luftröhrenschnitt. Was für ein Anblick. Das Ventil an seinem Hals schnappt nach Luft wie das Atemloch eines Wals. Der Knabe ist, seinem Aussehen nach zu urteilen, Mitte fünfzig. Ziemliche Wampe. Kein Kostverächter. Speisekarte rauf und runter, steht in der Denkblase über Don. Eine Pflegerin schüttelt sein Kissen auf, und er lächelt sogar. Gemütsmensch.

LUFTRÖHRENMANN: Daaank … eeee.

Wenn das eine Sprechblase wäre, überlegt Don, würde er den Rand gezackt malen und auch eine gezackte Drucktype nehmen, denn das ist wirklich eine Reibeisenstimme. Sie rasselt wie eine Kettensäge.

Jim und Renata treten ein, die Heiligen Drei Könige direkt aus dem Morgenland, nur daß einer fehlt, und sie bringen ihm Comics, Blumen und Obst.

Renata: Hal-llo!

Jim: Wie geht's, Kumpel?

Ihr Sohn liegt eingezwängt zwischen medizinischen Apparaten, gefangengenommen von einer zellenmetzelnden Roboterarmee.

Donald: Mir geht's prima.

Renata: Schönes Zimmer, sonnig und hell. Und vergiß nicht, in drei Tagen bist du wieder draußen.

Donald: Klopf auf Holz?

Renata: Nein. Klopf auf Holz brauchen wir nicht. Diesmal nicht.

Jim: Drei Tage, Kumpel.

Donald: Ja. *(Schweigen.)* Wißt ihr was? Sie haben einen schönen Brauch hier.

Jim: Ja? Was ist das für ein Brauch, Donny?

Donald: Je näher man seinem letzten Stündlein ist, desto näher kommt man ans Fenster. Das ist doch schön, nicht? Die beiden hier haben mir gerade davon erzählt.

Jim: Das ist nicht wahr.

Donald: Gerade eben.

Jim: Don, laß die Witze. Das gibt's nicht.

Donald: Wartet's nur ab.

Renata: Nein, Donald, nein!

Sie stürzt nach draußen. Das einzige, was sie tun kann.

Jim *(leicht tadelnder Tonfall)*: Laß dich nicht hängen, Junge.

Jim geht hinaus und folgt seiner Frau. Zuerst noch gemessenen Schrittes, schließlich im Laufschritt.

Außen. Krankenhaus. Tag.

Renata kommt ins Freie und krümmt sich vor Qual und Wut. Jim holt sie ein und nimmt sie fest in den Arm. Sie tanzen eine Art Tango, schwanken hin und her, halten sich umklammert, als hinge ihr Leben davon ab.

RENATA: Ich will ihn einfach nur nehmen und hier heraustragen! Wir können ihn nicht hierlassen. Er ist doch mein Junge!

Langsam und dezent zieht sich die Kamera zurück. Immer weiter schwanken die Eltern, vor und zurück. Es gibt Dinge, da gehört es sich nicht, daß die Kamera bei ihnen verweilt.

Zweiter Akt

Innen. Onkologie / Krankenhaus. Tag.

Für Donald ist es ein gräßlicher Tag, einer von denen, wo man sich wie ein ausgestopftes Tier fühlt, den allerletzten Gedanken vor dem tödlichen Treffer für immer aufs Gesicht gebannt. Ein halbfertiger Gedanke und ein Gesicht wie eine Jagdtrophäe, festgehalten für alle Zeiten.

ADRIAN: Gibt es etwas, worüber du reden möchtest?

DONALD: Ich schaffe es nicht.

ADRIAN: Das steht doch noch gar nicht fest.

DONALD: Ich schaffe es nicht.

ADRIAN *(nachdem er ihn eine Zeitlang angesehen und vergebens gewartet hat, daß er weiterspricht)*: Was genau willst du damit sagen?

DONALD: Ich mach den Abgang, bevor es richtig losgeht. *(Schüttelt den Kopf beim Gedanken an diese himmelschreiende Ungerechtigkeit.)* Und wissen Sie, was das schlimmste ist? Das allerschlimmste? Ich sterbe als beknackte Jungfrau. Scheißspiel.

ADRIAN: Du solltest versuchen, den Sex nicht so sehr in den Mittelpunkt zu stellen.

DONALD: Mann, Scheiße. Ich bin vierzehn. Da *steht* Sex nun mal im Mittelpunkt.

ADRIAN: Gut. Ich weiß. Ich erinnere mich noch, wie das

war. Jungs wie du … ihr kriegt ja schon einen Ständer, wenn ihr nur eine Ritze im Pflaster seht.

Donald mustert Adrian mit einer gewissen Hochachtung.

Donald: Das gefällt mir. Woher haben Sie das? Von Oscar Wilde?

Adrian: Von der Wand im Klo.

Donald: Gefällt mir trotzdem. Aber es stimmt nicht. Wenn ich eine Ritze im Pflaster sehe, kriege ich höchstens 'ne Halblatte.

Adrian lächelt.

Donald: Können Sie mich jetzt bitte allein lassen? Ich will einfach nur allein sein.

Als Adrian weg ist, überprüft eine Schwester Donalds Chemo-Infusion und geht dann wieder.

Donald wälzt sich im Bett, findet eine weniger unbequeme Position (gar nicht so leicht) und beobachtet den Mann mit dem Luftröhrenschnitt, der heimlich ein paar Zigaretten ins Krankenhaus geschmuggelt hat, obwohl für ihn das die Wurzel allen Übels ist. Der Luftröhrenmann zündet sich eine Zigarette an und hält sie zum Inhalieren an sein – das kann doch nicht wahr sein! – an sein Halsloch, sein Halsloch! Echt kraß, steht in Donalds Denkblase. Das ist echt kraß.

In diesem Augenblick sieht der Luftröhrenmann zu ihm herüber und wirft ihm einen verzweifelten Blick zu – nicht die Spur von Triumph über den gelungenen Trick, nur das traurige Eingeständnis einer übermächtigen Sucht, selbst jetzt noch. Er wird es mit ins Grab nehmen, dieses Laster. Nicht zu ändern.

Über dem Kopf des Mannes sieht Donald eine Blase, darin steht: **»!*^X?*@!«**

Der Luftröhrenmann hustet und keucht, die armselige Klappe geht auf und zu. Er kann nicht mehr und drückt die Kippe aus. Donald wendet sich angewidert ab.

Innen. Abteilung für Physiotherapie. Tag.

Als Adrian sein Studium aufnahm, wollte er den Menschen helfen. Das war es, was ihn antrieb. Er wollte nützlich sein. Jetzt, nach so vielen Jahren, fragt er sich, was er erreicht hat. In einer Pause zwischen Visiten und Terminen mit ambulanten Patienten steht er am Eingang zur Onkologie, und ihm geht durch den Kopf, wie befriedigend es wäre, wenn er eine Arbeit mit klaren Zielen und greifbaren Resultaten hätte, nicht diesen Beruf mit seinen nie eindeutigen Ergebnissen. Ein Monteur beispielsweise, der eine Waschmaschine repariert: Den Monteur muß man nicht sechs Monate lang einmal wöchentlich konsultieren, er repariert die Maschine, und damit Schluß. Aber Menschen sind keine Maschinen. Adrians Patienten, so unergründlich in ihrer Komplexität, verschwinden einfach aus seinem Blickfeld, wenn er mit ihnen fertig ist, landen entweder auf dem Friedhof oder kehren zurück in ihr normales Leben, und er hat kaum eine Vorstellung, wieviel er ihnen genützt hat. Wer weiß, vielleicht ist er ein Versager, der nicht mehr als ein paar Vergrößerungswerkzeuge anzubieten hat, mit denen seine Patienten ihre Verwirrung klarer und deutlicher erkennen können. Mehr ist die Psychologie nicht. Eine Wissenschaft der Vergrößerung. Das Problem ist … das Problem ist: Je besser das Teleskop, desto mehr Sterne sieht man.

Adrian hält sich abseits und beobachtet Roy in einem Zimmer voller Patienten. Der Meister der guten Laune zieht alle Register und bringt die Alten, die Gebrechlichen, ja sogar die Widerborstigen dazu, mit einem Minibasketball auf einen Papierkorb zu zielen, den er sich vor den Bauch hält. Es dauert nicht lange, bis alle lachen; versteinerte Gesichtsmuskeln erwachen zum Leben, und sie finden zu sich selbst zurück. Roy ist ein Naturtalent. Er versucht nicht zu heilen. Er lacht einfach nur, lacht um des Lachens willen, als gebe es nichts Absurderes als jemanden, der das Leben ernst nimmt.

Adrian wendet sich unbemerkt ab und kehrt zurück in sein Sprechzimmer, wo er die Akte des nächsten Patienten studiert.

Innen. Eßzimmer der Delpes. Abend.

Ein festliches Abendessen. Die Delpes, Adrian und ein weiteres Ehepaar, Larry und Louise, alte Freunde der Delpes. Der Rotwein fließt in Strömen. Solche Abende bei Kerzenlicht, das ist ihr Milieu.

Renata: Was fehlt ihr?

Larry: Sie ist nicht glücklich. Stimmt's, mein Schatz?

Louise: Nein, ich bin nicht glücklich. Andererseits – ich war noch nie glücklich, und deshalb … Es ist nicht Larrys Schuld.

Larry *(die Hand auf ihrer Schulter)*: Das hört man gern. Nicht meine Schuld.

Die anderen lächeln.

Louise: Es ist nur … sobald ich ein Problem löse, taucht *sofort* das nächste auf. Jedesmal.

RENATA: Adrian, Sie sind der Psychologe. Wie kommt das?

ADRIAN: Na ja ... *(ironisches Lächeln)* das Lösen von Problemen hat nichts mit Glücklichsein zu tun.

LARRY: Da hörst du es. Jetzt kommen wir der Sache schon näher.

JIM: Das Lösen von Problemen hat nichts mit Glücklichsein zu tun?

RENATA: Das müssen Sie erklären. Bitte. Bitte!

ADRIAN *(lächelnd)*: Gut, also einfach ausgedrückt ...

LARRY: Für mich bitte *ganz* einfach.

ADRIAN: ... können wir nicht all unsere Sorgen gleichzeitig im Auge behalten. Unmöglich. Und das ist gut so. Unser Verstand konzentriert sich im Grunde immer auf eine einzige Sache. Die anderen Sorgen bleiben solange in Wartestellung, immer in der Reihenfolge der Dringlichkeit, so daß die größeren die kleineren verdecken. Die meiste Zeit wissen wir nicht einmal, daß es sie gibt, die weniger wichtigen Sorgen, bis wir die erste bewältigt haben. So funktioniert das. Man löst ein Problem und sieht sofort das nächste in der Reihe, löst das, und schon kommt wiederum das nächste ins Blickfeld. Wer lebt, hat Sorgen und Probleme. Leider ist diese Reihe endlos.

RENATA: Prost! Na toll. *(Hebt ihr Glas.)* Auf das Leiden ohne Ende!

Sie lachen und lassen die Gläser klingen. Larry und Louise, seit achtzehn Jahren verheiratet, eine Sandkastenfreundschaft. Jim und Renata, seit zwanzig Jahren zusammen. Aber keiner von den vieren ist in diesen Dingen bewandert. Adrian ist der einzige Profi, und auch der hat nur ein Modell zu bieten, eins unter vielen denkbaren, eine Metapher, mit der sie weitermachen können.

Larry: Moment – das heißt, ich sollte überhaupt nicht versuchen, Probleme zu lösen?

Adrian *(lächelt)*: Nicht wenn Sie erwarten, daß Sie das glücklich macht; nein, dann nicht. Aber es gibt ja noch andere Gründe, Probleme zu lösen.

Jim: Meine Güte. Wie sind wir auf dieses Thema gekommen?

Adrian *(läßt seinen Wein im Glase kreisen, setzt lässig die Aromen frei)*: Ich persönlich bleibe gern einer guten alten Sorge treu, denn das verhindert, daß ich an Schlimmeres denke. Aber reden wir nicht von meiner Frau.

Alle lachen. Alle außer Louise. Die arme Louise. Ihre Probleme werden ungelöst bleiben bis in alle Ewigkeit.

Louise: Sie haben Probleme mit Ihrer Frau?

Adrian: Das war ein Witz.

Jim *(fröhlich)*: Und was macht Ihre schöne Frau?

Adrian: Die ist immer noch schön.

Innen. Küche der Delpes. Später.

Adrian und Jim unter vier Augen. Strauß-Walzer von nebenan. Gedämpfte Stimmen. Auch die Männer reden leise.

Adrian: Wir wissen nicht, wieviel Zeit uns bleibt. Es kann Wochen dauern, bevor er sich mir wirklich öffnet. Und wenn die Behandlung nicht so erfolgreich ist, wie wir uns alle erhoffen, dann ... Wollen Sie wirklich, daß er so seine Zeit verbringt? Mit mir?

Das ist genau die Art von Unterhaltung, die Jim sich

wünscht. Er will die ungeschönte Wahrheit. Er braucht den Ansturm der Fakten, jetzt wo er anscheinend gezwungen ist, sich das Schlimmste auszumalen.

Jim: Adrian – ich möchte nicht, daß er mit soviel Wut im Bauch stirbt.

Adrian legt Jim die Hand auf die Schulter, ein fester Griff, er gibt ihm Halt – zwei Bergsteiger, und Jim hängt noch prekärer als er in der Steilwand.

Jim: Jemand muß sich doch Gedanken machen. Es kann schließlich sein, nicht wahr? Es könnte bald aus mit ihm sein. Wahrscheinlich sogar. Aber keiner spricht es aus, keiner außer Donny.

Adrian bringt keinen Ton heraus. Und wenn es schlimm für Adrian ist, sich das anzuhören, wieviel schlimmer muß es dann für Jim sein, es zu sagen?

Jim öffnet ein Schrankfach ganz oben und holt Dons abgewetzte Kladde hervor.

Jim: Er hat wieder gezeichnet. Das hütet er eifersüchtiger als seine Seele. Was hier drinsteckt, das ist mein Sohn. Aber ich verstehe es nicht. Sie sind der Profi. Vielleicht sehen Sie neue Hinweise. Irgendwie müssen wir einen Zugang zu ihm finden.

Adrian nimmt das alte Notizbuch des Jungen entgegen, der Umschlag mit allen erdenklichen Kritzeleien bedeckt.

Adrian: Donald war nicht begeistert, daß ich das angesehen hatte.

Jim: Nur... nur noch einen Blick darauf. Bitte. Die neuen Sachen. Tun Sie es. Bitte. Ich als Vater erlaube es Ihnen.

Jim geht zur Küchentür, die Hand an der Klinke.

Jim: Er zeichnet mehr denn je. Alles Müll, krank, widerlich, nur Sex, Pornographie regelrecht. Sehen Sie es sich an.

Adrian: Jim, ich …

Die Tür schließt sich. Jim ist fort. Adrian ist allein mit der Kladde.

MIRACLEMAN, NACKT, liegt in EMBRYOSTELLUNG auf seinem Bett, die Whiskyflasche in der Hand – ein Bild der Niedergeschlagenheit und der Selbstverachtung, während …

… der ANRUFBEANTWORTER aufgezeichnete NACHRICHTEN abspielt.

ERSTE NACHRICHT: Hallo MiracleMan. Hier ist der Bürgermeister. Im Namen unserer Stadt möchte ich Ihnen herzlich danken …

MIRACLEMAN streckt ohne hinzusehen die Hand nach dem Apparat aus und springt zur nächsten NACHRICHT.

ZWEITE NACHRICHT: MiracleMan. Hallo. Ich rufe aus Schweden an. Ich wollte Sie für den Friedensnobel …

MIRACLEMAN springt zur nächsten NACHRICHT.

RACHELS STIMME: Hi. Ich bin's nur. Ich äh … ich trete heute abend auf und … na ja … ich hab einfach gedacht, du kommst vielleicht gerne hin und…

Im CLUB singt RACHEL die LEAD VOCALS, flankiert von VIER TÄNZERINNEN. Sie TANZT wunderbar, geschmeidig, erotisch, heiß und lüstern. Das PUBLIKUM tobt, und im Hintergrund steht MIRACLEMAN und LÄCHELT.

SPÄTER. DRAUSSEN. NACHT. MIRACLEMAN donnert auf einem MOTORRAD durch die STRASSEN, RACHEL auf dem Rücksitz mit wehendem Haar.

WÄHREND ... ein Stück die Straße hinunter GUMMIFINGER sein FERNGLAS sinken läßt und zu einer FLINTE greift. Er und seine KRANKENSCHWESTER haben die perfekte Stellung hinter einem MÄUERCHEN gefunden.

GUMMIFINGER: Da kommt er. Wunderbar.

KRANKENSCHWESTER: Aber Liebling, du hast gesagt, ich dürfte es machen. Du weißt, ich habe soviel geübt. Bitte, bitte, laß mich ihn umbringen ...

Schwer, ihr etwas abzuschlagen, gerade wenn sie ihm dabei ans GESCHLECHT greift. GUMMIFINGER überläßt ihr die FLINTE.

GUMMIFINGER: Gut. Aber erst schießen, wenn ich es sage. *(Hebt sein Fernglas und sieht MIRACLEMAN und RACHEL heranbrausen, sie kommen näher und näher.)* Warte, bis er in Schußweite ist ... warte ... wir haben nur die eine Chance ... warte ...

KRANKENSCHWESTER *(zielt)*: Kann ich dich was fragen?

GUMMIFINGER: Schieß los.

Sie FEUERT! **PENGGGGGG!!!**

GUMMIFINGER: Was soll ...?!!! Das habe ich nicht – DU DUMMKOPF!!! – ich wollte nur ...

KRANKENSCHWESTER: Wieso? Du hast gesagt SCHIESS LOS. Schieß los, hast du gesagt.

GUMMIFINGER schlägt sich die Hand vor die Stirn,

während MIRACLEMAN auf seinem MOTORRAD unversehrt davonbraust.

GUMMIFINGER: Aaaaargh! Frauen!

Später hält MIRACLEMAN mit dem MOTORRAD vor RACHELS Haus.

RACHEL: Danke.

MIRACLEMAN nimmt den Helm ab, und sie streichelt ihm die Wange.

MIRACLEMAN: Gern geschehen.

RACHEL: Möchtest du … ähm … noch auf ein Gläschen mit hineinkommen?

MIRACLEMAN: Ich glaube, wir wissen beide, daß es nicht gut für uns wäre. Ich denke, wir sollten uns nicht mehr sehen.

RACHEL *(enttäuscht)*: Als du mir gesagt hast, du bist immun gegen alles, da hast du das wörtlich gemeint, nicht wahr? Du bist immun gegen ALLES.

MIRACLEMAN: Es ist ein Fluch. Vergiß mich einfach.

RACHEL: Ich werd's versuchen. Ehrlich.

Sie SCHLIESST DIE TÜR hinter sich. MIRACLEMAN blickt auf zum Vollmond. Eine Denkblase erscheint über ihm:

»Ich kann nicht mehr. ICH HASSE DIESES LEBEN!«

Langsam geht MIRACLEMAN zurück zu seinem MOTORRAD. Als er die Straße überquert, taucht aus dem NICHTS ein SATTELSCHLEPPER auf. Er hört ihn, aber er dreht nicht einmal den Kopf, um zu sehen, in welcher Gefahr er schwebt. STATT DESSEN …

… beugt MIRACLEMAN sich nur nieder und BINDET MIT SELBSTMÖRDERISCHER BEDÄCHTIGKEIT SEINE SCHNÜRSENKEL!

Schon im nächsten Moment ERWISCHT DER LASTWAGEN IHN und SCHLEUDERT SEINEN KÖRPER DURCH DIE LUFT. MIRACLEMAN liegt ÜBEL ZUGERICHTET auf dem Bürgersteig. Der SATTELSCHLEPPER kommt ein Stück weiter hinten zum Stehen, und der FAHRER, in SILHOUETTE, steigt aus und geht zum blutüberströmten Körper von MIRACLEMAN. Als das LICHT auf sein Gesicht fällt, sehen wir, es ist – GUMMIFINGER!

GUMMIFINGER: Das sollte reichen.

Innen. Aktzeichenkurs. Abend.

Heute liegt wieder Jennifer auf den Kissen. Keinerlei Leben in Adrians Zeichnung nach dem lebenden Modell. Nicht daß Adrian die Jüngere vermißt – Jennifer ist eine üppigere Herausforderung –, eher vermißt er Donald, wie er das junge Modell zeichnet. Außerdem hat er diesmal einen Platz ganz hinten genommen. Er weiß nicht, warum er das getan hat, und will gar nicht erst versuchen, darüber nachzudenken. Manchmal macht sein Beruf ihn krank, dieses ewige Analysieren, die Suche nach Motiven für jede Regung.

In Gedanken ist er bei Sophie. Bevor sie in sein Leben kam, vor so vielen Jahren, glaubte er an Ordnung. Aber bei ihr war er offen für alles, sah es sogar gern, wenn sie die Führung übernahm – seine eigenen Entscheidungen und seine Intuition langweilten ihn –, und genau das tat sie für ihn. Sie übernahm das Kommando. Doch dann versiegte ihre Leidenschaft. Nun langweilte *sie* sich, es war ihr zuviel, daß sie immer für Erregung und Anregung sorgen sollte. Sie orientierte sich neu. Er hatte immer damit gerechnet, daß sie das tun würde, daß es ein solches Ende nehmen würde, daß er ihr *tief drinnen* nicht genug zu bieten hatte; er würde seine Emotionen anpassen und sich mit dem Ende – Abgang nach links von der Bühne – ihres Liebeslebens abfinden müssen.

Jahre vergehen. Seine Gefühle sind nun schon so lange eingepfercht, daß sie für immer gezähmt sind. Ein Muster hat sich herausgebildet. Kein schlechtes Arrangement, wenn es denn sein muß. Sie leben getrennt. Aber die Verbindung bleibt bestehen. Er ist immer noch unvernünftig stolz, daß sie sich nie scheiden lassen wollte – ihr größtes Kompliment –, und der Gedanke an ihre Schönheit überwältigt ihn immer wieder neu, wenn er nachts allein in seinem Bett liegt, die linke Wange in das weiche Kissen geschmiegt. Ihre körperliche Schönheit fesselt ihn noch immer. Das hat ihn stets am meisten fasziniert. Und wenn sie miteinander schlafen, Ehemann und Ehefrau, was ungefähr einmal im Jahr geschieht, dann fühlt er sich wie der glücklichste Mensch auf der Welt. Den Rest der Zeit hat er seine Kunst: Auch er hat andere Liebschaften, und sie sind dauerhafter als die ihren.

Er kehrt zurück zu seinem Skizzenblock. Er sieht, was er alles nicht erreicht hat. Aus purer Verzweiflung darüber, wie wenig er Jennifer an diesem Abend gerecht wird, zeichnet er ihr einen Schwanz – warum auch nicht? Er versieht ihren Hintern mit einem hübschen spitzen Teufelsschwanz und betrachtet ihn eine Weile.

Innen. Krankenhaus. Tag.

Adrian macht seine Runde, und sofort fällt ihm auf, daß dieselbe Krankenschwester wieder zu ihm herüberschaut. Eigentlich ist es eher ihr Lächeln, das ihm auffällt. Er bleibt stehen, dreht sich um und geht zu ihr hin. Wie Don im Hamburgerladen ist er ein schieres Nervenbündel, bis er schließlich seine Stimme findet. Was soll er sagen? Er will keinen Fehler machen. Schließlich nimmt er ein Wort aus einem viele Jahrhunderte alten verlorenen Lexikon.

ADRIAN: Hallo.

Innen. Dons Zimmer / Haus Delpe. Tag.

Donald schlüpft ins Bett, sein Vater hält die Laken für ihn. Dann deckt Jim ihn so behutsam zu, daß man glauben könnte, die Decke könne den Jungen erdrücken. Don sieht schlecht aus, doch ein leises Lächeln verrät, wie froh er ist, daß er wieder zu Hause ist; diese Runde der Behandlung ist vorbei.

JIM: So ist's brav.

RENATA: Nimm dein Reglan, dann Benadryl. Bitte.

DONALD: Wozu?

JIM: Nun mach schon, Kumpel. *(Hält DONALD die Medizin an die Lippen, doch DON reagiert nicht.)* Komm, großer Häuptling. *(Widerstrebend nimmt DONALD die Medizin.)* Wie geht's dir jetzt?

DONALD: Am liebsten würde ich meine Organe in alphabetischer Reihenfolge rauskotzen.

JIM: Das ist gut. Von wem hast du das?

DONALD: Von niemandem. Niemandem.

JIM: Wir haben dich lieb.

Donald antwortet nicht. Eindeutig hat er eine Verabredung in einem anderen Saal dieses Multiplex und ist längst in dem anderen Film.

Innen. Schickes Restaurant. Abend.

Adrian blickt von der Speisekarte auf, als …

… als Angela mit ihrem Schwesterngang ohne jede erotische Raffinesse, *taps taps taps,* von der Damentoilette an den Tisch zurückkehrt. Aber sie sieht großartig aus in ihrem eleganten Abendkleid, eine gelbe Rose am tiefsten Punkt des Dekolletés. Im selben Moment erscheint auch der Kellner mit dem Wein. Adrian atmet tief den Duft seiner eigenen Pfefferminzzahnpasta ein. Nein, denkt er, nicht ganz so umwerfend wie seine Sophie, nicht die klassischen Linien, bei denen er immer am liebsten zum Malerpinsel greifen würde (das Barometer seines Begehrens), aber sie ist echt und sie ist hier; ja, sie ist hier und sie ist echt.

ADRIAN: Genau im richtigen Augenblick.

ADRIAN *(hebt sein Weinglas)*: Ja dann. *(Lächelt.)* Danke, daß Sie mitgekommen sind. *(Sie strahlt.)* Ähm, ich … ich habe so etwas schon lange nicht mehr gemacht.

ANGELA: Ach, das kann ich mir gar nicht vorstellen.

ADRIAN: Doch, ehrlich. *(Pause.)* Ich, ähm … Sie müssen wissen, ich bin verheiratet.

Jetzt strahlt sie nicht mehr.

ADRIAN: Tut mir leid. Ich dachte, ich sage es besser gleich.

ANGELA: Gleich? »Hallo, ich bin Adrian. Ich bin verheiratet.« *Das* wäre »gleich« gewesen. *(Überdrüssiger Seufzer.)* Toll. Sie tragen keinen Ehering.

Adrian holt den Goldring aus der Brusttasche und streift ihn wieder über. Er muß daran denken, wie Sophie und er am Altar standen, vor fünfzehn Jahren, und wie Sophies zarte Hände, kaum größer als Kinderhände, ihm den Ring über den Wurstfinger zwängten. Zuerst hatte sie ihm tief in die Augen gesehen, aber dann mußte sie doch den Blick senken, damit sie mit Drücken und Drehen und Pressen den Trauring an Ort und Stelle bekam.

ANGELA: Gott!

ADRIAN: Tut mir leid.

ANGELA: Sie tragen ihn in der Tasche?!! Hören Sie, ich gehe nicht mit verheirateten Männern aus. Soviel Zeit habe ich nicht.

ADRIAN: Meine Frau und ich haben eine Vereinbarung. Na ja, *sie* hat eine Vereinbarung. Ich habe die Katze.

ANGELA: Soll das so 'ne Art Witz sein?

ADRIAN: Sie hat einen anderen. Einen Tierarzt. Sie ist ganz verrückt nach Pferden.

ANGELA: Und das macht Ihnen nichts aus?

ADRIAN: Wir sehen uns nicht oft. Ich finde, ich bin nur realistisch.

ANGELA: Haben Sie schon mal von Scheidung gehört? Klingt realistischer, für meinen Geschmack.

ADRIAN: O nein. Scheiden lassen wir uns nicht. Ich liebe sie noch immer. Und das seltsame ist, sie sagt, auch sie liebt mich. Auch jetzt noch. Und das Verrückteste daran – ich glaube ihr. Das Problem ist, daß sie mich körperlich nicht mehr begehrt… Sie sagt, ihr macht das nichts. Sie sagt sogar, sie hat überhaupt keine sexuellen Regungen mehr. Und dann taucht Conrad auf. Ich frage mich, ob ich ihr

Conrad … zugestehen sollte. Ob ich es ihr schuldig bin. Finden Sie das verrückt?

Angela: Wer ist denn jetzt Conrad?

Adrian: Oh, er ist der Hengst. Ein lüsterner Veterinär. Reine Vorabendserie. Ich kann es nicht ändern.

Der Wein schmeckt ihm nicht mehr.

Angela: Tolle Verabredung – ich muß schon sagen, Sie haben ein Händchen für Frauen.

Adrian: Es tut mir leid. Ich hätte Ihnen das nicht erzählen sollen. Ich sollte nicht hier sitzen und Ihre Zeit verschwenden. Aber ich fand Sie sehr sympathisch. Ich *finde* Sie sehr sympathisch.

Darüber denkt Angela nach. Sie sitzt reglos da.

Angela: Gott, verzweifelte Mädchen sind was Schreckliches. Hören Sie, ich will doch nur ein bißchen Spaß. Ich arbeite hart. Ich will nur ein bißchen Spaß. Können wir nicht einfach ein bißchen Spaß haben?

Adrian *(lächelt nun wieder und hebt sein Glas)*: Darauf trinken wir. Auf unseren Spaß. Wir haben ihn uns verdient.

Angela: Ich weiß nicht, wie das bei Ihnen ist, aber *ich* bestimmt. *(Unglücklich.)* Hoffentlich gibt's wenigstens was Aufregendes zum Nachtisch.

Gierig leert Angela ihr Glas auf einen Zug.

Innen. Donalds Zimmer / Haus Delpe. Abend.

Es ist eine bekannte Nebenwirkung: Die Medikamente bringen den Atemrhythmus durcheinander, das Hirn glaubt, mit dem Körper sei etwas nicht in Ordnung, der Atem stockt, Panik setzt ein, die Lungen krampfen sich zusammen wie bei der Taucherkrankheit – ein Schwindelgefühl, ein entsetzlicher Druck auf der Brust.

Als Renata ins Zimmer kommt, weiß sie sofort, was los ist.

DONALD *(brüllt im Delirium)*: Nein! Nein! Hör auf! Hör auf!

RENATA: Es ist nichts. Es ist nicht schlimm, Liebling. Alles in Ordnung. Nur die Ruhe.

DONALD: Er schneidet mich auf!

RENATA: Wer? Wer schneidet dich auf, Donny?

DONALD *(wieder bei Sinnen)*: Mein Gott. O mein Gott, o mein Gott …

RENATA *(nimmt ihn in den Arm, ein Bild wie eine Pietà)*: Ruhig, Junge, es ist nur eine Allergie, eine Reaktion auf das Reglan. Das Benadryl wirkt nicht. Du hast eine Panikattacke. Aber wir besorgen dir etwas Stärkeres. Du wirst sehen. Bald geht es dir wieder gut, Donny. *(Sie packt ihn fester, wütend und entschlossen.)* Wir kriegen das hin. Wir kämpfen, alle zusammen. Aber du mußt mitkämpfen, verstehst du? Du mußt kämpfen, kämpfen, kämpfen.

Jetzt erscheint Jim. Ringe unter den Augen. Schlafanzughose auf Halbmast. Haar zerwühlt. Hört noch die letzten Worte, das Flehen seiner Frau, starrt die unbewußte Pietà an.

JIM: Was ist, Rena, was ist los?

RENATA: Ich glaube, er hat eine Panikattacke.

JIM: Alles in Ordnung, Kumpel. Alles im Griff. Du wartest hier, klar? Ich hol dir was.

Jim stürmt aus dem Zimmer.

DONALD: Ich hab Angst. Ich hab solche Scheißangst, Mum.

Renata: Ich weiß, mein Junge, ich weiß. Sschh – Sschh – Sschh …

Ein Rasensprenger auf verdorrtem Gras.

Innen. Flur / Haus Delpe. Forts.

Jim hämmert an Jeffs Zimmertür.

Jim: Jeff! Aufmachen! Ich habe dir doch gesagt, du sollst nicht abschließen! Mach auf!

Jeff, nackt bis auf ein Handtuch, das er sich vor den Bauch hält, öffnet die Tür.

Jeff *(schlaftrunken)*: Was ist?

Jim: Wo hast du deinen Stoff? Ich brauche ihn.

Jeff: Stoff? Ich weiß überhaupt nicht, wovon du…

Jim: DAS ZEUG HER, UND ZWAR SOFORT!

Innen. Donalds Zimmer / Haus Delpe. Forts.

Zwei selige Kiffer. Vater und Sohn. Der Rest der Familie ist wieder im Bett. Donald nimmt einen Zug von einem langen extradünnen Joint.

Jim: Ja, genau so. Und in der Lunge behalten. Es dauert ein, zwei Minuten. Fühlst du dich schon besser?

Donald *(nickt)*: Ja. Mache ich es richtig?

Jim: Nimm noch einen Zug. Das eine Mal wird dir nicht schaden. Das haben wir auf der Highschool geraucht. Ha! Deiner Mutter habe ich's nie erzählt. Es heißt immer, es ist gut gegen Angstzustände.

Donald: Du wußtest, daß Jeff was hat?

Jim: Ich weiß mehr, als ihr denkt.

Donald reicht den Joint seinem Vater zurück, tut so, als wär's das erste Mal.

JIM: Nein, ich habe genug. Na, vielleicht noch einen Zug.

Donald kichert, als er Jim inhalieren sieht. Nun kichert Jim auch.

JIM: Genug? Gut, dann machen wir ihn aus. *(Er drückt den Joint in einer Untertasse aus.)* Herr im Himmel, was ist bloß aus unserer Familie geworden?

DONALD: Keine Ahnung. Wenn du mich fragst, die wird immer besser. Danke, daß du mir das gezeigt hast.

JIM: Du sollst nicht sagen, du hättest nie was von mir gelernt. Meinst du, du kannst jetzt schlafen?

DONALD: Vielleicht sehe ich noch ein bißchen fern.

JIM: In Ordnung. Stell's nicht so laut. Ich lasse das hier, den Rest von dem Joint, für den Fall, daß du ihn später noch brauchst, okay?

DONALD: Ganz schön cool.

JIM: Ich habe mir nie genug Zeit für dich genommen. Dir kaum etwas von der Welt gezeigt. Es tut mir leid.

DONALD: Geh schlafen!

Als Donald hört, wie sich am anderen Flurende die Schlafzimmertür schließt, steht er auf, nimmt eine DVD aus dem Regal, schiebt sie in den Player und schaltet den Fernseher an. Auf der DVD gibt es keinen Copyrighthinweis. Es kommt gleich der Titel: *Gina-Town*. Das Bild ist entsetzlich zittrig (Raff ist ein beschissener Kameramann), und daß manchmal die Silhouette eines Kinobesuchers aus der ersten Reihe mit Eistüte im Bild ist, macht die Produktion auch nicht besser; aber dieser illegal abgefilmte Porno ist ein Geschenk von guten Freunden, und was ihm an Vollkommenheit fehlt, gewinnt er an sentimentalem Wert.

Innen. Angelas Apartment. Abend.

Adrian sieht sich Angelas Sachen an – Bilder, Fotos. Hübsch. Geschmackvoll. Sie hat eine klare Vorstellung davon, wie ihr Leben aussehen soll. Dann trifft Adrian eine Entscheidung, trinkt das Glas mit einem einzigen Schluck aus und greift nach seinem Mantel, gerade als Angela aus dem Schlafzimmer kommt, in einem Negligé, das, wie man so sagt, ein bißchen bequemer ist.

Angela: Du gehst schon?

Adrian: Ist wohl besser. Aber danke für den Drink.

Angela: Ich weiß gar nicht, warum ich es überhaupt versuche.

Adrian: Für mich war es ein wunderschöner Abend, ehrlich.

Angela: Na toll. Großartig. Hurra.

Adrian: Ehrlich. Ich sehe dich dann bei der Arbeit.

Angela: Nein, ich kündige. Ich gehe ins Kloster.

Adrian: Bitte nicht.

Er steht vor ihr. Sie blicken sich in die Augen. Nahe genug für einen Kuß.

Adrian: Na jedenfalls …

Angela: Bleib. *(Pause.)* Es ist sonst nicht meine Art zu betteln.

Er küßt sie zart auf die Lippen. Sie schließt die Augen, er nicht.

Adrian: Ich gehe jetzt besser.

Er geht zur Tür.

Angela: He, schöner Mann.

Er bleibt stehen.

Angela: Gar nicht so übel.

Einen Moment lang steht er einfach nur da und sieht sie an, wie ein Hund, dem gerade jemand einen Kartentrick gezeigt hat.

Außen. Angelas Apartment. Forts.

Adrian schließt die Tür und geht hinaus in die Nacht, doch nach ein paar Schritten bleibt er stehen, gelähmt vor Selbsthaß. Dummkopf, denkt er. Idiot. Und als ob Selbstwertgefühl und Gleichgewichtssinn zusammenhingen, torkelt er und lehnt sich an die erstbeste Mauer und atmet tief durch; erst da merkt er, daß er seit dem Kuß die Luft angehalten hat.

Gar nicht so übel… Wie hat sie das gemeint? Als verhaltenes Kompliment? Oder ist er nicht gerade schlecht, aber auch nicht besonders gut? Welches von beiden? Das einzige, was er noch klar vor sich sieht, ist der Blick ihrer Augen. Da zumindest gibt es nichts zu analysieren, zu psychoanalysieren, nichts wo er sich in den Stricken seines Berufes verfangen könnte, in der Vivisektion der Emotionen. *Es könnte etwas zwischen uns geben*, hatten ihre Augen gesagt: es könnte etwas zwischen ihnen geben. Wenn er es will. Er muß nur wollen.

Aber will er? Er weiß es nicht, unschlüssig wie immer. Sein bißchen Mut verläßt ihn, das Bild wird schwarz.

Innen. Onkologie. Tag.

Adrian muß mit Roy reden. Es ist dringend.

ADRIAN: Wie steht's?

ROY: Nicht schlecht. Hab grad die Resultate von meinem Aidstest bekommen. Das einzig Positive seit Monaten.

Adrian *(begreift schließlich)*: Das ist ein Witz.

Roy *(schüttelt den Kopf)*: Ja-ha.

Adrian: Sie machen aber auch über alles Witze.

Roy: Ich lache unter Tränen. Man braucht schon einen eigenartigen Sinn für Humor, wenn man den ganzen Tag unter den armen Schweinen hier ist.

Adrian: Kann ich Sie etwas fragen?

Roy: Schießen Sie los.

Adrian: Wann – na, eigentlich *wie* haben Sie das erste Mal Ihre Jungfräulichkeit verloren?

Roy: Das sind die Fragen, die ich liebe. Lassen Sie mich überlegen, ich habe sie ja so viele Male verloren… Hmmmm, ich glaube, das war… hören Sie, können wir das nicht bei einem Bier oder so besprechen? Ich komme mir komisch vor, wenn ich im Dienst über *ejaculatio praecox* reden soll.

Innen. Bar. Tag.

Der Pub ist so gut wie leer. Zwei stämmige Handelsvertretertypen stehen mit ihrem Bier an einem Stehtisch, und von Zeit zu Zeit ist das *Pock – pock – pock* von drei Darts zu hören, wenn sie auf die Scheibe treffen. Adrian und Roy sitzen bei einem gemütlichen Glas an der Bar.

Roy: … und ich denke, letzten Endes spielt es keine Rolle, wie man sein Blümchen verliert, Hauptsache daß. Verstehen Sie? Von einem bestimmten Alter an macht einen das einfach nur noch verrückt, nur noch verrückt – gerade wenn man den Kleinen so oft abrubbelt, wie ich das immer getan hab. *(Nimmt einen Schluck Bier.)* Ich nehme an, es gibt einen Grund für die Fragestunde?

ADRIAN: O ja. Ich denke schon. Wie alt waren Sie?

ROY: Alt? Um die neunzehn. Ein Mädchen hatte mir versprochen, daß sie's mit mir macht, aber ich war so nervös, ich habe tonnenweise Ingwer gegessen. Jemand hatte mir gesagt, man kriegt davon einen tollen Ständer, und da habe ich ein ganzes Päckchen gegessen. Ich bin zwei Wochen nicht mehr vom Klo gekommen, können Sie mir glauben. Das war's dann. Aber schließlich hab ich das Mädchen doch wiedergesehen. Wahrscheinlich war sie betrunken. Irgendwie fand im gegenseitigen Einvernehmen mein Schwanz die richtige Stelle. Der Rest ist Geschichte. Ich kann mich kaum noch erinnern. Darf ich denn nun erfahren, worum es geht, oder ist das so 'ne Art Quiz?

ADRIAN: Es geht um Donald. Donald Delpe.

ROY: Natürlich. Verstehe.

ADRIAN: Er ist noch Jungfrau.

ROY: Natürlich.

ADRIAN: Ich überlege… ob ich ihm helfe, das zu ändern. Mit einer Prostituierten.

Roys Augenbrauen heben sich und bleiben oben.

ROY: Das überlegen Sie?

ADRIAN: Er will nicht als Jungfrau sterben. Vielleicht brauche ich Ihre Hilfe.

ROY: Oooo-kay. Hmm … das ist aber ein bißchen gegen die Regeln, oder?

Adrian reibt sich die Stirn. Es ist unglaublich, was er da vorhat.

ADRIAN: Etwas.

ROY: Gut, dann will ich es anders ausdrücken. Das ist doch der reine Irrsinn – die bescheuerte Idee, die Sie da haben, oder? Wenn Sie bei dem Scheiß einer erwischt, sind Sie geliefert, hab ich recht?

Diesmal kommt keine Antwort von Adrian. Kein Ton.

Innen. Dons Zimmer. Tag.

Jim und Renata packen Donalds Koffer. Wie oft werden sie ihn noch packen? Heute ist Tag X – Donalds nächste Behandlungsrunde im Krankenhaus beginnt.

Jim: Er brauchte es.

Renata: Ich mühe mich ab, ihn dazu zu bringen, daß er kämpft – und du gibst ihm einen Joint.

Jim kann nicht mehr länger an sich halten.

Jim: Rena – er stirbt!

Renata: Sag das ja nicht! Sag das nicht noch einmal in diesem Haus. SAG DAS JA NICHT NOCH EINMAL! WIE KANNST DU SO ETWAS SAGEN! WIE KANNST DU DAS SAGEN!

Er weiß nicht, was er auf diesen Ausbruch antworten soll. Er gibt nach. Widmet sich wieder dem Packen.

Jim *(mürrisch)*: Ein kleines bißchen Gras wird ihm schon nicht schaden.

Renata: Du hast ihm den ganzen Beutel dagelassen. Wenn ich ihm den jetzt wegnehme, bin ich wieder das Aas. Mich will er los sein, von mir zeichnet er Bilder mit Hörnern und einem Bolzen durch den Kopf.

Jim: Das ist doch harmlos.

Renata: Danke, Bob Marley. Hast du überhaupt eine Ahnung, was die Wissenschaft heute über Marihuana sagt? Na? Es nimmt den Leuten ihren Willen.

Jim: Ich lese nicht so viele Bücher wie du.

RENATA: Versuch es mal. Es würde nichts schaden, wenn du wüßtest, was im Kopf von deinem Sohn vorgeht.

JIM *(in dem nun endgültig die Wut hochsteigt)*: Und du glaubst, das kannst du aus einem Buch von Amazon erfahren? *Ich* habe wenigstens etwas für ihn getan. Was hast *du* denn getan?

Renata reißt Jim zwei Unterhosen aus der Hand und stopft sie in den Koffer – sprachlos, empört über diese neueste Nummer in der langen Revue des Verrats.

JIM: ... außer daß du ihm ein paar Worte Latein beigebracht hast, die ihm weismachen wollen, daß er ewig lebt? Vielleicht lebt er eben doch nicht ewig, genausowenig wie wir anderen. Und vielleicht treten wir nicht in der Reihenfolge der Geburt ab, die Alten zuerst! Und vielleicht, *vielleicht* ändern zwanzig Kisten Bücher und zehntausend Stunden Internet *überhaupt* nichts daran! Nicht das geringste!

Jim stürmt hinaus. Renata bleibt die Luft weg.

Innen. Onkologie. Tag.

Toller Morgen. Zuerst ein Salzwassereinlauf. Danach ein wenig Kotzen. Leichte Panikattacke, mit Benadryl besänftigt. Dann um die Mittagszeit ein kleiner Ausflug zur Radiologie, eine Art Mittagspause auf dem Atomwaffentestgelände; nach genau der richtigen Dosis Gamma- und Röntgenstrahlen, Mikro- und überhaupt allem außer der La-Ola-Welle, wird er zurück zum Vergnügungsdampfer gefahren, Station eins, Stadtkrankenhaus Watford, und da liegt er, mit Gift vollgepumpt, ein zuckender Zombie.

Wie er sich fühlt? Wunderbar. Großartig. Als wäre er

gleichzeitig an sämtlichen Körperteilen operiert worden und jetzt sind alle wieder zugenäht, nur daß die Chirurgen jedes, aber auch jedes ihrer Instrumente in ihm vergessen und eine ganze Besteckschublade kleiner Versehen in seinen entbeinten Leib gekippt und eingenäht haben. Bei jeder Bewegung stößt irgendwo etwas an, und scharfe Klingen bohren sich in entsetzlich empfindliche Organe. Eine Skalpellspitze an seinem Rückgrat ist wie ein vorgehaltenes Messer; eine Schere droht sich in seinen Bauch zu bohren; eine kleine Bügelsäge hinter seinen Augen ist unablässig bei der Arbeit, sie sägt und nagt und feilt. Wie das Kinderspiel, bei dem man unter ein Tuch greifen und fühlen muß, was darunter verborgen ist. Genau das macht er jetzt: er fühlt mit seiner Hand unter der Bettdecke – tastet seinen Körper, seine Brust, seine Beine ab – und versucht eine Inventarliste all der Dinge zu erstellen, die in seinem Körper stecken und nicht dorthin gehören.

Neuigkeiten aus dem Krankenzimmer? Der Mann mit der Glatze ist weg. Gleich am Morgen. Er hat sich verabschiedet, sang- und klanglos. Als Donald aus Hiroshima zurückkommt, von der Radiologie, liegt der Luftröhrenmann am Fenster. Donald ist also zum mittleren Bett aufgerückt, eins näher zur besten Aussicht der Welt, eins näher am Abgrund.

Unter der schieren Last der Medikamente döst er ein, und er erwacht vom Zischen seines Bettvorhangs, der schwungvoll beiseite gefegt wird wie der Umhang eines Matadors. Es sind Adrian und Roy. Adrian sieht ein wenig blaß aus, er wirkt nervös, aber auch irgendwie aufgeregt, als hätte er etwas ausgesprochen Unanständiges getan, das er schon lange tun wollte, wozu ihm aber immer der Mut gefehlt hat. Roy hingegen sieht verschmitzt aus wie immer und reibt sich zufrieden die Hände. Adrian zieht einen Stuhl heran. Roy bleibt am Fuß des Bettes stehen. Die beiden führen etwas im Schilde.

ADRIAN *(spricht rasch und leise)*: Also. Du willst wissen, wie es ist? Nicht wahr? Was ich hier tue, ist ausgesprochen fahrlässig. Es verstößt gegen das Gesetz, gegen die Moral, gegen jeden Eid, den ich je geleistet habe, aber es gibt Zeiten, da … nun, wie Roy immer sagt, Zeiten, wo man mal ordentlich auf die Tube drücken muß.

Roy lächelt und zeigt seinen Optimismus mit zwei erhobenen Daumen.

DONALD *(benommen vor Schmerz)*: Habt ihr zwei was geraucht?

ADRIAN: Also … sag mir … wie soll sie sein? Ich brauche genaue Anweisungen. Zahlenangaben. Du in deinem Alter. Ich weiß doch, daß du deine Vorstellungen hast.

DONALD *(verwirrt)*: Vorstellungen wovon?

ADRIAN: Komm schon, du bist ein kluger Junge. Wenn ich … auf Einkaufstour gehe, muß ich wissen, was du so magst. An Mädchen.

DONALD *(verwirrter denn je)*: Was denn für Mädchen?

ADRIAN: Ich will dir helfen, Donald. Zu einer Erfahrung verhelfen. Aber du mußt mir beschreiben, was du willst. Mir helfen, eine Vorauswahl zu treffen. *(Zu* ROY.*)* Das ist ein Fehler, ich weiß es.

DONALD: Was wird hier gespielt?

ROY *(hat Mitleid mit dem Jungen)*: Don? Wir wollen dir helfen, daß du dir die Hörner abstößt. Ausziehst in die erste Schlacht. Die Kavallerie steht bereit.

Adrian: Ich?

Roy: Du. Und ein weibliches Wesen. Zusammen. In liebender Umarmung. Das Warten hat ein Ende, *compadre*.

Adrian: Was Roy dir sagen will, ist, daß wir dir helfen wollen, deine Unschuld zu verlieren. Wenn du das immer noch willst.

Es folgt ein langes Schweigen. Donalds Miene hellt sich kein bißchen auf. Sein Mund steht offen.

Donald: Aber … wie?

Roy: Die Einzelheiten überlaß nur uns, junger Mann. Du liegst einfach nur hier und siehst zu, daß du wieder Mumm in die Knochen kriegst.

Adrian: Und überleg dir, wie die Frau aussehen soll, die du gern hättest.

Roy *(mit gespieltem Ernst)*: Das ist eine Frage, die mich schon mein ganzes Leben lang beschäftigt.

Jetzt lächelt Donald doch.

Donald: Meint ihr zwei das *ernst*?

Roy: Eine Pussi muß ja nicht unbedingt ein Kätzchen sein.

Als Adrian sich zum Gehen anschickt, richtet Donald sich im Bett auf.

Donald: Moment.

Aus der Nachttischschublade holt er einen Comic und drückt ihn Adrian wortlos in die Hand. Er heißt *Elektra*, und der Umschlag zeigt eine Kriegerkönigin in Lederkluft, in einem zerfetzten Lendenschurz und mit Brüsten wie Basketbällen. Die Augen kalt und bedrohlich. Sie will Sex oder Gewalt oder beides.

Donald: Seite drei.

Adrian schlägt den Comic auf. Roy beugt sich vor, um sich das Bild anzusehen. Schweigend inspizieren die beiden Männer den Prototyp. Dann stößt Roy einen langen, langsamen Pfiff aus.

Innen. Aufenthaltsraum. Tag.

Donald sitzt in einem Raum voll mit Leuten, die Hühner stricken, Kaffeewärmer in Hühnerform genauer gesagt. Donald hätte nicht geglaubt, daß es so etwas in Krankenhäusern geben kann, hätte er es nicht aus nächster Nähe miterlebt: ein Raum voller kranker und noch kränkerer Leute, die klick-klick-klick vor sich hin arbeiten und, zwei rechts, zwei links, eine wollige Hühnerfarm stricken.

Aber Wollhühner halten Donalds Gedanken nicht lange gefangen. Adrian kommt und rettet ihn vor der Beschäftigungstherapie; er schiebt seinen Rollstuhl in eine Ecke, und alles sieht ganz nach ernsthaftem Gespräch zwischen Arzt und Patient aus.

Donald: Meinen Eltern dürfen Sie es nicht sagen. Die würden das nie erlauben.

Adrian: Also. Laß uns zusammenfassen. Deine Traumfrau. Brünett. Keine Tattoos. Zweiundzwanzig bis vierundzwanzig, erfahren …

Donald: Unbedingt.

Adrian: Weiß, eins fünfundsechzig bis eins siebzig wenn möglich. Wespentaille. Große Augen. Körbchengröße C oder größer, Silikon kein Hinderungsgrund.

Donald: Toller Hintern.

Adrian *(seufzt)*: Toller Hintern.

Donald: Ich hab das Gefühl, ich steh auf Hintern.

Adrian: Kobra übernimmt, aber dieser Auftrag ist unmöglich, weißt du das?

Donald: Ich kann zahlen.

Adrian: Wie kannst du zahlen?

Donald: Ich kann zahlen.

Adrian: Nein, ich zahle. Aber zuerst machst du die Behandlung hier und bringst dein Immunsystem wieder in Gang. Das wird erst klappen, wenn du wieder bei Kräften bist.

Eine hübsche Krankenschwester, die süßeste, die Donald bisher hier gesehen hat, geht hinter Adrian vorbei. Donald ist abgelenkt. Wie schön sie sich bewegt. Dieses Wackeln mit dem Hintern beim Gehen – und sie spaziert direkt in seine Videothek aus Fantasy-Mädels.

Adrian: Donald? Donald? *Donald!*

Donald *(wieder bei der Sache)*: Unbedingt. Ja. Unbedingt.

Adrian: Noch eine letzte Frage. Weißt du, was du ... tun mußt, wenn du allein mit einer Frau bist?

Donald: Warum, wollen Sie es mir erzählen?

Adrian zwingt sich, nicht aufzugeben, auch wenn er klingt wie eine Aufklärungsfibel aus dem Gesundheitsministerium.

Adrian: Wie stellst du dir die körperliche Liebe vor?

Donald *(minimales Zögern)*: Wie Briefmarkensammeln – nur klebriger.

Donald wird es ihm nicht leichtmachen. Aber, denkt Adrian, warum sollte er auch? Aus der Sicht des Jungen ist die Welt ihm ja einiges schuldig und sollte sich mit der Lieferung besser beeilen.

Donald: Hm. Okay, jetzt im Ernst. Versprochen. *(Setzt eine aufmerksam konzentrierte Miene auf.)* Legen Sie los. Bitte.

Adrian: Hörst du jetzt zu?

Donald: Ja. Ich möchte es hören.

Adrian: Gut. Also, das wichtigste ist ... ist Respekt.

Donald: Hm-hm.

Adrian: Wenn die Zeit kommt – wenn du schließlich das Vergnügen hast, jemand anderem das Vergnügen ... des Liebesakts zu bereiten – wenn ihr beide beschließt, daß die Zeit gekommen ist, dies zweisame Vergnügen miteinander zu teilen ...

Adrians Stimme verliert sich nach und nach im Hinterland des Wen-kümmert's, und Donald träumt mit vierzig Bildern pro Sekunde; hinter dem Rücken des Psychologen sieht er die schönste Schwester des Krankenhauses, wie sie vor einem Ventilator am großen Fenster stehenbleibt, um sich abzukühlen. Sie knöpft ihren Kittel auf, fächelt den prallen Brüsten Luft zu, eine gutentwickelte Frau von Ende zwanzig, die ganz plötzlich die schreckliche Hitze des Tages, die fehlende Klimaanlage, nicht mehr aushält, vielleicht auch ihre eigene übermächtige *innere Hitze,* sie muß einfach dem Drang nachgeben, muß eine Schicht Kleidung oder auch zwei ablegen. Sie wirft den Kopf in den Nacken, als biete sie den Hals einem Liebhaber oder Scharfrichter dar, die rechte Hand wischt den langen Hals ab, heiß, heiß, heiß, jetzt taucht die rechte in den feuchten Ausschnitt, während die linke Knopf für Knopf den trampolinstraffen Kittel aufknöpft, fliegende Finger suchen Erleichterung von der Hitze, der entsetzlichen Hitze, sie legt die offizielle weiße Uniformschicht ab, und heraus platzt – heraus platzt …

Adrian: … und *das* sind die Freuden der körperlichen Liebe.

Donald verändert den Blickwinkel um eine Winzigkeit und sieht wieder den Doktor an, so wie ein Nachrichtensprecher vom Teleprompter wieder in die Kamera blickt, und die Realität kehrt zurück.

Donald: Die … äh … Freuden … der … okay. Danke. Cool. Ich glaub, ich hab's kapiert.

Er blickt wieder nach seiner Schwester, seiner Schlampe, seinem onanistischen Engel, erwartet sie in BH und Höschen, in Strapsen und Strümpfen, aber sie ist fort. Verschwunden. Vor dem Fenster steht eine Aspidistra.

Adrian: Gern geschehen. Tja, ich denke, das wäre soweit alles für heute.

Hühnerstricken: Danach kommt es ihm doch ein bißchen langweilig vor.

Außen. Straße. Tag.

Heute hat Adrian frei. In der Tate Modern gibt es einen Vortrag über Kubismus, den er gerne gehört hätte. Eine Koryphäe spricht, ein Mann, der Braque 1963 in Paris interviewt hat, kurz vor dessen Tod. Im Grunde ist es nicht das Thema, das ihn interessiert – für seine Begriffe ist die einzige Leistung des Kubismus, daß er verschiedene Seiten eines Gegenstands gleichzeitig sieht (und das ist schließlich die Aufgabe eines jeden Menschen) –, eher der Wunsch, einen brillanten Intellekt in Aktion zu sehen.

Doch was macht er statt dessen? Nachdem er sich Mut

angetrunken hat, ist er auf der Suche nach einer Nutte. Er, ein angesehener Psychologe, den viele erkennen könnten, ist mit seiner Brieftasche unterwegs und sucht amouröse Unterhaltung für einen todkranken Jungen. Juristisch gesprochen ist das, wenn es wahr wird, eine Straftat. Und der Schaden für sein Ansehen, wenn es bekannt würde… Wie kommt er nur auf so eine Idee? Eine Art Krise, die er durchmacht? Sucht er den beruflichen Selbstmord?

Er weiß die Antwort. Er weiß sie schon seit Tagen, seit er die Entscheidung gefällt hat. Er will dem Jungen das Leben retten. Das ist keine Übertreibung. Donald wird sterben, wenn er keinen Lebensmut schöpft. So einfach könnte die Gleichung sein. Der Junge braucht Freude in den Adern, nicht nur Zytotoxine, Antimetabolite, Alkylantien, und mit Sicherheit nicht das Gift enttäuschter Hoffnung. Und wenn Don trotzdem stirbt, was gäbe es da Schöneres, als daß er seinen größten irdischen Wunsch noch erfüllt bekommt, den Hauptpunkt auf seiner Liste unbewältigter Aufgaben doch noch abgehakt? Dies seltsame Mittel ist die einzige Medizin, der Adrian in diesem Fall noch eine Chance gibt.

Und irgendwie läßt ihn der Junge nicht mehr los. In dem, was er jetzt versucht, steckt mehr als nur ein wenig Donald, und das ist gut. Er hat genug von seiner eigenen erfolglosen Art, das Leben anzugehen, und die Art, wie der Junge es anpackt, scheint ihm geradezu genial. Es kann also sein, daß er mehr retten will als nur das Leben des Jungen. Was hat man davon, wenn man die Liegestühle auf der *Titanic* immer wieder neu aufstellt? Und ist das nicht der gegenwärtige Stand seiner Arbeit? Daß er den über Bord

Gegangenen unverantwortlich brüchige Rettungsringe zuwirft? Wenn er dem Jungen hilft, hilft er sich selbst. Auch das ist gut. Gute Taten sind nie uneigennützig. Wenn wir die Hand ausstrecken, um zu helfen, hält dann nicht die andere Hand einen Spiegel?

Und so ist er denn auf der Straße unterwegs, mit Kreditkarte, Bargeld und Scheckbuch. Der Junge hat das Ziel unmöglich hoch gesteckt. Brünett, keine Tattoos, zweiundzwanzig bis vierundzwanzig, erfahren, eins fünfundsechzig bis eins siebzig, Wespentaille, große Augen, Körbchengröße C oder größer, toller Hintern. Gibt es so eine Frau überhaupt irgendwo, und dann noch im verregneten Watford?

Als erstes will er von Telefonzelle zu Telefonzelle gehen, so cool wie möglich, und die Karten mitnehmen, die Prostituierte hinter die Telefonapparate oder in Mauerritzen stecken. Er arbeitet schnell, von einer stinkigen Zelle zur nächsten, nimmt alles mit, was er findet, kleine Visitenkarten, manche schwarz-weiß, andere in grellen Farben: *Die zwei sind ja so allein* oder *Stute sucht Reiter. Ruf an* – junge Mädchen, Töchter aus Woking oder Colchester, strecken ihren Hintern der Kamera hin wie Kühe im Kuhstall. Er sieht zu, daß er weiterkommt, steckt ein, was er bekommen kann, bevor ein Passant, ein Freund womöglich, ein ehemaliger Patient, Bekannter, egal wer, ihn erwischt. Er nimmt sogar die Karten von Blondinen und Schwarzen und Asiatinnen mit: Er will soviel Auswahl wie möglich. Vielleicht muß ja doch ein Kompromiß sein.

Zwanzig oder dreißig Karten hat er schon in der Tasche, aber er ist ziemlich sicher, daß keine Elektra dabei ist, wie er diese unmögliche Frau im Geiste nennt. Elektra, die ihrem jüngeren Bruder Orest das Leben rettete. »Die Strahlende« lautet der griechische Name. Lebensspenderin. Und es ist der Name, den Freud, der Vater seines Metiers, der Fixierung einer Mutter auf ihren jungen Sohn gegeben hatte. Rettung durch unerlaubtes Begehren. Ein strahlendes Licht. Eine Kriegerkönigin aus einem Groschenheft. Aber wo zum Teufel soll er sie finden?

Als er gerade die letzte Zelle verlassen will, sieht Adrian eine Karte auf Augenhöhe an die Glastür gesteckt. Das Mädchen sieht nicht schlecht aus. Jedenfalls hat sie ein hübsches Gesicht. Er nimmt sie ab und will sie einstecken, doch hinter der Karte tauchen die grimmigen Augen einer Politesse auf, die von der anderen Seite der Tür hereinschaut. Sie hat gesehen, was er macht! Er zerreißt das Bild, tut entrüstet und wirft die Schnipsel auf den Boden, ja er schüttelt sogar den Kopf, dann reißt er die Tür auf und stürmt an der Frau vorbei und weiß genau, daß sie ihm ungeniert nachstarrt, bevor sie selbst in die Zelle geht und das zerrissene Bild des Freudenmädchens zertrampelt, sie in den öligen Dreck der Straße tritt, in die Reste von getrocknetem Urin und Hundekacke, und dabei wirft sie scheppernd ihre Münzen ein.

Innen. Kirche. Tag.

Jim auf den Knien. Betet zu Gott. Hände gefaltet. Augen geschlossen. Er ist auf der Suche nach magischen Kräften. Nach einem Wunder. Die Knie schmerzen, und er denkt: *Alles Leben ist Leiden*. Gautama Buddha.

Der Herr hat's gegeben, der Herr hat's genommen. Halberinnerte Halbweisheiten schwirren ihm durch den Kopf.

Eigentlich müßte er in der Kanzlei sein, aber etwas hält ihn an diesem Ort. *Alles, was dir vor die Hände kommt, es zu tun mit deiner Kraft, das tu.* Eine Zeile aus einem Spiritual oder von einer alten Bessie-Smith-Platte: *I ain't got much, but you can take it from me too.* Ich hab nicht viel, doch wenn du willst, dann nimm mir auch das noch. Wäre das die Lösung? Loslassen? Ohne Widerspruch alles aufgeben? Die Kraft, sich alles nehmen zu lassen?

Und was, überlegt er, sind diese schönen Worte schon anderes als Schmerzmittel, weniger wirksam als Paracetamol? Ist die Bibel nicht wie eine Apotheke: Regal um Regal mit schmerzstillenden Medikamenten, doch keines, das längerfristig wirkt? Er will nicht hoffen, daß das stimmt, daß wir nichts weiter tun als nach besseren Formeln zu suchen, die uns das Leben erleichtern, Novocain für die Seele, ein Mittel, um uns die Tage erträglicher zu machen. Andererseits geht bei Kopfschmerzen nichts über ein wenig Paracetamol. Und wenn der Druck überhand nimmt, kann auch der Zyniker die Tabletten gar nicht schnell genug aus der Folie drücken! Mit der Bibel ist das nicht anders. Gerade wenn man ihr verächtlich den Rücken kehren will, liefert sie Trost und ein dumpfes Wohlbehagen vom Hals abwärts. Das ist nicht zu verachten. Vor allem dann nicht, wenn einem das Leben einen Schlag nach dem anderen versetzt.

Wenn Gott also Apotheker ist, wie können wir ihm dann am besten unser Rezept vorlegen? In der guten alten Zeit ging man zu Fuß, man unternahm eine Wallfahrt, pilgerte nach Fatima, nach Lourdes, nach Guadalupe Hidalgo, nach Mekka, wo immer Gott eine Filiale eröffnet hatte.

Aber Jim ist ein moderner Mensch, er hat keine Zeit für solche Eskapaden. Er hat diese Kirche in seinem Viertel betreten, weil er hofft, daß eine zeitgemäßere Methode der Kommunikation auch ihren Zweck erfüllt. Wenn es geht, möchte er Gott nur eine Textnachricht senden, eine zeitsparende kleine SMS, und dann abwarten, bis die Antwort tags darauf in der eigenen Mailbox, seinem Herzen, eintrifft. Und was wird die Antwort ihm geben? Wird sie seinen Schmerz lindern? Zumindest hofft er das. Daß sie ihm die Kraft zum Weitermachen gibt. *The strength to carry on.* Bessie Smith.

Jim dreht sich um. Die Frau, mit der er seit über zwanzig Jahren verheiratet ist, zündet an einem Seitenaltar Kerzen an wie eine kleine Benediktinerin. Dünne Rauchfähnchen steigen zur Apsis empor, wo sie, wie die Gebete eines Sünders, an der Decke hängenbleiben und nicht weiterkommen.

Erlösung! Erlösung! Erlösung! würde Jims Herz am liebsten rufen.

Innen. Onkologie. Tag.

Donald lächelt. Es ist jetzt schon seit Tagen da, dieses unergründliche Lächeln, und liefert der Station Gesprächsstoff. Die Schwestern haben ihm schon mehrfach Geld dafür geboten, daß er ihnen verrät, woran er denkt, aber er antwortet, da müßten sie schon ein paar Nullen an ihren Penny dranhängen und zudem die Inflationsrate berücksichtigen, bevor er auch nur überlegt, ob er sie in sein Geheimnis einweiht. Sogar der Luftröhrenmann ist neugierig.

Luftröhrenmann: Was gibt's denn da zu grinsen? Hast du im Lotto gewonnen oder was?

Aber Donald blickt nur zur Decke. Und lächelt weiter. Wer spricht, verliert.

Luftröhrenmann: Der Mistkerl hat im Lotto gewonnen. Die einzige Erklärung.

Innen. Adrians Wohnung. Tag.

Adrian öffnet die Wohnungstür. Auf dem Flur steht eine Frau. Sie lächelt nicht. Kurzer Rock. Ein bißchen fülliger als auf dem Foto, aber gut proportioniert. Ein Hauch von Luxus. Unter einem fließenden Top sieht man den BH. Sofort schöpft er Hoffnung – doch dann macht sie den Mund auf. *Game over.*

Heute ist Nuttentag. Er hat sieben eingeladen. Im Halbstundentakt. Für jede Frau ist eine Viertelstunde eingeplant. Er wird ihnen die Zeit bezahlen und sie anschließend hinauskomplimentieren, damit es nicht zu peinlichen Begegnungen im Treppenhaus kommt. Alles perfekt organisiert.

Die Anrufe bei diesen Mädchen waren ihm sehr unangenehm gewesen. Wonach sollte er fragen? Seine Kriterien waren lächerlich, und nach den ersten zwei Anrufen hatte er seine Erwartungen deutlich heruntergeschraubt. Weil er die pikante Situation nicht am Telefon erläutern wollte – das extrem niedrige Alter des Interessenten, die extrem hohe Wahrscheinlichkeit, daß er sterbenskrank ist –, hatte er so getan, als handele es sich bei dem heutigen Vorstellungsgespräch um ein Schäferstündchen mit ihm. War das ein Fehler gewesen? Na, jetzt ist ohnehin nichts mehr zu ändern. Die Prostituierten sind unterwegs, bereit zum Einsatz, gekleidet und in der Stimmung für fleischliche Lüste, jede von ihnen im Glauben, sie sei dazu auserkoren, eine einsame Seele aus amourösen Nöten zu erretten.

Die erste Nutte. Sie steht in der Tür und starrt ihn an.

NUTTE NUMMER 1 *(ihre Stimme ist ein akustischer Alptraum, ein Damenrasierer auf einem Stoppelbart)*: Du willst 'nen Fick, stimmt's?

Du willst 'nen Fick, stimmt's?... Die ersten Worte aus ihrem Mund. Adrian verliert keine Zeit. Eine angenehme Stimme gehörte zwar nicht zu den ursprünglichen Kriterien, aber von jetzt an zählt sie dazu. Er kann die Tür gar nicht schnell genug schließen. Er bezahlt, stammelt eine Entschuldigung und holt tief Luft, den Rücken an die Tür gelehnt, als er den Schlüssel im Schloß umdreht.

Aber er hat kaum wieder Platz genommen – blättert nervös die sechs verbliebenen Bilder durch, analysiert die verzweifelten Posen, die an die niederen Triebe der Männer appellieren sollen, Männer, die ficken wollen, eine Frau von hinten nehmen, sie demütigen, zum Tier machen, sich vorstellen, daß diese Frau das wirklich will, es braucht, sich danach sehnt, von nichts anderem als von dem männlichen Apparat träumt, und er analysiert die Mienen, die die Mädchen aufsetzen, das unaufrichtige Lächeln, als hätten sie ihren Traumjob gefunden, als hätten sie eine Karriere beim Fernsehen aufgegeben, damit sie hier ihren Hintern zeigen können –, da klingelt es wieder an der Tür.

Diese zweite Lady ist dick. Nein, sie ist fett. Die Dielen ächzen unter ihrem Schritt. Sie besteht nur aus Ballast.

NUTTE NUMMER 2: Was siehst du mich so an?

ADRIAN: Äh … Sie sehen gar nicht wie auf Ihrem Foto aus, deswegen.

NUTTE NUMMER 2 *(überrascht)*: Echt?

Wieder Geld für nichts. Hastig entschuldigt Adrian sich. Er macht einen Rückzieher. Er fühlt sich nicht wohl, irgendein Virus. Er muß absagen. Ungläubiger Blick von ihr, aber kein großer Protest – schließlich ist es leicht verdientes Geld, und sie zieht sich bereitwillig zurück. Zu bereitwillig, findet Adrian. Sie hat ihn übers Ohr gehauen. Wahrscheinlich ist das ihre Masche; sie verläßt sich darauf, daß es dem Kunden peinlich ist zu sagen, daß sie so fett ist, daß er an Sex nicht einmal denken könnte, und daß sie sich für ihre betrügerische Werbung schämen sollte. Eine kluge Frau. Sie hat begriffen, wie es zwischen Menschen zugeht. Hat ihre Nische gefunden. Sie macht sexy Reklame, vielleicht mit einem Foto von sich mit siebzehn, und dann steht sie vor der Tür und sieht aus wie Godzilla, ein Schwergewicht, das sich notfalls auch wehren kann, wenn der Kunde ihr dumm kommt.

Eine halbe Stunde später NUTTE NUMMER 3. Diesmal ist sie zu dünn. Und weitaus aggressiver. Sie betreibt ihr Gewerbe mit der Mentalität einer Guerillakämpferin: Dorf stürmen, plündern, weg. Sie will wissen, *genau wissen*, was ihm an ihr nicht gefällt. Er will diplomatisch sein, aber für Ausflüchte hat sie keine Zeit. Sie treibt ihn in die Enge.

ADRIAN: Tja … ich habe seltsame Maßstäbe, tut mir leid. Ich suche nach etwas ganz Bestimmtem, und wenn Sie es wissen wollen, Ihre Brüste sind leider zwei Nummern zu klein und – könnten Sie sich bitte einmal umdrehen? Ja, einfach umdrehen. Und sehen Sie, ja, auch die Rückseite ist nicht ganz das, was ich suche.

Soviel zum Thema Ehrlichkeit. Er ist froh, daß er ihr wenigstens nur ein Glas Weißwein angeboten hat. Das läßt sich auswaschen. Es wäre ein Jammer gewesen, wenn er nicht nur die 60 Pfund verloren hätte (ihre Gebühr für den Rückzieher, zwanzig mehr als wenn sie es gemacht hätte!), sondern auch noch das 200 Pfund teure Hemd.

Schon jetzt hat er genug. Was für ein entwürdigendes Spiel. So geschäftsmäßig. So lieblos. Jetzt kippen ihm die Nutten schon Wein über! Er hatte sich vorgestellt, daß die Frauen wenigstens so tun, als kämen sie gerne zu ihm, daß sie ein wenig Theater spielen würden, irgendwie einen Spaß daraus machen, mit Phantasie bei der Sache sein. Wie kann man nur so naiv sein.

NUTTE NUMMER 4 *(dunkle Sonnenbrille)*: Hallo.

Endlich, denkt Adrian. Halleluja. Zwar ist es keine Elektra, aber doch wenigstens eine entfernte Verwandte vom Lande.

ADRIAN: Danke, daß Sie gekommen sind. Bitte. Kommen Sie herein. Bitte.

Die Frau tritt ein, und Adrian steckt kurz den Kopf zur Tür hinaus, um zu sehen, ob die Luft auf dem Flur rein ist und keine neugierigen Nachbarn draußen sind.

Er komplimentiert die Frau zum Sofa und hält sie davon ab, mehr als den Mantel auszuziehen, wie sie das offensichtlich vorhatte. Sie nimmt die Brille ab, und sie ist zwar keine Schönheit, aber doch zumindest attraktiv, ansehnlich, einigermaßen hübsch.

Er erzählt seine Geschichte. Er will keinen Sex. Es ist

komplizierter als das. Die Einzelheiten sprudeln. Donalds tragische Lage. Sein Alter. Der Stand der Krankheit. Die entsetzliche Wut und Enttäuschung des Jungen. Auch von der therapeutischen Arbeit erzählt er, aus der klargeworden ist, daß Donald seine Unschuld verlieren will, bevor er stirbt – wenn das sein Schicksal ist –, und zwar bei einer perfekten Frau. Das ist Adrians Auftrag. Eine Frau, die bereit ist, dem Jungen seinen letzten Wunsch zu erfüllen. Aber das ist nicht leicht. Sie ist schon die vierte, mit der er heute spricht.

Sie versteht es, versteht es so gut. Und mehr noch, sie ist gerührt. Ihre Augen verschwimmen. Sie ist ergriffen von der Geschichte. Sie öffnet ihre Handtasche, findet aber kein Taschentuch. Er bringt ihr Kleenex aus dem Badezimmer. Jetzt weint sie. Sie ist bezaubernd, bei näherem Hinsehen. Und Adrian ist seinerseits gerührt von diesem Zeichen eines Herzens, fühlt sich selbst ein wenig hingezogen zu ihr, angezogen von der Art, wie sie beim Weinen das Gesicht verzieht, von ihrer Anteilnahme, ihrer Menschlichkeit. Sie trocknet ihre Tränen, behutsam wegen der Wimperntusche.

NUTTE NUMMER 4: Schätzchen, nach so einer Geschichte würde ich es gratis machen. Aber eins muß ich vorher klarstellen, okay?

ADRIAN: Und was?

NUTTE NUMMER 4: Ich habe einen Penis.

Adrian starrt sie an. Zu etwas anderem ist er nicht fähig. Wo ist der Hebel, mit dem er die Falltür unter seinem Sitz öffnen kann? Wie naiv soll er denn noch werden?

NUTTE NUMMER 4: O je. Hast du dir's nicht gedacht?

ADRIAN: Ich bin nicht besonders bewandert in diesen Dingen.

NUTTE NUMMER 4: Ich nehme an, das ändert alles?

ADRIAN: Ooooh, ja.

NUTTE NUMMER 4: Tut mir leid. Ich hätte wirklich gern geholfen. Hört sich an, als ob es ein prima Kerl ist.

ADRIAN: Das ist er.

NUTTE NUMMER 4 *(erhebt sich, nimmt ihren Mantel)*: Und dich finde ich auch ziemlich süß.

ADRIAN *(errötet)*: Danke.

NUTTE NUMMER 4: Na was soll's. *Que sera*. Ich hoffe, du findest einen echten Engel für ihn.

ADRIAN: Das hoffe ich auch.

Im Gehen drückt der Transvestit ihm ganz unvermittelt einen Kuß auf die Wange, und Adrian errötet von neuem. Selbst aus nächster Nähe ist die weibliche Verkleidung täuschend echt. Ihr Parfüm ist schwer. Sie sieht überhaupt nicht wie eine Drag Queen aus – eher wie ein Mädchen, das man mit nach Hause nehmen und seinen Eltern vorstellen könnte. Ein Jammer, daß sie einen Schwanz hat, denkt Adrian.

Adrian öffnet ihr schwungvoll die Wohnungstür, und draußen steht ...

NUTTE NUMMER 4: Das nenne ich Abrakadabra! Ich glaube, gerade hast du die Richtige gefunden, mein Schatz.

... vor der Tür steht Sophie, seine Frau. Sophie sieht den Transvestiten an, dann wieder Adrian.

SOPHIE: *Mein Schatz?* Willst du ... mich nicht vorstellen?

Wie lange ist es her, seit Sophie ihn zuletzt in der Stadt besucht hat? Nein, das kann nicht wahr sein. Das ist unmöglich. Drei Monate, seit sie zuletzt in seiner Wohnung war, und ausgerechnet jetzt steht sie hier vor der Tür, und sieht noch dazu blendend aus, verführerisch, als hätte sie ebenfalls auf seiner Telefonliste gestanden. Doch alles an ihr ist genau das, was er an den anderen Mädchen des Tages vermißt hat, eine klassische Schönheit, die man auch mit noch soviel Make-up und noch so kurzen Miniröcken nicht vortäuschen kann. Ja, denkt Adrian, das ist seine Elektra. Donalds Suche nach Vollkommenheit hat viel mit seiner eigenen Suche gemein.

SOPHIE *(zu NUTTE NUMMER 4):* Hallo. *(Zu* ADRIAN.*)* Da unten ist eine Frau, eine Nachbarin, die gleich einen Anfall bekommt. Sie hat eine Kamera und nimmt alles auf, alle, die kommen und gehen – sie will die Polizei rufen. Drei Frauen hat sie gezählt.

ADRIAN: Wirklich? Drei? Dann kann sie nicht zählen. Es waren mehr als drei. Ich … ich rede später mit ihr.

SOPHIE: Unglaublich.

Interessiert verfolgt der Transvestit die Unterhaltung aus den Kulissen.

ADRIAN *(wendet sich NUTTE NUMMER 4 zu)*: Sie können jetzt gehen. Ich danke Ihnen.

Er holt seine Brieftasche hervor und gibt ihr 50 Pfund.

NUTTE NUMMER 4 *(steckt den Geldschein in den BH)*: Bin schon weg, mein Schatz. Und viel Glück.

Nun ist die Prostituierte mit dem Verblüfftsein an der Reihe, denn Adrian haucht ihr einen Kuß auf die Wange. Sie geht, eine Träne im Augenwinkel. Die hohen Absätze klappern den Flur hinunter, als Adrian sich mit einem trotzigen Ausdruck seiner Frau zuwendet.

Innen. Adrians Küche. Tag.

Adrian trägt Gummihandschuhe. Sophie sieht ihm beim Spülen zu. Sie hat ihre im Stich gelassene Katze im Arm und streichelt sie. Die Katze schnurrt zufrieden. Alle Geschöpfe sind selig, wenn Sophie sie bloß berührt.

ADRIAN: Er heißt Donald Delpe. Du hast mir nicht zugehört. Mit den Gedanken woanders wahrscheinlich.

SOPHIE: Bist du … ? Ich verstehe das nicht. So etwas ist doch mit Sicherheit nicht erlaubt.

ADRIAN: Nein, es gehört nicht zu den üblichen Behandlungsmethoden.

SOPHIE: Wissen seine Eltern davon?

ADRIAN: Nein, die haben keine Ahnung.

SOPHIE: Na, du wirst ja wissen, was du tust. So wie immer. Kann ich mit dir reden?

ADRIAN: Nie zu spät für das erste Mal.

SOPHIE: Ich wollte über Conrad reden.

ADRIAN: Dachte ich mir. Und wie geht es dem virilen Veterinär?

SOPHIE: Weißt du, er mag dich. Er mag dich sehr.

ADRIAN: Ich bin geschmeichelt. Aber ich bin ja auch ein sympathischer Bursche. Nicht gerade liebenswert, aber mögenswert schon.

SOPHIE: Es ist nichts geschehen. Falls du so etwas denkst.

ADRIAN: Das will ich überhaupt nicht wissen.

SOPHIE: Wie du weißt, ist er verheiratet.

ADRIAN: Das kommt in den besten Familien vor.

SOPHIE: Und er will seine Kinder nicht im Stich lassen. Er ist glücklich verheiratet.

Adrian: Genau wie du.

Sophie: Aber es gibt gewisse … gewisse …

Adrian: Gefühle zwischen euch?

Sophie: Und er möchte dir nicht weh tun.

Adrian: Tatsächlich? Nicht mehr lange und ich mag ihn auch.

Sophie: Sei doch nicht so sarkastisch. Er … er möchte wissen … möchte wissen … ob wir dein Einverständnis haben.

Adrian: Was? Er will … Heilige Einfalt! Ha! Und er will es schriftlich? Die Lizenz, dich zu bumsen?

Sophie: Er würde dich gern anrufen. Er möchte mit dir sprechen, von Mann zu Mann.

Adrian: Von *Ratte* zu Mann, meinst du. Willst du die Scheidung?

Sophie: Nein. Ich möchte deine Frau bleiben. Und weißt du warum? Ich liebe dich noch immer, Adrian. Das hier muß nichts zwischen uns ändern. Aber ich habe das Gefühl … daß da etwas mit mir vorgeht. Und ich muß diese Erfahrung machen, wenn ich mich weiterentwickeln will. Das nächste große Abenteuer auf meinem Weg. Oder siehst du es nicht so? Sollte ich mir diese Gefühle einfach versagen?

Adrian: Das mußt du selbst wissen.

Sophie: Und ich bin sicher, du hast auch Bekanntschaften. *(Schweigen.)* Also … kann ich ihm sagen, daß er dich anrufen darf?

Adrian: Wie sind wir bloß hier gelandet, Sophie? An welcher Stelle sind wir von der Straße abgekommen und hier gelandet, bis zu den Ellbogen in … in Scheiße?

Sophie: Meine Gefühle für dich sind immer noch dieselben, Adrian. Das weißt du. *(Sie kommt auf ihn zu, nimmt seine Hand.)* Daran ändert sich nichts. Mach dir keine Sorgen. Das, was ich für dich empfinde, bleibt. *(Adrian beginnt zu zittern, ein leichtes Beben am ganzen Körper.)* Aber jeder von uns hat sein eigenes Schicksal. Einen Weg, den wir gehen müssen. Das wissen wir beide. Oh, und ich brauche etwas mehr Geld. Ich brauche einen Scheck.

Adrian: Was du nicht sagst! Die Tierarztrechnung!

Sophie: Adrian. Alles in Ordnung mit dir? Kein Wunder, daß ich dich nicht öfter besuchen komme, wenn du dich so aufführst. Laß doch den Unsinn. Ich liebe dich. Stell dich nicht so an.

Innen. Onkologie / Krankenhaus. Tag.

Heute schaut Adrian nur ganz kurz auf der Krebsstation vorbei. Er will nicht zu Donald gehen und ihm sagen, daß er nichts erreicht hat, also winkt er ihm nur zu.

Und Donald, der sich nach Neuigkeiten sehnt, der nicht dem wachen Auge der Monitore entgehen kann, die ihn ans Bett fesseln, bleibt verwirrt und bekümmert zurück. Er dreht sich zum Luftröhrenmann um, der mit geschlossenen Augen im Bett am Fenster liegt. Es geht ihm heute besonders schlecht – die Mühe des Atmens nimmt ihn ganz in Beschlag. Eine Krankenschwester kommt und zieht die Vorhänge um sein Bett zu.

Donald hingegen geht es von Tag zu Tag besser. Und wenn sie ihn hier rausließen, würde er sich als erstes einen Basketballkorb suchen und einen Ball nach dem anderen versenken, aus jeder Scheißecke auf dem Platz. Wenn sie ihn rausließen. Aber das tun sie nicht. Und warum? Da ist noch die Kleinigkeit, daß er bis vor zwei Tagen mit der tödlichsten Medizin behandelt wurde, die die Menschheit kennt.

Und so liegt er denn hier, von Sonnenaufgang bis Sonnenuntergang, und studiert die Wolken.

Innen. Roys Wohnung. Tag.

Bei Roy müßte dringend saubergemacht werden. Staub liegt auf Schmutz über verkrustetem Dreck. Wie Erdschichten. Wie Lasagne. Und das ist nur der Boden der »sauberen« Tasse, die Roy vom Regalbrett nimmt und Adrian reicht, und dann gießt er siedendheißen Kaffee hinein.

Adrian betrachtet die lebensgefährliche Verkabelung der Wohnung. Jedes Gerät erhält seinen Strom aus dem einen großen Knäuel von Doppelsteckern; einer sitzt auf dem anderen, und das Ganze steckt in einer einzigen Verlängerungsschnur, die zum Küchenfenster hinaus verschwindet. Eine tödliche Falle.

Roy erklärt, daß er in einer Art Dauerfehde mit dem Hausbesitzer lebt. Es geht um zwei Jahre Miete, die er noch schuldig ist. In seiner Verzweiflung hat der Hausherr schließlich vor drei Monaten den Strom abgestellt und den Belagerungszustand ausgerufen. Er will Roy aus dem Haus ekeln, doch Roy hat ihm ein Schnippchen geschlagen und bezieht Strom von einem solidarischen Nachbarn, über vier ineinandergesteckte Verlängerungskabel. Adrian windet sich, als er das hört, und windet sich noch mehr, als Roy mit nassen Händen den Stecker der Kaffeemaschine zieht, ohne auch nur einen Gedanken daran zu verschwenden.

Adrian entdeckt einen Schnappschuß von einem afrikanischen Jungen in grauer Schuluniform. Ein freundliches Gesicht. Flache Nase, wulstige Lippen, er lächelt strahlend, eine ganze Welt weit fort. Im Hintergrund ein Gebäude mit einem Kreuz darauf, eine christliche Missionsschule zweifellos.

ROY: Oh, das ist Tito. Kinderhilfswerk, ich bin da Mitglied. Wir haben unsere kleinen finanziellen Transaktionen. Bruder in Not und so weiter. Klappt eigentlich ganz gut, aber er schickt nicht immer soviel, wie ich brauche.

Sie räumen ein paar Sachen von der Couch und setzen sich, und sofort lassen die zerbrochenen Federn sie zusammenrutschen, Bein an Bein wie ein Liebespaar.

ROY: Wo waren wir?

ADRIAN: Tja, dann kommt meine Frau dazu.

ROY: Sie machen Witze! Ihre Frau? So ein Scheiß.

ADRIAN: Ich brauche Ihre Hilfe. Wie gesagt.

ROY: Da sind Sie bei mir an der richtigen Adresse. Der Mann für gewisse Stunden.

ADRIAN: Aber es muß die Richtige sein. *(Reicht ROY einen braunen Umschlag.)* Die Nutte. Ich meine es ernst.

ROY: Ich weiß, ich weiß, ich weiß. Überlassen Sie das ganz mir. Gut aussehen muß sie. Auf mich können Sie sich verlassen. Ihr Mann an der Front. Ich liebe solche Aufträge. Lassen Sie uns die Uhren vergleichen. Oh, gibt es eine finanzielle Obergrenze? Sprechen wir übers Budget.

ADRIAN: Geld spielt keine Rolle.

ROY: Großartig. Exzellent. Wunderbar. Ich bin dabei.

Innen. Cafeteria / Krankenhaus. Tag.

Roy knallt eine Visitenkarte auf die Resopalplatte.

Roy: Bingo.

Adrian: Aber … da ist kein Foto drauf.

Roy *(macht ein verliebtes Gesicht)*: Sie ist diskret. Sie hat Stil. Fragen Sie nach Tanya. *(Seufzt sehnsüchtig.)*

Adrian: Tanya? Wie heißt sie in Wirklichkeit?

Roy: Tanya. Sprechen Sie mit ihr, Sie werden schon sehen. Sie ist bereit, sich mit Ihnen zu treffen. Und bei der Gelegenheit können Sie ihr sagen …

Adrian: Was sagen?

Roy: Sagen Sie ihr, was für ein wunderbarer Mensch ich bin, und wenn sie einen Mann braucht, der sie aus diesem gräßlichen Leben rausholt …

Adrian: In Ordnung, Roy. Danke. Tanya? Ist sie Russin oder so etwas? Spricht sie wenigstens Englisch?

Roy: Nur keine Aufregung. Hören Sie, die ist alles, was auf der Liste steht, und noch mehr dazu.

Innen. Rollschuhbahn. Tag.

Shelly und ihre Freundinnen machen eine Verschnaufpause. Sie sehen einen älteren Jungen, der mit seinen Künsten prahlt, mit Affenzahn vorbeibraust, Pirouetten dreht und versucht, alle Welt zu beeindrucken.

Shelly: Meine Güte, was ist denn das?

Erste Freundin: Das ist Jeff Delpe. *(Sieht seinen Kapriolen zu.)* Gott, was für ein Trottel.

Shelly: Ja, schon gut.

Zweite Freundin: Hast du gehört, daß sein Bruder krank ist? Liegt im Sterben. Krebs oder so was.

Shelly *(schockiert)*: Krebs?! Sein Bruder?!

Erste Freundin: Ja. Oh, stimmt, du kennst ihn ja. Hat er dir nicht mal an die Wäsche gewollt oder so was?

Shelly: Ja. *(In Gedanken versunken.)* Lieber Himmel.

Erste Freundin: Du warst doch nicht verknallt in den, oder?

Shelly antwortet nicht. Jeff kommt vom anderen Ende der Bahn zurück und rast mitten zwischen ihnen hindurch, führt sich wer weiß wie auf, dann zischt er davon, gewinnt wieder an Tempo, manchmal beugt er sich vor, manchmal läuft er rückwärts und das Haar weht ihm ins Gesicht.

Zweite Freundin: Der ist ja sooo bescheuert.

Im Hintergrund sehen wir Raff und Michael. Als Shelly wieder losläuft, nehmen sie sie mit der Filmkamera auf. Sie läuft nachdenklich ganz außen an der Bahn, für sich allein, und merkt nicht, daß jede ihrer Bewegungen festgehalten wird.

Innen. Onkologie / Krankenhaus. Tag.

Don drückt bei Michaels Digicam auf Wiedergabe und blickt mit steinerner Miene auf den Bildschirm.

Donald: Ihr habt meinen bescheuerten Bruder beim Rollschuhlaufen aufgenommen?

Raff: Wart's ab, Mann … O.K., da ist sie … Toll.

Michael: Wir haben sie auch beim Laufen … Hier. Die ist verdammt gut, die könnte auf 'nem Kornfeld rollschuhlaufen … Und jetzt kommt das Schärfste, da haben wir was Geiles erwischt, wo sie fast …

Raff: … bevor ihr Hund uns gesehen hat …

MICHAEL: ... und sich die Seele aus dem Leib gekläfft hat ...

RAFF: ... Stimmt ...

MICHAEL: ... macht da so 'ne Art Aerobic bei sich im Wohnzimmer... Da hast du jetzt einen ganzen Film von ihr im Turnhemd und kannst ordentlich wichsen.

DONALD: Ihr zwei seid wirklich das letzte. Ehrlich. Ihr habt euch bei ihr zu Hause rumgeschlichen? Macht das ja nicht noch mal. Laßt sie in Ruhe, ihr Blödmänner.

MICHAEL: Das ist also der Dank? Nicht zu glauben. Mann, du bist wirklich ein Arsch. *(Zu* RAFF.*)* Komm, wir gehen. *(Zu* DON.*)* Sag Bescheid, bevor du abkratzt.

Sie gehen. Donald denkt nach. Spult zurück. Dann sieht er sich Shelly noch einmal an.

Das Mädchen könnte beim Ballett sein. Wow. Junge Schönheit. Fließend, wirbelnd, wunderbar, sie schwebt drei Zoll über dem Boden, und wenn da Rollschuhräder unter ihren weißen Stiefeln sind, dann sieht Don sie nicht.

Außen. Tanyas Wohnung. Tag.

Adrian hält vor einem nagelneuen teuren Apartmenthaus im italienischen Stil. Er überquert die Straße. Ein Dienstmann nimmt die Wagenschlüssel entgegen. Ein Portier hält ihm die Tür auf. Ein Portier? Das muß das einzige Apartmenthaus in der ganzen Stadt sein, wo es so etwas gibt. Er überlegt, ob Attachés dort wohnen, Gesandte, Honoratioren. Wie kann zugleich die Art von Mädchen, die er sucht, hier wohnen? Er vergewissert sich noch einmal wegen der Adresse. Er ist im richtigen Haus.

Innen. Eingangshalle / Tanyas Apartmenthaus. Tag.

Im Foyer stehen ein Springbrunnen und ein Wald aus Kletterpflanzen und Blumen – Adrian ist in ein Bild von Monet geraten. Es gibt einen eisernen Aufzug, direkt aus einem alten Pariser Hotel gestohlen. Er zieht an einem Griff, und das Eisengitter läßt sich ohne Widerstand zusammenschieben. Er schließt die Tür mit einem Klicken, drückt einen Knopf, und der Korb setzt sich in Bewegung. Langsam, ganz langsam trägt er den kräftigen Mann nach oben. Der Brunnen bleibt unter ihm zurück, und nun riecht er Oleanderduft in den obersten Luftschichten des Foyers. Adrian King fährt leibhaftig zum Himmel auf.

Innen. Tanyas Wohnung. Tag.

Sie serviert ihm Tee ohne Milch, in einem eleganten Glas wie eine Perserin, und setzt sich ganz nah neben ihn. Eine umwerfende Brünette. Wunderschöne Stimme, hochintelligent. Das ist schon nach ihren ersten Worten zum Thema Amerika klar. Sie hat gerade ein halbes Jahr in Dallas zugebracht.

TANYA: Hier in Großbritannien schämen sich die Leute, wenn sie reich und erfolgreich und berühmt sind … drüben in Amerika machen die Leute ein Schauspiel daraus, daß sie sich schämen, weil sie reich und erfolgreich und berühmt sind.

Adrian lacht, und es ist nicht gekünstelt. Was für eine Frau. Er fühlt sich sofort zu ihr hingezogen und weiß es, und er muß sich ermahnen, daß er nicht hier ist, um den verliebten Alten zu spielen und unter dem Blick ihrer Augen dahinzuschmelzen wie ein Trottel. Er bemüht sich nach

Kräften, seine unerfüllbaren Wünsche zu unterdrücken, und versucht ihr so wenig wie möglich in die Augen zu blicken, diese schwarzen Lagunen. Und bis sie auf Donald kommen, fuchtelt er ununterbrochen mit den Händen.

Sie gibt ihm nur die notwendigsten Informationen über sich, sie wahrt ihre Geheimnisse, während er redet, als säße er in einer Talkshow. Thema des Abends: Männer, deren Frauen untreu sind, die aber nicht den Mumm haben, sie vor die Tür zu setzen.

Tanya, Mitte zwanzig, Vater Russe aus der georgischen Steppe, Mutter Engländerin. Kommt mit neunzehn als Urlauberin ins Land und bleibt. Wespentaille, Körbchengröße C, Sternzeichen Stier, eine Stimme, mit der sie Ozeane beschwichtigen könnte. Beim Geschäftlichen wirkt sie nicht wie eine Prostituierte, eher wie eine Headhunterin der Industrie, die für bestimmte Positionen den besten Kandidaten sucht. Sie läßt sich nicht für Sex bezahlen, sie verkauft ihre Schönheit pro Stunde. Nur wenige können sich sie leisten. Sie schreibt ihr Honorar auf ein Blatt Papier und schiebt es, beschriebene Seite nach unten, über den Couchtisch.

Adrian *(liest)*: Nein. Das ist in Ordnung. *(Faltet es zusammen und steckt es in die Brusttasche.)* Ich weiß nicht, wieviel Roy Ihnen schon erzählt hat.

Tanya: Sie haben einen jungen Freund. Mehr weiß ich nicht.

Adrian: Aber nicht einfach nur ein junger Mann. Lassen Sie mich erklären. Haben wir etwas Zeit? Ich meine, muß ich hierfür schon zahlen?

Tanya *(lächelt)*: Nein. Dafür zahlen Sie nicht.

Adrians polare Eiskappen schmelzen; New York, London und Amsterdam stehen unter Wasser, und sein Verstand sieht zu, daß er sich in höhere Regionen rettet, bevor die Flut einläuft.

Innen. Restaurant. Tag.

Die beiden allein beim Mittagessen. Tanya hört aufmerksam zu. Adrian beschreibt ihr Donald mit all seinen Facetten, und es kommen ihm sogar noch ein paar neue Erkenntnisse über den Jungen, Gedanken, die er noch gar nicht formuliert hatte. Am Ende hat er das Gefühl, er hat mehr gelernt, als er weitergegeben hat.

Er bestellt ein Hauptgericht, sie nur eine Vorspeise. Sie muß auf die Figur achten. Ihm soll es recht sein. Die Rechnungen häufen sich. Fast vierhundert Pfund (das Essen und die vorherigen Kandidatinnen), und Tanya hat noch gar nichts getan.

Er trinkt seinen Wein (sie Mineralwasser), und dazu beschreibt er ihr einen vierzehnjährigen Jungen, verblüffend erwachsen in mancher Hinsicht, in anderer noch ein Kind, ein ausgesprochen begabter junger Comiczeichner, aber ohne jeden Willen, gegen die lebensbedrohende Krankheit anzukämpfen, bereit, sein Leben aufzugeben, geradezu selbstmörderisch bisweilen. Unter der Oberfläche zerfressen ihn die Tumore. Dann trifft er ein junges Mädchen. Das Leben kehrt zurück. Eine einfache Erfahrung, eine erste Verabredung, das genügt schon. Zeitweise Besserung, es sieht aus, als ob er den Kampf gewinnt. Aber zu spät. Es haben sich Metastasen gebildet, und er ist wieder am Boden. Diesmal ist es aussichtslos, aber der Junge kann seinen

Lebensdrang nicht auslöschen. Er hat einen letzten Wunsch. Donald hat ihm zu verstehen gegeben, daß er sein Ableben verschieben will, um noch eine letzte Erfahrung zu machen. Aber es darf nichts Gewöhnliches sein. Das ist die Bedingung, die er stellt. Es muß – das beste Wort dafür ist *unwirklich*. Es muß unwirklich sein.

Unwirklich? Adrian erklärt seine verschwommene Vorstellung.

Adrian: Soweit ich sehe, soll es für ihn die erste und letzte große Erfahrung in seinem Leben sein. Es geht um … das Wesentliche. Er fühlt sich vom Leben betrogen und will noch etwas von der Welt haben, bevor er sich von allem verabschiedet. Deshalb muß das ganze Leben, einfach alles, zu diesem einen Ereignis verdichtet werden. Die Nacht seines Lebens. Danach gibt es wahrscheinlich nur noch Verzweiflung und das Ende. Verzeihen Sie. Ich verlange Unmögliches von Ihnen.

Tanya nickt. Sie schreckt nicht zurück. Sie hat genau verstanden, was er sagt.

Tanya: Nein. Ich denke, ich weiß, was Sie meinen. Und ich finde, was Sie da tun, ist sehr …

Adrian: Bitte, ich wüßte gern, was Sie an dieser Stelle sagen wollten.

Tanya: … gut. Großherzig. Was das letzte angeht – es kommt nicht selten vor, daß meine Klienten von mir »alles« wollen. Sie sollten hören, was Männer so an »Sonderwünschen« haben …

Das ist der Punkt, an dem Adrian durch den Kopf geht, daß ihr Honorar letzten Endes günstig ist: 500 Pfund. Er flirtet sogar mit der Idee, ihre Nummer aufzubewahren, in seiner Sockenschublade, und sie selbst anzurufen. Fünfhundert für die Nacht seines Lebens? Dafür, daß er das Wesentliche findet? Spottbillig. Aber dann streicht er den Gedanken wieder. Er darf nicht zulassen, daß Donalds Leben Metastasen in seinem eigenen bildet.

TANYA: Sie tun etwas Gutes für diesen Jungen.

ADRIAN: Seltsam, aber meine Vorgesetzten würden das ganz anders sehen.

TANYA: Wen kümmert das. Er soll das Leben umarmen.

Und was für eine Umarmung das wird, denkt Adrian. Ja, er soll es umarmen. Und für einen Jungen in seinem Alter, gab es da ein besseres Symbol für das Leben, das er umarmen sollte, als diese großartige Frau?

ADRIAN: Er ist ein wunderbarer, wunderbarer Junge.

Er holt seine Brieftasche hervor, aber das ist ein Fauxpas. Sie schüttelt den Kopf, hebt abwehrend die Hand, und so steckt er sein Geld wieder ein. In diesem Augenblick sieht er sie als ein Gemälde von Hogarth, die Dame des Hauses im ersten Bild der Serie *Before and After*, die ein unsittliches Angebot ablehnt. Adrian hat sich das Bild mit Donald im Victoria & Albert angesehen, einen der großen Vorläufer des Comics: Mit erhobener rechter Hand weist die junge Dame einen Antragsteller ab, aber nur bis zum zweiten Bild, wo man sie nach gehabtem Vergnügen daliegen sieht, rotgesichtig, den Rock gehoben, und nun erkennt man, was die Ablehnung in Wirklichkeit war: ein Spiel, ein wichtiger Teil des Liebeswerbens, nur ein Trick, um die Erregung zu steigern.

Innen. Onkologie / Krankenhaus. Tag.

Donalds Vorhänge sind geschlossen, seit der Wäsche eine halbe Stunde zuvor. Er zeichnet eine neue MiracleMan-Episode und schreibt die Sprechblasen und wartet, daß die Vorhänge zurückgezogen werden. Doch als das schließlich geschieht, ist er nicht vorbereitet auf den Anblick von …

Shelly.

Shelly: Hi.

Shelly steht an seinem Bett.

Shelly: Wie geht's dem Karatekid?

Shelly steht da, leibhaftig.

Shelly: Ist »Hallo« zuviel verlangt?

Shelly steht da, leibhaftig, in ihrer gelben Strickjacke.

Mann, das ist entschieden zu surreal. Viel zu surreal!

Shelly: Ist »Hallo« zuviel verlangt? *(Nichts.)* Ist das so 'ne Art Schweigegelübde? *(Nichts.)* Na jedenfalls war ich in letzter Zeit öfter auf dem Klo und du warst nirgends mehr zu sehen. Da hab ich mir Sorgen gemacht.

Donald starrt sie mit weit aufgerissenen Augen an, unfähig, ein Wort herauszubringen, nicht einmal die häßlichen Worte, mit denen man Überraschung zum Ausdruck bringen kann. Nichts für Shelly, *nada*. Und sie wird verlegen, fühlt sich zurückgestoßen, es ist nicht so, wie sie es sich vorgestellt hatte, und ihr Lächeln verblaßt.

Shelly: O.K., dann … ich … dann sollte ich jetzt wohl besser gehen. Wollte ja nur mal … gut, dann … bye. Ich hätte wohl besser … ich meine … *(Stürmt davon.)*

Donald *(findet seine Sprache erst wieder, als es zu spät ist, und kann nur noch zu seinem eigenen elenden Ich sprechen)*: Du … be … scheuerter … VOLL … idiot.

Er schließt die Augen. Idiot, Idiot, Idiot, was für ein absoluter unmöglicher Riesentrottel! Man sollte ihm den Gnadenschuß geben, Euthanasie, irgendwas in der Art. Wie groß war die Chance, die er da gerade vertan hat? Das Mädchen ist hergekommen, an *sein* Bett, zu *ihm*, ihm, sie wollte mit ihm reden, und dann ist sie davongelaufen – und er will sich gar nicht ausmalen, mit was für Gedanken im Kopf. Das weiß der Himmel. Shelly, Shelly, Shelly. Oooooh! Bitte komm zurück!

Er hört, wie der Vorhang um das Bett des Luftröhrenmanns mit einer raschen Bewegung aufgezogen wird, und das Bett am Fenster ist leer. Wo ist der Luftröhrenmann? Nirgends zu sehen. Er ist nicht mehr da! Die Sachen des Mannes sind weggeräumt. Wo seine Golferzeitschriften lagen, nichts mehr. Keine Spur von den Blumen, die ihm die Krankenschwester gebracht hatte, weil niemand ihn besuchen kam. Nur ein frisch gemachtes Bett (krankenhaustypisch gefaltet) am Fenster, leer unter dem weiten Himmel.

Don hatte es nicht gemerkt. Sicher, unter seinem eigenen Vorhang hatte er die Räder einer fahrbaren Trage gesehen, er hatte Geräusche gehört und wußte, daß etwas vorging, aber er hatte gedacht, es ist der übliche Soundtrack, jemand wird abgeholt zur Radiologie. Und kein einziger Laut vom Luftröhrenmann. Eine Schwester mußte ihn gefunden und rasch alle Vorhänge zugezogen haben. Die alte Reibeisenstimme war verstummt.

Don spürt einen Kloß so dick wie ein Golfball im Hals. Shelly ist fort. Und der Luftröhrenmann ist tot. Fort. Tot. **Piff – paff!** Linker und rechter Haken in die Magengrube. Aber er läßt seine Gefühle nicht hochkommen, er reißt sich zusammen, er atmet tief durch und zwingt den Schrecken nieder, er greift zu seinem Stift, eine Reflexbewegung, hält ihn über einem leeren Bild seines Comics. Leben ist Scheiße. Er zeichnet, was das Zeug hält, er tut es für den Luftröhrenmann, stürzt sich aus dem megabreiten Panorama des vorigen Bilds in einen Super-Close-up im modernen Stil (Stan Lee oder später), und die komische Story wird mit einemmal ernst. Leben ist Scheiße. Keine unerwartete Wendung hier, Junge, keine Rettung in letzter Sekunde. Kommt nicht in die Tüte. »Ich bring die Scheißgeschichte hier und jetzt zu Ende«, denkt er, »ein *deus ex machina*«, hätte Bruder Max, sein Englischlehrer, gesagt, und zeichnet ein Bild, das er nicht vorausgesehen hätte, eine Menschenhand, Mittel-, Ring- und kleiner Finger gekrümmt, so daß nur Zeigefinger und Daumen bleiben, die ...

... eine Pistole umklammern, eine Waffe, die er extrem genau in allen Einzelheiten zeichnet (woher weiß ein Vierzehnjähriger solche Dinge?), und die Mündung verschwindet im Mund eines Menschen, Lippen halten den Stahl umschlossen, und als letztes fügt er darüber noch ein lebensmüdes Augenpaar hinzu, die feuchten Augen eines Mannes, dessen sagenhafte Überlebenskraft ihn nun auch nicht mehr retten kann und dessen Ende, von eigener Hand herbeigeführt, nur noch ein einziges Bild entfernt ist.

Und dann erscheint Adrian. Mit strahlenden Augen steht er am Fuß des Bettes. Das wahre Leben kehrt zurück.

DONALD: Wo haben Sie gesteckt?

ADRIAN: Beschäftigt.

DONALD: Ich bin hier fast verrückt geworden. Und?

ADRIAN: Wie fühlst du dich?

DONALD: Wunderbar. Die letzte Stunde war ein Gedicht, Spaß wie nie. Ich muß hier raus.

ADRIAN: Morgen abend.

DONALD: Sie machen Witze.

ADRIAN: Wenn du es immer noch willst.

DONALD: Ist das Ihr Ernst?

ADRIAN: Ist es *dein* Ernst?

Donald starrt Adrian an. Adrian starrt Donald an. Ja, denkt Donald. Das ist für sein Leiden die perfekte Medizin. Und wenn er das genauso verdirbt wie gerade die Sache mit Shelly, dann kann er auch genausogut jetzt gleich gehen und dem Luftröhrenmann Gesellschaft leisten.

DONALD: Ich bin dabei.

ADRIAN: Wenn du dir sicher bist.

DONALD: Ich bin mir sicher.

ADRIAN: Du scheinst ein wenig ... aufgeregt. Wir sollten in Ruhe darüber nachdenken.

DONALD: Nein. Ich habe nur einfach ... nicht damit gerechnet, daß Sie das wirklich machen. Das ist alles.

ADRIAN: Donald. Wir müssen es nicht tun. Wenn du nicht dazu bereit bist.

DONALD: Haben Sie ein Bild?

Adrian holt ein Foto aus der Brusttasche und reicht es ihm. Donald sieht es an, dann sieht er wieder Adrian an, dann das Foto, Adrian, das Foto.

DONALD: Das kann ich nicht glauben. *Das* ist sie?

ADRIAN: Ja.

Verzückt betrachtet Donald das Bild.

DONALD: Das ist sie.

ADRIAN: Ich weiß.

DONALD: Sie haben sie gefunden.

ADRIAN: Ich weiß.

Innen. Onkologie / Krankenhaus. Tag.

Michael und Raff haben sich auf Donalds Bett gelümmelt, zeigen keinerlei Respekt vor, kein Mitleid mit dem Kranken. Allerdings muß man ihnen zugute halten, daß Donald auch schon seit Monaten nicht mehr so gesund ausgesehen hat.

RAFF: Du willst … Was?!!

DONALD *(mit gesenkter Stimme)*: Morgen abend. Hier. Seht sie euch an.

Donald reicht Michael das Foto. Raff blickt ihm über die Schulter. Die Jungen starren es mit offenen Mäulern an.

MICHAEL *(kaum mehr als ein Japsen)*: Heilige Scheiße …

RAFF: Das gibt's doch nicht.

MICHAEL: Don, du gehst mit Lara Croft ins Bett.

DONALD *(mit gesenkter Stimme)*: Ich weiß. Ich weiß. Volltreffer.

Donalds Blick wandert zu dem Bett am Fenster, verweilt dort aber nicht. Don will sich die Hochstimmung nicht verderben lassen.

RAFF *(studiert das Foto)*: Lara Crofts ältere Schwester. Die ist mindestens fünfundzwanzig.

MICHAEL: Ist doch scheißegal. Angelina Jolie war auch fünfundzwanzig, als sie Lara Croft gespielt hat. Wen interessiert das schon. Und wer ist das?

DON: Sie ist eine Nutte.

Michael und Raff stehen kurz vor dem Blutsturz.

MICHAEL: Wie bitte?

RAFF: Wie hast du… ?

DONALD: Pssst. Das dürft ihr niemandem erzählen. Ein Doktor hier hat das für mich organisiert, und es ist *top secret*, klar?

MICHAEL *(starrt das Foto an, hört überhaupt nicht zu)*: Das Mädchen soll eine…

RAFF: Danach bin ich dran. Mann, das ist so überfällig, das bringt mich noch um.

DONALD: Überfällig? Ich dachte, du… Du hast doch…

Raff sieht Donald an, dann Michael, dann Donald.

MICHAEL: Der hat soviel mit sich zu tun, da haben die Mädels überhaupt keine Chance.

DONALD *(schaut Michael an)*: Und was ist mit dir?

MICHAEL: Na ja… ich hab da ein Mädchen, mit dem versteh ich mich total gut. Noch ein, zwei Wochen – und rummms! Kannst du mir glauben. Ich spür das.

DONALD: Gebt mir mein Bild zurück, ihr Nieten. Ihr zwei Wichser.

RAFF: Kommt nicht in Frage. Das behalt ich. Du kriegst den Arsch, wir kriegen wenigstens das Bild.

Nach einigem Schweigen…

MICHAEL *(sehnsüchtig)*: Mann, ich möcht Patient in dem Laden hier sein.

Innen. Adrians Sprechzimmer. Tag.

Als Adrian an diesem Morgen eintrifft, ein wenig verspätet – ein Besucher hat ihm seinen reservierten Parkplatz weggeschnappt –, ist zu seiner Überraschung der Neun-Uhr-Patient schon da. Soviel er weiß, hat er um neun

Uhr keinen Termin. Jedenfalls nicht daß er sich erinnern könnte. Es ist Donald. Er sitzt auf Adrians Stuhl, ganz nach hinten gelehnt, die Vanettes auf dem Schreibtisch, in Schlafanzug und Bademantel. In der Hand hat er Adrians gerahmtes Foto von Sophie.

Donald *(grinst)*: Der große Tag.

Adrian: Du solltest dich ausruhen.

Adrian zieht seinen Mantel aus und hängt ihn an den Haken, und Donald widmet sich wieder der Inspektion des Fotos.

Donald: Tolle Frau. Bei der würd ich den ganzen Tag lang bleiben, rund um die Uhr.

Adrian: So einfach ist das nicht.

Donald: Warum nicht? Neun oder zehn Punkte von zehn. Die ist geil. *(Sieht, daß Adrian ihn mißversteht.)* Sieht toll aus. Wieso wohnen Sie nicht zusammen?

Adrian: Es ist einfach besser so.

Donald: Oh, verstehe. Sie haben ’ne andere. Stimmt’s?

Adrian: Nein. Nein. *(Pause.)* Überhaupt nicht.

Donald macht große Augen.

Donald: Oh … oh, jetzt kapier ich’s, Mann – okay – also *sie* hat … klar, jetzt kapier ich’s. Scheiße, Mann … Schmeißen Sie das Dreckstück raus. Ehrlich.

Adrian setzt sich auf den unbequemen Patientenstuhl mit der aufrechten Lehne.

Adrian: Das Leben ist kein Comic, Donald. Nicht alles ist schwarz oder weiß.

Donald: Nicht? Mann, für einen Psychologen sind Sie ganz schön verkorkst. Ich mein das ernst. Das Leben ist kurz, mein Freund. Lassen Sie sich das gesagt sein.

Schmeißen. Sie. Das. Dreck-. -stück. Raus. Oder kriegen Sie da 'nen Kick von? Wenn nicht, dann weg mit ihr.

Adrian preßt den Rücken gegen die Rückenlehne, er möchte sie nach hinten kippen, so weit nach hinten, wie es geht – ein Luxus, den es bei dem Patientenstuhl nicht gibt –, und ihm bleibt nichts anderes übrig, als aufrecht sitzen zu bleiben und das Röntgenbild von seinem Privatleben anzusehen, das dieser Junge gerade aufgenommen hat, die unerbittliche Diagnose, die aus der unerbittlichen Beweislage folgt, deutlich auf dem Bild zu sehen, ein eindeutig bösartiger Tumor mitten in seinem Herzen, und leider an einer Stelle, an der eine Operation nicht möglich ist. Der unerwartete Fund läßt das Blut in seinen Adern gefrieren. Und zur Abwechslung ist er es einmal, der die Nachricht von der tödlichen Krankheit erhält. Zur Abwechslung ist er es, der zu hören bekommt – und nicht gerade mitfühlend aus dem Mund eines gewissen Donald F. Delpe – *Tut mir leid, die Sache sieht nicht gut aus.* Donalds Diagnose scheint möglich und unmöglich zugleich. Absurd und doch so offensichtlich, daß er nicht daran zweifeln kann. Aber im Grunde trifft sie wohl hundertprozentig zu. Es gibt kaum einen Anlaß zu hoffen, daß sie falsch sein könnte.

Innen. Krankenhaus. Nacht.

Tiefe Stille. Bohnerwachs mit Zitronenaroma. Verlassene Gänge. Die Lichter der Station zum Schlafen heruntergedreht. Personal auf ein Minimum reduziert. Kein Mensch zu sehen. Auf geht's.

Natürlich ist es Wahnsinn. Und doch hat dieser gemeinsame Wahnsinn etwas Unwiderstehliches, dem keine Analyse und kein Zweifel etwas anhaben können. Manchmal haben die Leute es einfach satt, daß ihr Leben von Angst beherrscht wird; sie wollen einfach den Zünder der Bombe in Gang setzen und sehen, was es mit ihnen, mit ihrem Leben auf sich hat, solange die Uhr tickt.

Die Uhr tickt.

Donalds erste Nacht mit einer Frau. Er tritt aus der Garderobe der Krankenstation; er trägt eine Sonnenbrille und einen alten italienischen Mantel, den Adrian nicht mehr braucht. Er sieht zum Schießen aus, das weiß er. Roy kommt mit einem Rollstuhl, Donald setzt sich hinein, und Roy schiebt ihn den Gang hinunter und schließlich zur Tür hinaus.

Innen. Adrians Wagen. Nacht.

Auf der Fahrt hört Donald sich Rap auf seinem iPod an; Adrian kann die Bässe noch durch den Verkehrslärm hören. Der Junge nickt zu dem unablässigen Wumm-tsching-wumm-wumm-tsching mit dem Kopf, und es ist deutlich zu sehen, wie er in Trance gerät.

Die Denkblase, die über Dons Kopf schwebt, während er still auf dem Beifahrersitz vor sich hin starrt, hat etwas vom Kommentar eines Kinotrailers, die übliche salbadernde Baritonstimme, die zum Krachen der Actionszenen vor sich hin schwadroniert: »*Zwei Männer im Wettlauf gegen die Zeit… zwei Männer… unterwegs zu* einer *Frau.*« Orchestereinsatz: *Dum Dum Dum*… bombastisch-symphonisches Anschwellen… »*Wird er seinen Schwanz noch… in ihre Dose bekommen… bevor die Mächte des Schicksals… sie beide hinwegfegen?*« Die Musik strebt ihrem Höhepunkt zu, als der Titel nun endlich in zwei Schwällen auf die Leinwand spritzt, zuerst die dreifache Detonation: *Superfucker 2*; und dann, **KSCHHHHH** (Geräusch implodierender Fernsehgeräte): *Der Hengst kehrt zurück.*

Und als könne man das alles hören, dreht der erfahrene Psychologe den Kopf und sieht ihn an. Der Junge scheint zu allem bereit, als ob er schon seit Jahren zu Prostituierten geht. Don erwidert den Blick. Aufgeregt, erwartungsvoll, nervös.

Donald *(zieht sich abrupt die Stöpsel aus den Ohren)*: Oh, he. Kann ich noch eine Rose besorgen?

Adrian: Eine Rose? Gut.

Donald: Ja. 'ne einzelne Rose. Wär doch cool, oder?

Adrian: Ja, stimmt. Schöne Idee.

Ein Profi, dieser Junge. Ein echter Profi.

Innen. Eingangshalle / Tanyas Wohnung. Nacht.

Donald: Kommen Sie mit rein?

Adrian: Möchtest du das?

Donald: Ja. Glaub schon.

Adrian: Dann ja.

Innen. Tanyas Wohnung. Nacht.

Adrian (der Trainer) und Donald (der Preisboxer) warten auf Tanya (den Gegner). Die Spielstrategie sieht wie folgt aus. Adrian wird hier warten, Donald geht mit Tanya ins Schlafzimmer. Don und sie werden eine bis anderthalb Stunden für sich haben. Das ist die Zeitspanne, für die mit etwas Glück Donalds Abwesenheit aus dem Krankenzimmer unbemerkt bleibt. *Tick… tick… tick… tick…*

ADRIAN *(leise)*: Sei … einfach nur du selbst. Laß dir Zeit.

Er hört sich tatsächlich wie ein Trainer an.

DONALD: Gut. In Ordnung.

ADRIAN: Stell es dir wie Schwergewichtsboxen vor. Es gibt zwölf Runden. Teil deine Kräfte ein. Du willst ja nicht gleich in der ersten Runde k.o. gehen.

DONALD: Was heißt das?

ADRIAN: Keine Ahnung.

Inzwischen spürt Adrian, wie nervös er selbst ist, er spürt die Schmetterlinge in seinem Bauch, und wie muß sich da Don erst fühlen?

DONALD: Ich dachte, ich stürz mich einfach auf sie und bumse, bis sie nicht mehr kann.

ADRIAN: Na, du hast ja offenbar deine Vorstellungen. Der Abend gehört dir. Und ich hoffe, er ist … ich hoffe, er wird … alles was du dir … ich hoffe …

Dann sieht Donald etwas hinter Adrians Rücken.

DONALD *(reißt die Augen auf)*: Wow.

Tanya tritt endlich in Erscheinung. Beide Männer starren sie an. Ein Seidenkleid. Das Haar gelöst. Eine Silhouette in der Tür. Dramatisches Gegenlicht. Weichzeichner an den Kanten. Unmögliche Wespentaille. Unwirklich. Ja, unwirklich. Sie hat es geschafft. Großartige Frau. Später als Stan Lee, steht in Donalds Denkblase, vielleicht sogar Frank Miller, seine *Daredevil*-Arbeiten aus den frühen Achtzigern.

DONALD *(flüstert, zu ADRIAN)*: Kunst.

ADRIAN *(unwillkürlich)*: Ständer-City.

DONALD: Kein Dreizack in Sicht.

Tanya kommt näher und tritt ins Licht. Und alles, jedes einzelne Photon, flirrt. Dieses Näherkommen ist ein atemberaubendes Glissando, sie schwebt wie ein Geist, ein Special Effect. Sie langt bei Donald an wie von unsichtbaren Drähten gesteuert.

TANYA: Dann mußt du Donald sein. Hallo.

Sie schüttelt Donald die Hand, aber alle Knochen darin haben sich aufgelöst, und sie hängt schlaff in der ihren. In ihren hochhackigen Schuhen schwebt sie so hoch über ihm, daß Donald zur Miniatur wird, zum Liliputaner, und er starrt mit offenem Munde auf zu dieser Plakatschönheit, die zum echten, üppigen, blühenden Leben erwacht ist.

TANYA: Ich bin Tanya. Du siehst gut aus. Adrian hat mir nicht gesagt, daß du so ein hübscher Junge bist. Sollen wir uns hinsetzen und uns ein wenig kennenlernen?

Donald nickt, den Kopf auf einer Sprungfeder, und die Feder sagt *boing-boing-boing*.

DONALD: Okay.

Als er ihr zum Sofa folgt, begreift er zum ersten Mal, wie dreidimensional sie ist – heruntergestiegen von der Plakatwand, herausgetreten aus seinen Comicträumen –, und er wirft Adrian einen begeisterten Blick zu, dann ein Zwinkern.

Adrian setzt sich in einen Sessel in der Ecke und müht sich nach Kräften, so zu tun, als lese er in einer Zeitschrift, während Tanya und Donald sich unterhalten – Tanya der Inbegriff einer Geisha, die vom ersten Augenblick an etwas bietet für ihr Geld. Sie ist eine Frau, die selbst die Sphinx zum Leben erwecken könnte, und schon bald löst Donald seine verschränkten Arme und legt die Füße mit den Turnschuhen auf den Couchtisch. Adrian hält sich dezent zurück, tut, als sei er unsichtbar; nur wenn er Tanya lachen hört, gestattet er sich einen Blick. Don der Komiker sitzt da mit einem Grinsen, das man sonst nur bei Katzen in Edam sieht.

TANYA: Nun? Bist du bereit? Ja? *(DONALD nickt.)* Dann komm.

DONALD *(atemlos)*: Die Show beginnt. Rock-'n'-Roll.

TANYA *(zu ADRIAN)*: Ich glaube, wir gehen jetzt nach nebenan. Machen Sie es sich gemütlich.

ADRIAN: Oh. Sicher. Wunderbar.

Tanya dreht mit der Fernbedienung die Musik lauter (Bar-Jazz), nimmt Donald bei der Hand und führt ihn zum Schlafzimmer. In der Tür, auf der Schwelle, bleibt Donald stehen und zeigt Adrian die triumphierend erhobene Faust, grinst, und dann verschwindet er nach nebenan. Lautlos schließt sich die Tür.

Mit der Herzfrequenz eines Kolibris stellt sich Adrian auf eine Wartezeit von unbekannter Länge ein. Er spürt in diesem Moment einen Anflug von Neid, etwas in seinen eigenen Lenden regt sich, nimmt Anteil. In seinen Gedanken ist er jetzt selbst wieder vierzehn, ein Junge, damals, als die Vorstellung, selbst einmal eine Schönheit in den Armen zu halten, noch nichts als ein Traumbild war: *Er* sollte dort drin sein und wieder lernen, was Lust ist. Lieber Himmel, er ist doch gerade einmal zweiundfünfzig! Vielleicht wird er noch 104. Warum glaubt er denn, daß für ihn alles vorbei ist? Er verdient es, zu begehren und begehrt zu werden, oder etwa nicht? Warum kann nicht auch er seine Freude haben? Aber sofort melden sich die alten warnenden Stimmen: Du bist zweiundfünfzig! Denk an deine Karriere, deine Verpflichtungen, an euer Arrangement, an die tiefe Liebe, die du noch immer für deine Frau empfindest, und sie, selbst jetzt noch, für dich. Setz das nicht alles aufs Spiel. Nein, er kann es sich nicht leisten, in diesem Alter allein zu sein. Sein wahres Talent liegt darin, sich zu fügen, sich in sein Schicksal zu fügen: das ist es, was die Persönlichkeit von Dr. Adrian King ausmacht. Und doch, und doch – wenn er nun auf seine Armbanduhr schaut, wenn er sich hin und her wiegt und bald knapp vierzig Jahre jünger, bald vierzig Jahre älter scheint – jeder Mensch hat Phantasie, und mit den Phantasien kommt auch die Sehnsucht und mit der Sehnsucht jugendliche Hoffnung. Also, wie alt ist er? Vierzehn oder zweiundfünfzig? Er ist keines und beides zugleich. Er ist Arzt und Patient, der Weise und der Narr, jetzt wo er eine gewisse Schlafzimmertür ansieht und denkt: Was habe ich nur getan? Was habe ich getan? Was *habe* ich getan?

Innen. Adrians Wagen. Nacht.

Adrian fährt den Jungen zurück. Menschenleere Geschäftsstraßen. Straßenlampen erzeugen im Wagen ein rhythmisches Pulsieren, ein Stroboskop, das einen Fahrer mittleren Alters beleuchtet, nachdenklich, stumm, schwindlig von einer Überdosis Adrenalin, und einen jungen Mann, auch er schweigsam, strahlend, und nicht weil er das Halogenlicht reflektiert, sondern weil er ein neues Geheimnis in sich birgt und es anscheinend überhaupt nicht eilig hat, es zu teilen.

Donald beugt sich vor und hebt etwas vom Boden auf. Eine Rose.

DONALD: Oh. Ich hab vergessen, ihr die Blume zu geben! Mist!

ADRIAN: Da hatte ich auch nicht mehr dran gedacht.

Donald zieht an dem Backpack in seinem Schoß den Reißverschluß auf und steckt die einzelne Blume hinein, ganz vorsichtig, damit auch kein Blütenblatt beschädigt wird. Schließlich hält Adrian es vor Neugier nicht mehr aus.

ADRIAN: Bist du glücklich, Donald?

DONALD: Glücklich? *Glücklich?* Machen Sie Witze? Glücklich. Das war der beste Augenblick in meinem Leben.

ADRIAN: Ehrlich? War es so, wie du es dir vorgestellt hattest?

DONALD *(begeistert)*: Es war… Mann, das war… Wahnsinn.

ADRIAN: Ehrlich? Das ist … na, das ist …

DONALD *(träumerisch)*: Wahnsinn.

ADRIAN: … großartig. Ich bin so … ich kann dir gar nicht sagen, wie sehr ich mich für dich freue. Es war die Sache also wert?

DONALD: Machen Sie Witze?

Innen. Tanyas Schlafzimmer. Nacht.

Die Welt in einem Zerrspiegel. Ein Sprung durch die Zeit, ein Backflip, ein Flashback, ein wirbelndes psychedelisches Kaleidoskop, in dem er zu Tanyas Schlafzimmer zurückkehrt, zu dem Moment, als Tanya, nachdem sie Donald ins Zimmer geführt und die Tür geschlossen hat, ihr Kleid abstreift und auf ihn zukommt. Don steht der Mund offen. Das Spiel beginnt. Abblende. Ende der Geschichte. Oder zumindest der jugendfreien Fassung.

Nein, so geht das nicht. Noch einmal von vorn. Wie wäre es mit der Ab-16-Fassung? Tanya führt Don ins Boudoir. Gleich darauf tritt sie ein paar Schritte zurück. Sie streift die Träger ihres Kleides über die Schultern. Das Kleid gleitet zu Boden, und man sieht ihren Körper in BH und Höschen und hochhackigen Schuhen im Dämmerlicht. Was für eine Frau! Donald lächelt. Abblende. Ende der Geschichte.

Noch einmal von vorn. Was sein muß, muß sein. Jetzt ist Donald überzeugt, daß man nicht nach diesem melancholischen Lächeln ausblenden kann. Ein solches Filmklischee wäre eine Lüge. Es *muß* ab 18 sein, die Wahrheit ist ein Porno, und er hat nicht die Absicht, sie zu zensieren. Jeder Herzschlag dieser Geschichte ist ein Bild in seiner Erinnerung, und nicht ein einziges davon wird auf dem Boden des Schneideraums landen. Vor seinem geistigen Auge erscheint die Sequenz in vierundzwanzig Einstellungen, jede davon bis auf die Sekunde kalkuliert, das Ganze unterteilt in drei Akte oder Stimmungen und Themen. Hier ist die Filmtrilogie, in Donalds selbstgezeichnetem Storyboard.

Erster Teil

Einstellung 1. Tanya läßt Donalds Hand los und entfernt sich von ihm, etwa sechs Schritte. Das Schlafzimmer ist ein großer Raum mit drei Fenstern. Es wird nur von Stehlampen erhellt, die es in ein warmes, rötliches Licht tauchen. Halbtotale. Die Einstellung dauert fünf Sekunden.

Einstellung 2. Großaufnahme von Donalds Augen, in denen sich seine wahren Gefühle zeigen. Sein Blick ist andächtig, ehrfürchtig, ein Bild der Verzückung im Angesicht von soviel Schönheit. Der Blick gleitet über ihren Körper. Vier Sekunden.

Einstellung 3. Schnitt von Donald als Betrachter zum Gegenstand seiner Betrachtung. Die engelsgleiche Gestalt in ihrer ganzen Pracht, Haar wie ein Wasserfall bis hinunter zur schmalen Taille, gerade, schlanke Schultern, ein Kleid aus schimmerndem Satin, das ihren Körper umspielt wie eine purpurne Wolke. Ihr Gang lasziv wie der eines Models auf dem Laufsteg, nur nicht so wiegend. Vier Sekunden.

Einstellung 4. Tanyas Hintern beim Gehen, vibrierende Halbkugeln mit perfektem Radius, dazwischen der Einschnitt. Vier Sekunden.

Einstellung 5. Das Auf und Ab ihrer Fersen, Zeitlupe, in den hochhackigen Slingpumps; darüber die Waden, schlank, muskulös, wie sie sich abwechselnd anspannen. Zwei Sekunden.

Einstellung 6. Drei goldene Armreifen umtanzen ihr rechtes Handgelenk, wenn ihr Arm bei jedem Schritt den Satinstoff berührt. Zwei Sekunden.

Einstellung 7. Und wieder Totale. Greift Master-Szene 1 auf. Sie dreht sich, Schultern zuerst, und die Haare folgen mit einer kurzen Verzögerung, ebenfalls in Zeitlupe.

Alles kommt langsam zur Ruhe: Schultern, Gesichtsausdruck, dann Kleid und Arme. Sie sieht ihn an. Der Bildaufbau unterstreicht die Art, wie sie sich zur Ikone stilisiert hat: Die Göttin erstrahlt in ihrem Goldglanz. Sechs Sekunden.

Einstellung 8. Eine Halbtotale zeigt die Wirkung all dessen auf Donald. Langsamer Lidschlag, heftiger Atem. Der junge Mann macht sich bereit. Der Anflug eines Lächelns, doch sogleich verschwindet es wieder, als sei das keine Zeit für Humor, als begreife er endlich, welchen Ernst diese Dinge verlangen. Fünf Sekunden.

Einstellung 9. Tanyas einfühlsames Gesicht. Sie sieht Donald an, ein leises Lächeln, das seine Anspannung lösen soll. Fünf Sekunden.

Einstellung 10. Wiederholung von Einstellung 8. Donald ist jetzt zum Zerreißen gespannt, macht sich bereit für die anstehende Aufgabe. Zwei Sekunden.

Einstellung 11. Tanya, Vollbild. Ihre Daumen bewegen sich zu den Trägern des Kleides und halten vier volle Sekunden lang inne, bevor sie das Kleidungsstück fallen läßt. In einem Hauch gleitet es zu Boden. Einem Windstoß. Die Purpurwolke hat sich gelichtet, die darunterliegende Landschaft ist nun klar zu erkennen, Berge, bedeckt mit feinem schwarzen Spitzenschnee, tiefe Täler. Zwei schmale schwarze Rinnsale durchqueren die Ebenen ihrer Hüften und treffen sich im V-förmigen Delta des String-Tangas. Sieben Sekunden.

Einstellung 12. Die Wirkung dieser Tat auf Donald. Er hält den Atem an. Gesicht unbeweglich. Ein Systemabsturz, Programmfehler; Daten verloren, das Bild auf dem Schirm unbeweglich. Drei Sekunden.

Damit endet der Erste Teil. Titel für dieses neunundvierzigsekündige Epos: *Junger Mann erlebt zum ersten Mal die Liebe mit großem S.*

Einstellung 13. Tanya kommt mit wiegenden Hüften auf Donald zu, das Klacken ihrer Absätze auf dem gebohnerten Holzfußboden der einzige Laut außer dem Soundtrack (Bar-Jazz). Seine Gedanken folgen ihrer Bewegung, ein Schwenk, bis die Kamera in der Halbtotale bei ihr verweilt, als sie ihren Besucher erreicht. Zum ersten Mal sind beide gemeinsam im Bild, keinen Meter mehr voneinander entfernt. Die Balkontür hinter ihr ist offen, und die Vorhänge bauschen sich im Wind. Mit ihren hohen Absätzen ist sie einen Kopf größer als er. Plötzlich sieht er sehr klein aus und sehr jung. Sie streift ihre Schuhe ab und schnippt sie geschickt mit dem großen Zeh beiseite; nun ist sie auf Augenhöhe. Mit beiden Händen greift sie hinter ihren Rükken, um den trägerlosen BH zu öffnen, und die abgewinkelten Ellbogen sind wie zwei Flügel: der gefallene Engel. Dreizehn Sekunden.

Einstellung 14. Schnitt. Rückenansicht von Tanya, über ihre Schulter sieht man Dons bebendes Gesicht. Ihre Finger, unscharf, am Verschluß des Büstenhalters, während die Kamera auf Donald fokussiert, der den Blick senkt, damit er erfassen, speichern, begreifen, verarbeiten, verstehen kann, damit er bereit ist für die Brust dieser Frau. Immer größere emotionale Anspannung steht ihm ins Gesicht geschrieben. Als der BH sich mit einem Schnippen löst, schluckt Donald schwer. Er starrt sie an, diesen Traum seiner Jungenjahre. *Siebenunddreißig Sekunden.*

Einstellung 15. Die Spannung bleibt, Tanya nach wie vor in Rückenansicht, jetzt mit etwas mehr Abstand, und die Hände gleiten, gleiten, gleiten ihren Gitarrenleib hinab, bis sie – bis sie das Gummiband des Tangas finden, das ihre Hüften umspannt. Donalds Blick folgt ihren Händen, betrachtet diese Hüften, als ihre Daumen sich unter das Band haken und beginnen, das Höschen abzustreifen. In diesem Moment dreht Tanya sich um, dreht sich anmutig, und mit gespielter Scham oder vielleicht auch, um Stromkosten zu sparen, geht sie und schaltet die hellste der Lampen aus, und dann endlich, mit dem Rücken zu ihm, zieht sie das Gummiband herunter. Was für eine Verführerin! Insgesamt zweiundzwanzig Sekunden. Ein Wunder des Chiaroscuro, der verhaltenen Andeutung, des Verdeckten, das mehr sagt als alles Offensichtliche.

Einstellung 16. Donalds Augen weiten sich. Er ist dermaßen aufgewühlt, daß ihm Tränen in die Augen treten. Vier Sekunden.

Einstellung 17. Wieder sehen wir die Szene mit Donalds Augen, doch diesmal in einer Folge von Großaufnahmen – das Gummiband eines String-Tangas, das nach unten gezogen wird, über die beiden Kuppeln hinweg. Drei Sekunden.

Einstellung 18. Donalds langsamer Lidschlag. Zwei Sekunden.

Einstellung 19. Das Gummiband immer noch auf dem Weg nach unten, über athletische Schenkel, dann Waden, bis es am Boden angelangt ist und Tanya, nackt, ihr Pistolenhalfter vom Fuß streift. Sie dreht sich zu Donald um, hebt die linke Hand und ermuntert ihn näher zu kommen. Die Zauberin. Sieben Sekunden.

Einstellung 20. Donald geht auf die Nackte zu. Je näher er kommt, desto weiter weicht sie zurück: sie ist ein Trugbild. Erst als sie am Bett angekommen ist, bleibt sie stehen und wartet dort auf ihn. Sein Herz scheint stillzustehen, als er schließlich wie angewiesen näher kommt, sich dem Liebesnest nähert, dem großen Himmelbett, er rollt voran, scheint es, wie die Kamera auf ihrem Wagen, gesteuert vom Leitstrahl ihrer Augen. Don auf Autopilot. Ein Meisterwerk der Vorprogrammierung. Der einzige Laut ist das leise Zirpen seiner Vanettes. *(Gespenstisch!)* Am Bett bleibt er stehen. Sie sitzt dort und lächelt ihn einladend an, dann lehnt sie sich langsam und sinnlich zurück, sanft wie ein Seufzen. Ihre Fingernägel, Lack für gut und gern hundert Pfund, gleiten über ihren Körper, als wollten sie alle Hügel und Täler mit Balsam bestreichen, den erotischen Leib salben, die schlanke, braune, voll erblühte Weiblichkeit, die auf ihn wartet, wie sie sich nun endlich dem Novizen darbietet, wie sie nun die Beine öffnet, öffnet, eine kleine Kluft in der Vollkommenheit. Dreiunddreißig Sekunden. Plötzlich sind wir in einem Hardcore-Film, jenseits der Freigabegrenzen, und Donald wirft seinen allerersten Blick auf – auf – auf …

Einstellung 21. Don starrt, ein Porno-Starren, keine Wimper zuckt. Sein Verstand ist zu sehr beschäftigt mit den 101 heiligen Namen für das gelobte Land, den von Klowänden gesammelten Ausdrücken, mit denen er und seine Freunde versucht haben, das Nirwana zu beschreiben: Muschi – Möse – Dose – Fotze – Feige – Mäuschen – Muff – Pelz – Pflaume – Stopfloch – Traumschiff – Disneyland – Landebahn – Auster – Büchse – Spalte – Schlitz – Bürste, Ausdrücke, die jetzt als Laufband über sein Gesicht ziehen wie die Börsenkurse auf CNN, und ein Schnitt bringt uns zu dem, was er da so anstarrt …

Einstellung 22. Der Venushügel in Nahaufnahme, die Fineliner-Schraffur (Künstlerqualität) ihrer Schamhaare, die Zerklüftungen und Verästelungen und im Inneren verborgenen Herausforderungen ihrer Genitalien, die sich ihm und uns öffnen: die Wirklichkeit.

Einstellung 23. Extreme Großaufnahme: Lippen öffnen sich. Doch es sind Donalds Lippen, und sie öffnen sich zur Steißgeburt eines Wortes: »Tnemom.« Er muß es auf der Zungenspitze umdrehen, damit es atmet.

DONALD: Moment.

Moment? *Moment?* Kamera stop. »Schnitt!« brüllt der Regisseur. Was geht hier vor? Hat der männliche Hauptdarsteller dieses Pornostreifens da gerade »Moment« gesagt?

Die Großmutter, die vom Dach stürzt, wird aufgefangen, fünf Zentimeter über dem Boden. Der Held durchtrennt den grünen Draht, und die Bombe ist entschärft. Die Uhr bleibt stehen, Augenblicke vor der Detonation. Titel des Zweiten Teils: *Wendung in letzter Sekunde.*

DONALD: Ich … äh … ich hab da eine Idee.

Innen. Adrians Wagen. Nacht.

Die schönste Nutte der Welt, schäumt Donald in einer Wolke von hektischen Denkblasen, und ich Idiot gehe hin und sage »Moment«. Er ist vielleicht ein Feigling, hat Schiß gehabt, ist am Ende doch noch ein Kind, aber für einen Comiczeichner ist das eine Frage des richtigen Spannungsaufbaus. Immerhin ist er vierzehn. Und es war sein erster Live-Porno. Er ist ja kein Zigarrenraucher im Direktorensessel, der jede Muschi gesehen hat, jedes Detail kennt, jede Körperöffnung. An die Wunder des weiblichen Körpers muß man sich erst *gewöhnen*. Eine Frau ist eine Herausforderung, das weiß er jetzt. Mit einer solchen Frau, das darf man nicht überstürzen. Da muß man erst hineinwachsen. Auf natürliche Weise. Stück für Stück. Falte um verzückende Falte. Tja, wer hätte das gedacht, steht über ihm. Soviel zum Thema Film: Das einzige, stellt sich jetzt heraus, worauf Filme einen vorbereiten, sind andere Filme. Wer hätte das gedacht.

Innen. Tanyas Wohnung. Nacht.

Dritter Teil

Einstellung 24. Der Stil hat sich vollkommen verändert. Es gibt keine Schnitte mehr. Keine einzelnen Momente werden stilisiert und herausgehoben. Handkamera, dokumentarisch, ungekünsteltes *cinéma-vérité*. Ziel: Die Wirklichkeit.

DONALD: Tut mir leid. Ich … Ich glaube, daß Sie vielleicht … daß ich einfach … könnten wir nicht … ?

TANYA: Was quält dich?

DONALD: … was anderes machen?

TANYA: Anderes?

DONALD: Ja.

TANYA: Okay. Was anderes? Okay. Was hattest du dir denn so vorgestellt, junger Mann? Was möchtest du gern tun?

DONALD: Ich habe eine Bitte. Ist das schlimm?

TANYA: Nein, glaub kaum. Und was?

Jetzt ist sie ein wenig neugierig, fragt sich, welche neue Verfeinerung dieser junge Herr dem üblichen Ablauf hinzufügen möchte. Sie lächelt. Sie ist so schön. Donald überlegt schon halb, ob er sich nicht doch an das Originalskript halten soll, die Dreharbeiten noch einmal von vorn beginnen, die Mannschaft neu zusammenrufen mit dem Kommando »Wir machen's noch mal«, statt daß er es jetzt mit einem abstrusen neuen Szenario versucht.

Sie beobachtet ihn aufmerksam und wartet auf seinen nächsten Schritt, und er holt, in das Futter am Saum seiner Jacke gesteckt ... seinen Reserve-Fineliner (Künstlerqualität), den er dort immer in einem Geheimfach hat.

TANYA: Und was hast du damit vor?

DONALD: Ich will Sie zeichnen. Wenn Sie nichts dagegen haben.

TANYA: Zeichnen?

DONALD: Ja. Das wär doch cool. Sie sehen so heiß aus. Das wäre ... irgendwie ... Ich würd Sie einfach gern zeichnen. Ist das schlimm?

Zu ihrer Überraschung findet sie sich auf unbekanntem Terrain und braucht ein paar Sekunden für die Antwort. Ja natürlich wird sie ihm Modell sitzen, wenn er das will. Und Don ist sich sicher, daß er das will. Er hat sogar genaue Vorstellungen, welche Haltung sie einnehmen soll. Liegend. Natürlich. Auf dem Bett. Auf der Seite, ein Knie leicht angewinkelt, Hüfte geschwungen, der Kopf auf den ausgestreckten Arm gestützt, das Haar offen: sein Schwarm von der Plakatwand. Sie geht zum Bett, befolgt seine plötzlich energischen Anweisungen. Als er zufrieden mit ihrer Pose ist (und er ist pingelig, alles muß haargenau stimmen), schlägt dieser kleine Toulouse-Lautrec einen Skizzenblock auf, auch der für genau solche Augenblicke der Wahrheit in seinem Jackenfutter verstaut. Er setzt den Stift an, anderthalb Meter von ihr entfernt zieht er seine ersten vorsichtigen Striche. Auf Anhieb ist er voll konzentriert. Seine Augen wandern zu ihrem Körper, dann zurück zu seiner Arbeit, immer hin und her. Aber die Bewegungen sind langsam. Das ist nicht das Zeichengewitter des Aktzeichenkurses. Diesmal bewegt sich sein Stift nicht schneller als eine zaghafte Liebkosung. Und die Spitze quietscht kein bißchen. Genauer gesagt verläßt die Spitze kaum je das Papier, sie fährt in langen kraftvollen Linien immer hin und her, nimmt die äußeren Umrisse und die inneren Konturen in einer einzigen Bewegung, als wolle Don keine Sekunde lang den Kontakt verlieren, aus Furcht, daß ein Bann gebrochen wird, und so zeichnet er die ganze Zeit, die Stirn gerunzelt, tief konzentriert, denn dieses Bild muß gut werden: besser als eine Fotografie, vielleicht sogar besser als das Original.

Innen. Wohnzimmer / Tanyas Wohnung. Nacht.

Adrian wartet, während der junge Romeo bei der Prostituierten seine Unschuld verliert. Er blickt von seiner Zeitschrift auf, als er ein Poltern und weibliche Freudenschreie aus dem Schlafzimmer vernimmt. Was zum Teufel stellt Donald da an? Den Lauten nach zu urteilen, geht es hoch her. Ein gymnastisches Feuerwerk. Er hofft nur, daß der Vergleich mit dem Boxkampf ihn nicht auf falsche Gedanken gebracht hat. Aber es ist ja wohl zu erwarten, daß Tanya die Dinge unter Kontrolle hat, daß sie bestimmt, was getan wird, und Don – auftragsgemäß – nach Strich und Faden verwöhnt. Der Junge hat Glück. Ja, Adrian ist mehr als nur ein wenig neidisch, als er hört, wie …

Innen. Tanyas Schlafzimmer. Nacht.

In einer umstrittenen Szene, die aus dem fertigen Film geschnitten wurde (als Bonusmaterial auf Donalds persönlicher Director's-Cut-Redux-DVD zu finden), müssen Donald und Tanya sich das Lachen verkneifen, als sie auf die Möbel trommeln und Adrian nebenan hinters Licht führen und die lüsternsten Laute von sich geben, die ihnen nur einfallen, ein orgiastischer Stöhnmarathon, zuerst sie – ein wahres Genie, wenn es darum geht, Männer davon zu überzeugen, daß sie die größte Lust empfindet, wenn sie in Wirklichkeit nicht das geringste spürt –, dann er, wobei er sich wie eine schlechte Imitation von Jeff anhört, Jeff auf dem heimlich mitgeschnittenen Tonband aus dem Elternschlafzimmer. Aber für jemanden, der nicht die geringste Ahnung hat, für einen blutigen Laien, hält er sich nicht schlecht, und schließlich fallen sich die beiden auf dem Bett lachend in die Arme. Sie gewinnt den Wettlauf mühelos. Hätte man nicht gedacht. Sie stößt Schreie aus, läßt ihr Becken pulsieren, wirft sich hin und her, *oh, oh, das ist wunderbar, ja, weiter*, sie wirft sich auf Don, muß sich den Mund zuhalten, damit sie nicht loskichert, jetzt wo er ihr die Stichworte zuflüstert – *das ist so sexy, so sexy* (© **Jeffs Schlampe, 2007**) – und Donald muß die Göttin nicht einmal anrühren, um sie zum Orgasmus zu bringen, um ihr zur größten Lust zu verhelfen, die sie je verspürt hat, und auch er erreicht ohne Mühe das Nirwana seiner Illusion.

Schließlich liegen sie auf dem Bett, Seite an Seite, keuchen, lächeln, und Tanya gibt Donald den flüchtigsten, honigsüßesten Kuß, den er in diesem explodierenden Universum je erlebt hat.

Donald: Kann ich Sie etwas fragen?

Tanya *(legt sich einen Sarong um und knotet ihn über der Brust)*: Natürlich.

Donald: Wie ist das, wenn man Sex hat?

Tanya: Wie das ist?

Donald: Ja. Wenn man's wirklich macht. Ich … hab einfach keine Ahnung.

Tanya: Nun … wie stellst du es dir vor?

Donald: Woher soll ich das wissen?

Das verdient eine ehrliche Antwort. Mehr als das, unter den Umständen verdient es die beste Antwort, die sie je gegeben hat. Sie überlegt es sich genau.

Tanya: Nun, wenn du mit der Richtigen zusammen bist … ich glaube, man könnte sagen, das ist … eine Art Wettbewerb. Ihr wollt beide, daß der andere gewinnt.

Darüber denkt er nach, starrt ein paar Augenblicke lang an die Decke, dann blickt er wieder sie an.

Donald: Danke.

Tanya: Gern geschehen.

Er blickt in dieses unvorstellbar schöne Gesicht, denkt darüber nach, und Musik brandet rings um sie auf. Ende des Dritten Teils. Arbeitstitel? *Tod eines Pornographen.*

Innen. Adrians Wagen. Nacht.

Als Adrians Wagen sich dem Krankenhaus nähert, macht er sich immer mehr Sorgen, wie er den Jungen am besten zurück in sein Zimmer schmuggelt. Die Anderthalbstundengrenze haben sie überschritten, doch bisher hat Roy nicht Alarm geschlagen; Adrian drückt also die Daumen, daß noch alles gutgehen wird.

Er blickt nach links. Don, auf dem Beifahrersitz, strahlt vor geheimem Wissen, und er denkt nach über... was? Verarbeitet gewiß eine ganze Million von Eindrücken. Er hat das Geheimnis der körperlichen Liebe kennengelernt. Der Junge sieht glücklich aus. Und dazu hat er ja wohl auch allen Grund, nach dem zu urteilen, was Adrian durch die Tür vernommen hat. Gott, denkt er, wann hat *er* jemals solche Laute von sich gegeben, wann hat er je andere dazu gebracht? Nie. Nicht einmal in den besten Zeiten mit seiner Frau. Seine Gedanken wandern zu Sophie, der untreuen Sophie, und er überlegt, wie seine Erinnerung an solche Erlebnisse nun schon verblaßt. Sie halten an einer roten Ampel.

DONALD: Adrian?

ADRIAN: Ja.

DONALD: Einfach nur – danke, Mann.

Die Beifahrertür öffnet sich, und Donald ist fort.

ADRIAN: Donald!

Autos hinter ihm hupen, als die Ampel grün wird. Adrian springt aus dem Wagen, aber er hat entscheidende Sekunden verloren. Er sieht sich um, aber schon ist Donald nirgends mehr zu sehen. Adrian läuft ein paar Schritte den Bürgersteig auf und ab, doch unter Hupkonzert muß er einsehen, daß Donald fort ist, aus seiner Obhut entwischt. Und wenn er ihn nicht schnell, sehr schnell wiederfindet, wird dieser Plan, der bisher so gut funktioniert hat, zum Alptraum. Dann ist die Hölle los, und Adrians Krise, bisher so gut unter Verschluß gehalten, wird für jedermann offensichtlich sein.

Innen. Onkologie. Nacht.

Die Stationsschwester ist außer sich. Kämpferisch hat sie die Arme vor der Brust verschränkt. Sorgenfalten überziehen ihr Gesicht, die Falten eines ganzen Lebens, in dem sie anderen Sorgen gemacht hat. Adrian weiß, daß dieses Gesicht nur ein Vorgeschmack auf die Entrüstung ist, die das ganze Krankenhaus, die ganze Ärzteschaft an den Tag legen wird, wenn seine Geschichte bekannt wird, und das scheint ja jetzt unvermeidlich. Er muß sehen, daß wenigstens die Sache mit der Prostituierten nicht herauskommt.

STATIONSSCHWESTER: Was soll das heißen, er ist nicht da?

ADRIAN: Wir haben einen Spaziergang gemacht. Und dabei ist er verschwunden. Wir müssen … wir müssen seine Eltern verständigen, für den Fall, daß er nach Hause geht. Und vielleicht die Polizei.

STATIONSSCHWESTER: Einen Spaziergang? *(Pause.)* Sie haben einen vierzehnjährigen *Jungen*, einen *Tumor*patienten, *mitten in der Nacht* auf einen Spazi*er*gang mitgenommen, und dabei ist er *verschwunden*? Das wollen Sie mir weismachen?

Keine gute Geschichte. *Junge* plus *Tumor* plus *Spaziergang* plus *mitten in der Nacht* plus *verschwunden* hört sich nicht gut an.

ADRIAN: Ich weiß. Das müssen Sie mir nicht sagen. Aber lassen Sie uns jetzt bitte bei Donald bleiben. Ich brauche Ihre Hilfe. Bitte. Lassen Sie uns überlegen, was wir tun können.

Nachdem er so weitere Nachfragen unterbunden hat, wendet er sich gebeugten Hauptes ab, sein massiger Leib mit all seiner überschüssigen Kraft ein Bild der Verzweiflung, als er den langen Korridor hinuntereilt.

Innen. Krankenhaus / Aufenthaltsraum für das Personal. Nacht.

Roy: O Mann!

Adrian: Sie müssen mir helfen, ihn zu finden. Hier ist seine Nummer. Rufen Sie immer wieder an, schreiben Sie smse.

Roy: So ein Mist. Wegen so was verliert man noch seine Stelle.

Adrian: Lassen Sie uns einfach nach Donald suchen, ja? Wir müssen uns *darauf* konzentrieren.

Innen. Haus Delpe. Nacht.

Jim Delpe nimmt einen Anruf entgegen.

Jim *(ins Telefon)*: Ja, ich bin noch dran. Ja. Ja. Mmmja. Dann danke… Ja, danke, daß Sie uns Bescheid gesagt haben. Keine Ahnung, aber ich sollte sehen, daß ich etwas tue. Ein paar Leute anrufen. Genau. *(Legt auf.)*

Renata *(off)*: Was war?

Jim: Das war Raffs Vater.

Renata erscheint in der Tür, einen Heftapparat in der Hand und in dessen Klauen ein Bündel Papiere, viel zu dick für die Heftklammer – wieder ein Stapel Krebsartikel, den sie bündeln will, verarbeiten, beurteilen, weiterleiten, auf den sie reagieren will, dessen Rat sie ablehnen oder beherzigen, vielleicht Jim geben will, womöglich sogar ohne Widerworte, womöglich sogar ohne Streit, denn wenn sie sich streiten, hat sie jedesmal das Gefühl, daß sie nicht mehr weiterkann, nicht allein, nicht ohne Hilfe, nicht nach alldem.

Nach vorsichtiger Einschätzung haben sie sich an diesem Tag bereits fünfmal gestritten. Auf ihrem Nachttisch hat Renata einen Artikel mit Zahlen, in wie vielen Fällen die tödliche Erkrankung eines Kindes zur Zerrüttung einer Ehe führt. Unheilbare Krankheit zerstört nicht nur Leben, sondern auch die Liebe. Solche Artikel sind dieser Tage leichte Bettlektüre für sie.

RENATA: Und was wollte er?

JIM: Don – wie es scheint, hat Don vor Raff und Michael damit geprahlt ... daß er ... daß er zu einer Art ... einer Art Prostituierten geht.

RENATA: Was? Wer hat ...

Ein Großteil der ungehefteten Papiere fällt zu Boden.

JIM: Offenbar hat er den beiden erzählt, daß er ein Freudenmädchen besucht. Keine Ahnung. Glaub mir, ich weiß nichts! Vielleicht nur ein Hirngespinst. Es klingt so – es klingt so abwegig, aber das hat Paul Bennett mir erzählt. Die Jungs sagen, Don habe jemanden im Krankenhaus, der ihm dabei hilft. Aber wahrscheinlich ist es blödes Zeug.

RENATA: *Im Krankenhaus*?!

Jetzt landen auch die übrigen Krebsartikel auf dem Boden.

Außen. Krankenhaus. Nacht.

Zwei Stunden später, unberührt von all der Panik, hält ein mit Telefonnummern beschriftetes Taxi vor dem Krankenhaus. Die hintere Tür öffnet sich, und ein junger Mann steigt aus. Er bezahlt den Fahrer, nimmt Münzen aus seiner Handfläche, und dann, als das Taxi davonfährt, dreht er sich um und betrachtet den Krankenhauskomplex, und in Gedanken zählt er die Stockwerke bis zur Onkologie. Sein Blick wandert wie durch die sieben Lebensalter des Menschen; es beginnt mit der Geburtsvorsorge im Erdgeschoß, darüber die Entbindungsstation, dann die Kinderstation mit den Disneyfiguren im Fenster; als nächstes die Station für Jugendliche, wo er ein paar Superhelden gemalt hat, Alternativen dazu; darüber die Krankenstationen für Erwachsene im fünften, sechsten und siebten Stock – dort stehen die Blumen der gutgemeinten Genesungswünsche auf den Fensterbrettern, dort schweben die herzförmigen Luftballons der Liebe hinter den Scheiben. Und schließlich seine Station, der achte und oberste Stock, der Punkt zum Absprung und das Ende der Reise. Hie und da hängt ein Kruzifix im Fenster. Darüber nur noch der Nachthimmel. Erkaltende Sterne. Das unendliche, eisige Weltall. Und jenseits davon das Unbekannte.

Ein Dutzend Überwachungskameras nimmt Donald auf, als er dort steht, hält in langsamen Schwenks seine Anwesenheit auf der Treppe fest. Er ist kein Eindringling. Er hat das Recht, hier zu sein. Die Fehlfunktionen seines Hirns sind schon weit fortgeschritten, und zahlreichen anderen Organen geht es auch nicht gerade gut; drinnen wartet ein Fahrstuhl auf ihn, die Fahrt seines Lebens, eine, die an keinem Zwischenstop hält, ein Expreß geradewegs bis ganz hinauf. Er erklimmt die Stufen und geht hinein, durch die Tür, über der »Eingang« steht. Er ist bereit, so bereit, wie man nur sein kann.

Innen. Krankenhaus. Nacht.

Donald schlüpft in sein Bett, das Bett am Fenster, dasjenige, das der alte Luftröhrenmann einmal »die letzte Station des Kreuzwegs« genannt hat. Am Fußende baumeln zwei Schreibbretter, Berichte sind mit den großen Klammern daran geheftet, ganze Seiten mit Häkchen und Kreuzen in Tabellen, mit Meßergebnissen, Verbesserungen, Verschlechterungen. Er macht sich nicht die Mühe, nach dem Schlafanzug zu suchen. Er bleibt lieber in Unterwäsche und T-Shirt, denn die riechen nach *ihr*.

Er legt den Kopf auf das Dreifachkissen seines mondweißen Betts. Zu dieser Nachtzeit ist die Station mäuschenstill, nur das leise Rasseln von Menschenatem ist zu hören. Donald liegt zwischen Monitoren und Schläuchen, zwischen Drähten und Apparaten, und eine neue Art von Zufriedenheit macht sich in ihm breit, durchflutet Axonen, Neuronen und Synapsen, bewirkt Veränderungen, die nicht auf den Brettern am Fußende stehen werden, wenn der Arzt am Morgen seine Runde gemacht hat. Keine endokrinen Reaktionen, nichts in Thorax oder Lymphsystem, aber Veränderungen doch, etwas rührt sich, das sich nicht beschreiben, nicht messen, nicht feststellen läßt, etwas außerhalb der Zellstruktur. Eine träumerische Ruhe überkommt ihn, wie Morphium. Ob Gesundheit nicht auch Metastasen bilden konnte? Warum eigentlich nicht? Warum sollte man sich nicht mit akutem Wohlgefühl anstecken können, einer Krankheit, über die die gesamte Weltgesundheitsorganisation staunen würde, eine Epidemie, die sich gnadenlos ausbreitet, die jeden erwischen kann, und jeder, bei dem sie ausbricht, fühlt sich … *einfach wunderbar.* Scheiße noch mal, wenn er das nur bekommen könnte!

Er schließt die Augen. Er ist bereit zum Einschlafen, und zum ersten Mal macht er sich Gedanken über Wunder. Ein Lächeln umspielt seine Lippen. Da muß er erst zu einer Nutte gehen, damit er seine Unschuld finden kann. Wer hätte das gedacht. Wie hätte Bruder Max es genannt? *Ironie*. Da hätte er besser aufpassen sollen, in der Unterrichtsstunde. Im Dunkeln findet er seine Ohrhörer und stöpselt sie sich ins Ohr; keine Musik, nur alte Gewohnheit, und so schläft er ein: verbunden. Mit etwas verbunden.

Dritter Akt

Innen. Onkologie. Tag.

Donald steht an dem Fenster mit der schönsten Aussicht der Welt und beobachtet die Wolken; heute sind es wirklich nur Wolken, keine weiblichen Körperteile oder andere Verrücktheiten mehr, nur einfach Wolken. Er steht wie hypnotisiert da und staunt, wie sie sich immer wieder neu formieren, ohne eine endgültige Gestalt anzunehmen – faszinierend, hoffnungsvoll... Bei dem Geräusch von Schritten, die sich seinem Bett nähern, dreht er sich um.

Seine Eltern. Mit ernster Miene. Stinksauer. Oje. Blumen und Obst und wer weiß was in den Händen, aber trotzdem entrüstet, auf der Suche nach der Antwort auf Fragen wie die, was denn bloß aus ihrem netten kleinen Jungen geworden ist, ihrem Zweitgeborenen, wie um alles in der Welt er sich in ein... Sexmonster verwandeln konnte! Und sie suchen auch Bestätigung, daß Dr. Adrian King, ihr Freund und Vertrauter, getan hat, was die Krankenhausverwaltung ihm vorwirft. Hat er ihren Sohn tatsächlich ohne ihre Zustimmung zu einer Nutte mitgenommen? Einer *Nutte*? Egal, Donald beschließt, daß *er* ihnen die gewünschten Informationen nicht liefern wird – als Krebspatient hat er das Recht zu schweigen. Er beruft sich auf sein Recht, die Aussage zu verweigern.

Mann, sind diese zwei Schießbudenfiguren wirklich seine Eltern, der eine in schlabbriger Cordhose und hellblauem Hemd mit Button-down-Kragen, die andere in Jeans und klappernden Schuhen und einem Pulli mit weißen Noppen und eingestrickten Kirschen oder irgendwelchem anderen Gemüse? Sind das wirklich die Spender von X- und Y-Chromosomen, die eines Nachts vor fast fünfzehn Jahren beschlossen, sich zusammenzutun und ihn in die Welt zu setzen? Ein- oder zweimal haben sie ein paar Andeutungen über den historischen Skiausflug in die Dolomiten gemacht, wo man ihnen zu ihrer freudigen Überraschung ohne Aufpreis ein Zimmer mit Whirlpool gab und eine Flasche Asti spumante noch obendrein, die sie prompt austranken. Die Folge davon war sein ganz persönlicher Urknall. *Ihre* Idee. *Ihr* Plan. *Ihre* beschwipste Koproduktion. Sein ganzes Leben, entstanden aus der Laune eines Augenblicks. Heilige Einfalt. Kein Wunder, daß die beiden jetzt so belämmert dastehen. Kein Wunder, daß ihnen alles, was ihm widerfährt, wie Blei auf der Seele liegt.

Aber er hat Neuigkeiten für sie. Es geht ihm gut. Blendend sogar. Er fühlt sich beflügelt, fühlt sich, als ob er ihnen ein sentimentales Dankeschön oder etwas in der Art schuldet, dafür daß er … na ja, daß er *existiert*; ein *gracias*, weil ihre Schnapsidee letztlich doch gar nicht so übel war. Und so begrüßt er seine bleichen, müden und besorgt dreinblickenden Co-Erzeuger mit einem strahlenden Zahnpastalächeln, mit dem man selbst einem Umweltschützer ein Auto mit Vierradantrieb andrehen könnte.

Damit haben sie nicht gerechnet. Sie erstarren, wie von einem Traktorstrahl gebannt. Und seine Mutter ist dermaßen verblüfft, daß sie anscheinend eine Bestätigung seiner Identität braucht.

RENATA: Donny?

Innen. Haus Delpe. Tag.

Als sie nach Hause kommen, fällt ihnen nichts anderes ein, als sich einen Kaffee zu kochen. Renata angelt zwei Ikea-Becher aus dem Ikea-Schrank, und Jim schaut aus dem Fenster und sieht zu, wie Jeff mürrisch einen Ball gegen das Basketballbrett donnert und dabei nicht ein einziges Mal in den Korb trifft. Daneben, daneben, daneben …

Eigentlich sollte Jeff jetzt in der Schule sein, aber beim Frühstück hat er sich nicht gut gefühlt und auch nicht allzu gut ausgesehen: bleich und hager, mit dunklen Ringen unter den Augen, als hätte er achtundvierzig Stunden am Stück ferngesehen. Jetzt um die Mittagszeit geht es ihm wieder bestens. Ein begnadeter Simulant, denkt Jim. Der Bursche kriegt auf Kommando Fieber. Andererseits nimmt ihn die ganze Sache wirklich mit. Deshalb gönnt er sich hin und wieder eine Auszeit, das tut ihm gut. Und auch wenn er den starken Mann markiert und sich nichts anmerken läßt, fehlt ihm Donny schon jetzt. Er fehlt ihnen allen. Im Laufe der Woche hat wohl jeder von ihnen begriffen, daß Donny nicht mehr nach Hause kommt, jeder auf seine Weise, auch wenn keiner den genauen Zeitpunkt oder Anlaß benennen könnte. Das Endstadium hat begonnen. Jim weiß es und hat es auch gesagt. Renata spürt es, aber wie üblich sagt sie nichts, bis zum letzten Augenblick wild entschlossen, auf die kosmischen Kräfte der Hoffnung zu setzen. Und Jeff hat 40 Grad Fieber bekommen.

Jim geht durch den Kopf, daß er und Rena sich das zweite Kind hauptsächlich deshalb gewünscht hatten, weil Jeff einen Bruder oder eine Schwester haben sollte. Natürlich hatten sie sich auch auf das neue Baby gefreut – auf den Geruch, den Anblick, diese Unschuld –, aber in erster Linie war es darum gegangen, daß Jeff nicht allein aufwachsen sollte, in seiner eigenen Welt abgeschottet, isoliert und ichbezogen. Und Donald, der drei Jahre jüngere Bruder, hatte Jeff tatsächlich gutgetan, hatte ihn auf eine Weise gezähmt, wie nur Geschwister es können, hatte ihn gezwungen, weniger selbstsüchtig zu sein, hatte ihm in einsamen Stunden Gesellschaft geleistet, war Publikum gewesen, Prüfstein für seine Fähigkeiten. Und jetzt verhalf er Jeff noch zu einer weiteren Erfahrung: der Trauer.

RENATA*:* Oh, und denk daran, die Autoversicherung ist fällig. Ich vergesse das andauernd.

JIM: Gut, ich kümmere mich drum. Geht in Ordnung.

Jim starrt seine Frau an. Im Mittagslicht sieht sie irgendwie scheckig aus. Die Haut über ihren Brüsten ist faltig, ein dunkleres Rosa. Sie ist nicht mehr so schön wie früher. Sie starrt ihn ebenfalls an. Und ganz plötzlich »SIEHT« er, was sie denkt. Seit wann ist er dazu fähig? Noch nicht lange.

RENATA: Was? *(Lacht nervös.)* Was?

JIM: Klar. Mache ich. Genau wie immer. Das wird auch so bleiben, in guten wie in schlechten Zeiten.

RENATA: Was sagst du?

JIM: Das ist ausnahmsweise mal etwas, worum du dir keine Sorgen machen mußt.

RENATA (*beeindruckt*): Woher hast du gewußt… was ich gerade… ?

Jim: Eine von meinen Superhelden-Fähigkeiten; ist mir irgendwie zugeflogen.

Innen. Onkologie. Tag.

Donald blickt auf von der Arbeit an den vorletzten Abenteuern des MiracleMan, in die er ganz vertieft gewesen war; vor seiner Nase baumelt ein Montblanc-Füllfederhalter. Er schraubt die Kappe ab und berührt die Goldfeder.

Adrian: Er gehört dir.

Donald: Den kann ich nicht annehmen. Ich meine, nicht, wo ich ihn schon mal …

Adrian: Ich möchte, daß du ihn nimmst. Er gehört dir.

Im Weggehen zwinkert Adrian Donald zu. Er will nicht, daß der Junge spürt, unter welchem Druck er steht.

Donald: Geht alles klar? Wegen gestern abend, meine ich.

Adrian: Alles unter Kontrolle. Wird schon werden.

Donald: Das ist gut.

Adrian: Ja. Das ist gut.

Donald: Tut mir leid …

Ja, Donald hatte den Plan ohne Absprache geändert, war einfach aus dem Auto gesprungen und stundenlang verschwunden. Das hatte die Situation außer Kontrolle gebracht, keine Frage, und Adrian würde den Preis dafür zahlen müssen, egal wie der Preis aussah.

Adrian: Wo bist du überhaupt gewesen? Nachdem du aus meinem Wagen gesprungen bist? Das wüßte ich doch gern.

Donald: Ich mußte einfach … ich mußte es auf meine Weise tun.

Adrian nickt. Wozu soll er dem Jungen Vorwürfe machen oder weiter in ihn dringen? Wie sollte sich ein Teenager an so einem Abend verhalten, nachdem er sein Blümchen einer Göttin geopfert hat? Immerhin hatte Donald ein Lächeln auf den Lippen. Das war nicht zu verachten.

DONALD: Hören Sie, wenn alles rum ist, also, wenn ich nicht mehr da bin – dann möchte ich, daß Sie das hier bekommen, okay? *(Hält seinen Comicroman hoch.)*

Adrian ist sprachlos, und Donald widmet sich wieder seiner wichtigen Arbeit. *Wenn ich nicht mehr da bin?* Mit welcher Leichtigkeit er diese schwerste aller Zeilen ausgesprochen hat! Adrian steht da und lauscht den fieberhaften Strichen des Stifts, der Junge arbeitet jetzt rasend schnell – als ob er keine Zeit zu verlieren hat.

Das HOTELZIMMER von GUMMIFINGER, jetzt eine improvisierte ARZTPRAXIS. MIRACLEMAN liegt gefesselt auf dem Bett. Er ballt die Faust. Mit einem Stöhnen kommt er wieder zu sich.

GUMMIFINGER: Er lebt, wer hätte das gedacht. *(Streift sich mit energischem Schnippen einen HANDSCHUH über. MIRACLEMANS Lider flattern.)* Wach auf, du Wunderknabe. Na, wie fühlt sich mein Lieblingspatient heute? Aber ich weiß es ja – du fühlst dich lebendig. Kein Grund zur Besorgnis, das ist bald vorbei, und diesmal für immer.

MIRACLEMAN *(benommen)*: Wie lange bin ich schon hier?

GUMMIFINGER: Du stehst seit über drei Wochen unter Beruhigungsmitteln, und in der Zwischenzeit habe ich in aller Ruhe meine Operation durchgeführt.

MIRACLEMAN: Äh … ähm … was für eine Operation?

GUMMIFINGER: Ach, nichts Weltbewegendes. Ich habe dir nur das Knochenmark entnommen, du Wunder der Wissenschaft. Genau, darauf hatte ich es abgesehen, auf die Zellen, die für dein unglaubliches Immunsystem verantwortlich sind, all die wunderbaren weißen Blutkörperchen – obwohl mir die roten eigentlich lieber sind –, und die leckeren Blutplättchen dazu. Hmm, köstlich. Bin gespannt, ob du jetzt immer noch unverletzlich bist.

MIRACLEMAN: Soll mir recht sein. Nur zu. Du tust mir sogar einen Gefallen. Ich will sowieso nicht mehr unverletzlich sein. Nimm ruhig alles.

GUMMIFINGER: Herzlichen Dank. Bereits geschehen. Deine Knochen sind so hohl wie Schilfrohr.

MIRACLEMAN: Vielleicht findest du dann selbst heraus, wieviel Spaß es macht, wenn man kalt, unzerstörbar und allein durchs Leben geht.

GUMMIFINGER: Halt den Mund, sonst rutscht mir noch vor lauter Aufregung das Skalpell aus der Hand! Außerdem hast du mich mißverstanden. Dein Knochenmark ist nicht für mich bestimmt. Viel zu unprofessionell. Schwester? Legen Sie den Hebel um!

SCHWESTER: Aber gern, mein lieber Doktor.

Die SCHWESTER betätigt einen Hebel an der Wand, und hinter einer Drehtür kommt eine verborgene Kammer mit einem Dutzend LEBLOSER, KÜNSTLICH BEATMETER GESTALTEN zum Vorschein. Jede von ihnen trägt einen MUNDSCHUTZ und einen OPERATIONSKITTEL, genau wie GUMMIFINGER.

GUMMIFINGER: Für die ist dein Knochenmark bestimmt! Darf ich die Belegschaft meiner neuen Abteilung für Immunologie vorstellen, Big Spender?

MIRACLEMAN: Was zum …

GUMMIFINGER: Wie jeder einfache Landarzt will auch ich eine Herrenrasse erschaffen! Menschen, die kein Krankenhaus mehr umbringen kann. Damit erpresse ich dann die Krankenversicherungen in aller Welt. In erster Linie geht es mir um eine Gehaltserhöhung.

MIRACLEMAN: Das … das kann ich nicht zulassen. Du wirst eine Immunitätsepidemie entfesseln. DER TOD WIRD AUSSTERBEN. Das Leben wird seinen Sinn verlieren!

Er versucht sich aus den Fesseln zu befreien.

GUMMIFINGER: Jede Wette, daß du jetzt gerne Superman wärst, was? Tja, diesmal gibt es kein Entrinnen.

Die SCHWESTER reicht GUMMIFINGER eine AUFGEZOGENE SPRITZE. Er nimmt sie genau in Augenschein.

GUMMIFINGER: Gut. Verseuchte Nadel? Kein Wunder, daß ich einen Patienten nach dem anderen verliere.

GUMMIFINGER PRESST ein bißchen Flüssigkeit aus der AUFGEZOGENEN SPRITZE und ist gerade im Begriff, sie MIRACLEMAN zu injizieren, als …

… er etwas RIECHT. ETWAS GRAUENHAFTES. Er verzieht das GESICHT.

GUMMIFINGER: Igitt, gütiger Himmel! Unglaublich! *(Zur SCHWESTER)* Haben Sie etwa … Das ist ja WIDERLICH.

SCHWESTER: Was? *(Riecht es auch.)* Igitt! Das war er.

GUMMIFINGER: Wer denn sonst? Hier. *(Reicht der SCHWESTER die Spritze.)* Übernehmen Sie die Verabschiedung. Vorsicht, es ist Milzbrand. Ich begebe mich in höhere Gefilde. *(Dreht sich um.)* Und vergewissern Sie sich, daß er wirklich tot ist.

GUMMIFINGER verläßt die PRAXIS. Die SCHWESTER nähert sich dem nahezu leblosen, bis zur Taille nackten Körper von MIRACLEMAN. Er SCHLÄGT DIE AUGEN AUF. Sie sehen sich an. Ihr Blick gleitet über seinen Körper.

SCHWESTER: Was für eine Vergeudung. *(Seufzt.)* Bevor ich das jetzt tue, haben Sie noch einen letzten Wunsch frei.

MIRACLEMAN: Ist das mein letzter Wunsch... oder Ihrer?

Sie STARRT ihn an, legt die Spritze DEUTLICH HÖRBAR in eine Nierenschale und LÖST langsam die Lederriemen, mit denen er ans Bett gefesselt ist. Als er SICH AUFRICHTET, noch wacklig und schwach, tritt sie einen Schritt zurück, öffnet den Reißverschluß an ihrem WEISSEN KITTEL und steht in BH und HÖSCHEN vor ihm, ein Wahnsinnskörper mit WAHNSINNSTITTEN.

SCHWESTER: Du bist sehr geschwächt. Du hast überhaupt keine Abwehrkräfte mehr, jede Bakterie und jedes Virus kann dich erledigen – sogar *(verführerisch)* EIN KUSS KANN DEIN TOD SEIN.

Sie öffnet ihren BH, dann dreht sie sich um und streift das Höschen nach unten. Als sie sich langsam VORBEUGT, erblickt er, von hinten beleuchtet, für den Bruchteil einer Sekunde, das PARADIES, und da...

MIRACLEMAN: Moment!

Sie hält inne.

MIRACLEMAN: Sie sind ein nettes Mädchen, Sie sind

nur in schlechte Gesellschaft geraten. Mein Herz gehört einer anderen. Nichts für ungut.

SCHWESTER: Ja und? Willst du nicht... willst du nicht die Süße des Lebens ein allerletztes Mal kosten, bevor du gehst? *(Sie leckt sich die Lippen.)*

MIRACLEMAN: Da haben Sie recht. Wieso eigentlich nicht?

SCHWESTER: Na siehst du!

Sie UMARMEN sich und halten sich fest. IHRE LIPPEN berühren sich. Sie KÜSSEN sich.

MIRACLEMAN: Der Todeskuß.

Sie blicken sich in die Augen, und die SCHWESTER ZUCKT plötzlich zusammen.

SCHWESTER *(ein Schmerzensschrei)*: Autsch!

MIRACLEMAN: Tut mir leid.

SCHWESTER: Du Dreckskerl.

SCHNITT AUF... die SPRITZE, die in ihrem OBERSCHENKEL steckt!!!

MIRACLEMAN: Ich hoffe, Sie finden ein Gegenmittel.

MIRACLEMAN entkommt. DENKBLASEN erscheinen über dem Kopf der SCHWESTER: **»Ich habe ihn so sehr geliebt.«** Sie zieht sich die SPRITZE aus dem Oberschenkel und wirft sie weg.

Eine Comic-Titelzeile dreht sich in den Vordergrund: **»MIRACLEMANS TOD«.**

SCHNITT zum HOTELKORRIDOR. MIRACLEMAN taumelt den Flur entlang. Er hält inne, um seine nicht mehr vorhandenen Kräfte zu sammeln, und betrachtet die BLUTENDE WUNDE an seiner HAND. In seiner DENKBLASE steht:

»Die heilt nicht mehr…«

Er geht in die Knie und schließt die Augen. In diesem Augenblick hört er…

Eine Frauenstimme dringt in die COMICWELT…

RENATA (*verzweifelt*): Schatz, Schatz, ach mein Schatz…

MIRACLEMAN: Mach dir keine Sorgen. Mir geht es gut.

Mit diesen Worten erhebt sich MIRACLEMAN, wieder jung und stark, und entschwindet in der Dunkelheit.

Innen. Einzelzimmer / Intensivstation. Nacht.

RENATA: Sschh… Sschh… Sschh…

Renata beugt sich über Donald und streichelt sein Gesicht. Seine Augen sind geschlossen. Er hat sie seit drei Wochen nicht mehr geöffnet; nur die Schwester zieht ihm dreimal am Tag die Lider hoch und träufelt ihm Salzlösung in die Augen. Seit einundzwanzig Tagen liegt er im Koma, für jedermann unerreichbar, auch für seine Eltern, die dieses Zimmer kaum verlassen haben, seit er ins Zwielicht getaucht ist.

Auch Donalds Körper sieht nicht mehr aus wie zu seinen besseren Zeiten. Die Leute aus der Abteilung Special Effects, falls die es sind, die jetzt die Regie übernommen haben, haben ziemlich schlechte Arbeit geleistet: ein klapperdürres Gerippe, eine zerbrechliche Gliederpuppe; der Kopf mit Furchen und Adern übersät, Arme und Beine so ausgemergelt wie die Gliedmaßen eines Gollum. Er sieht aus wie eine Figur aus einem Horrorfilm. Nur das Auf und Ab seines Brustkorbs verrät, daß er noch am Leben ist.

Und auch das Atmen klingt gräßlich: wie eine Säge in nassem Holz.

Von Zeit zu Zeit ist das Gesicht des Patienten schmerzverzerrt. Donald krümmt sich wieder, die Finger verkrampft, die Beine zucken, ein Schmerz, der selbst durch die dichten Schleier des Komas dringt und sogar diesen herrenlosen Körper erschüttert. In solchen Augenblicken rücken Renata und Jim noch näher an ihn heran und versuchen zu helfen, indem sie ihm über die Hand oder die Stirn streichen, und sich vergewissern, daß das Morphium im Tropf nicht ausgegangen ist. Er ist nur noch Haut und Knochen, ihr geliebter, so sorgsam aufgezogener Sohn.

Dann kommt die Stationsschwester, überprüft die Infusion und bleibt hinter ihnen stehen.

Stationsschwester: Es ist unglaublich. Sein Körper arbeitet nicht mehr, aber er will einfach nicht gehen. Er will Sie nicht verlassen.

Das ist das letzte, was Renata und Jim hören wollen.

Jim: So geht das jetzt schon seit drei Wochen.

Die Frau nickt.

Stationsschwester: Er muß ein tolles Leben gehabt haben.

Jim starrt sie an. Ist das wahr?

Jim: Er glaubt, er kann es schaffen. Er glaubt immer noch, daß er gewinnen kann. Deswegen kämpft er. Er weiß nicht, daß es zu spät ist.

Kein Einspruch von Renata. Aber auch keine Zustimmung, keine Bestätigung.

Stationsschwester: Haben Sie schon mal daran gedacht… haben Sie mal daran gedacht, ihm zu sagen… daß es in Ordnung ist … wenn er losläßt? Vielleicht kann er Sie immer noch hören. Er nimmt noch eine Menge wahr.

Jim: Seit drei Wochen tue ich nichts anderes. Ich sage ihm das seit drei Wochen. Genau das. Immer wieder. Aber er glaubt immer noch … *(Seine Stimme versagt.)*, er kommt zurück.

Renatas Hand wandert langsam zu ihrem Mund: Ihr Mann weint. Das hat sie seit Jahren nicht mehr gesehen. Zum ersten Mal seit Beginn dieses Alptraums verliert er die Fassung, und es trifft sie wie ein Schlag in die Magengrube. Sie sieht ihn an wie einen Fremden. Aber dann fordert Donalds unwillkürlich zuckender Körper erneut ihre Aufmerksamkeit, und sie beugt sich ganz nah an sein Ohr.

Renata: Es ist gut, Liebling. Hör mir zu, mein Schatz … Hör mir genau zu. Du kannst jetzt loslassen. Wir haben dich lieb.

Jim dreht sich um und betrachtet seine Frau. Er hält den Atem an. Renatas Gesicht berührt das Gesicht ihres Sohnes, Wange an Wange, wie ein altes Tanzpaar. Sie führt, tanzt mit ihrem Sohn seinen Walzer aus dieser Welt hinaus.

Renata: Du mußt nicht mehr kämpfen, mein Herz … Es ist in Ordnung, wenn du jetzt gehst. Wir haben dich lieb. Du kannst aufhören, mein Schatz. Wir haben dich sehr sehr lieb. Entspann dich und geh. Ach, mein lieber, lieber Junge. Laß los, laß einfach los.

Monatelang hat sie ihm eingeschärft, daß er niemals aufgeben darf, niemals kapitulieren, und jetzt richtet sie diese Worte an ihren bewußtlosen Sohn, Worte, die auch ihr selbst und dem Griff gelten, mit dem sie sich an ihn klammert – Jim sieht es genau und erinnert sich –, einem Griff, der ebenso sanft und bestimmt ist wie in dem Augenblick, als sie das hummerrote Neugeborene zum ersten Mal triumphierend im Arm hielt und er grinsend neben dem Bett stand und sein jubelndes Herz Purzelbäume schlug: Ein Sohn! Ein Sohn! Mein Gott, ein Sohn!

Innen. Flur / Krankenhaus. Tag.

Jim eilt mit zwei glühendheißen Plastikbechern Pulverkaffee aus dem Automaten zu Renata. Sie sitzen nebeneinander auf Metallstühlen und nippen an ihrem Kaffee; die Plastikbecher sind so heiß, daß sie sie nie lange in derselben Hand halten können, ohne sich zu verbrennen. Ein Fernseher ohne Ton zeigt unwirkliche Bilder, nichts was mit ihrem Leben zu tun hat. Trotzdem starren ihre von der Wirklichkeit brennenden Augen auf den Bildschirm und können sich nicht losreißen. Wie gebannt pusten sie den Dampf von den Kaffeebechern und sind froh über die Ablenkung. Auch eine Art Koma.

Innen. Einzelzimmer / Intensivstation. Tag.

Donalds Hand zuckt, nachdem sie so lange leblos auf der Matratze gelegen hat.

Er erwacht aus dem Koma. Klappt die Augen auf. Schweißgebadet, in einer Art Panik, erwacht er wieder zum Leben, sieht das Zimmer, sieht, daß er allein ist und keine Zeugen hat – keinen Zeugen für das Wunder seiner Wiederkehr.

Der Kardiograph an seiner Seite piepst unregelmäßig. Sein Blick wandert hinüber zum Fenster; die Wolken ziehen am Himmel. Blumensträuße drängen sich auf der Fensterbank – ein ganzes Gewächshaus. Eine Wagenladung Gute-Besserung-Luftballons dümpelt an der Scheibe. Jemand hat ein paar von seinen Comiczeichnungen an die Wand gehängt: Superhelden, Bösewichter – die meisten Bilder zeigen den Sieg des Bösen über das Gute. Den uralten Kampf. Längst überholt. Er lehnt sich zurück; sein Bewußtsein kommt und geht wie ein schwaches Radiosignal. Er schließt die Augen, bereit für die letzte Runde, und läßt alle Luft der Welt aus seinem Körper entweichen.

Was für ein Atem: so stark, daß er die Gardinen zum Flattern bringt und sämtliche Blütenblätter von den Rosen bläst, so stark, daß er die Bilder von den Wänden reißt, all seine alten Zeichnungen zerfetzt, ja sogar durch die Scheibe hindurch die dünnen Wolkenschleier vom Himmel pustet. Es ist ein kosmischer Wind, sein letzter Atemzug. Erst dann legt sich der Sturm. Sein Atem wird flach und hört auf, fast wie auf Kommando. Keine Denkblasen mehr von Donald.

Sekunden vergehen ohne eine Regung. Nach noch einmal zwanzig Sekunden ohne Lebenszeichen zuckt seine rechte Hand, die, mit der er immer gezeichnet hat, ein letztesmal, dann liegt sie reglos. Keine Wunder. Keine Rettung in letzter Sekunde. Der Kardiograph schlägt mit schrillem Ton Alarm, kurz darauf hört man Schritte, die hastig zu einem Notfall eilen, der schon vorüber ist.

Innen. Krankenhausflur. Tag.

Jim muß sich die Beine vertreten. Mit dem abgekühlten Kaffee in der Hand wandert er durch den Flur, vorbei an einem Dutzend Einzelzimmern, wo sich Familien um Gitterbetten versammelt haben; jedes Zimmer birgt eine Geschichte, die zweifellos ebenso schmerzlich ist wie seine eigene. Doch im Augenblick denkt er nur, daß das Linoleum unter seinen Füßen heute schön glänzt. Besonders schön. Wie kriegen sie bloß diesen Glanz hin? Wahrscheinlich verwenden sie ein Produkt auf Silikonbasis, oder eine Art Bienenwachs. Er ist *froh*, daß er über den Fußboden nachdenken kann, diesen erfrischenden Glanz, und ist nur erstaunt über die wundersame Wirkung des gebohnerten Bodens, das einfältige Vergnügen, das dieser Boden ihm bereitet.

Im selben Augenblick hört er Schritte, einen Laufschritt, der immer näher kommt, bis eine Hand ihn an der Schulter berührt. Er weiß. Eine Krankenschwester, außer Atem. Sagt, er soll kommen. Soll sofort mitkommen. Er weiß. Er fühlt sich weich in den Knien, trotzdem läuft er. Er läuft über den Flur, über diesen wunderbar gebohnerten Boden, so spiegelblank, daß man eigentlich darauf schlittschuhlaufen sollte.

Innen. Einzelzimmer / Intensivstation. Tag.

JIM *(an Donalds Bett)*: Ach Rena. Wir kommen zu spät.

RENATA *(zu* DON*)*: Es ist gut…

JIM *(verzweifelt)*: Wir haben es verpaßt.

Renata streichelt unter Tränen Donalds Gesicht.

RENATA: Es ist gut. Das war tapfer, mein Junge. Er ist fort. Gott, Jim, er ist fort. Er ist fort, mein Liebling. Mein lieber Junge…

Nun kann auch Jim sich nicht mehr zurückhalten. Nichts was diesem Lied seiner Frau, dem Lied der Kapitulation, der späten Einsicht, noch Widerstand leisten könnte. Nichts was den Fluß der Tränen aufhalten könnte, und von heute an nichts mehr, was sie überhaupt noch aufhalten kann. Er beginnt am ganzen Leib zu beben. Nichts kann diesem Beben Einhalt gebieten. Doch Renata ist gefaßt.

RENATA: Es ist in Ordnung. Sschh, sschh, sschh. Er ist fort. *(Streichelt immer weiter das Gesicht des Jungen.)* Mach's gut, mein Liebling. Sschh, sschh, sschh.

Außen. Haus Delpe. Nacht.

Zwölf Stunden danach – ein ganzes Leben später – an dem Tag, an dem ihre Welt aufgehört hat, sich zu drehen, ist Jim Delpe draußen im Garten hinter dem Haus und wirft im Licht der Terrassenlampe ein paar Bälle. Nicht viel los. Motten umschwirren die Lampe. Oft hält Jim inne und steht einfach nur da, mit dem Ball in den Händen, nimmt die Nachtluft in sich auf, blickt hoch zu den Sternen oder starrt den Lack des Saabs an. Dann ein neuer Wurf, der Ball prallt vom Korb ab, und Jim folgt ihm in die Dunkelheit und bringt ihn zurück ins Licht, da wo er sehen kann, was er tut, packt ihn mit beiden Händen und bemüht sich nach Kräften, das verdammte Ding in den Korb zu kriegen.

Innen. Haus Delpe. Nacht.

Renata hört, wie Jims Ball gegen das Brett prallt, vom Schreibtisch, wo sie selbst jetzt spätabends und selbst heute an diesem Tag (oder vielleicht *gerade* heute an diesem Tag) am Computer sitzt und eine E-Mail schreibt, an einen Wildfremden, der um eine Bücherliste zum Thema Krebs gebeten hat. Die Liste wird länger als erwartet, aber es ist doch wenigstens eine Ablenkung, etwas, das sie tun kann. In den nächsten Wochen, Monaten, Jahren wird sie, das sieht sie nun, eine Menge Beschäftigung brauchen; sie holt noch ein weiteres Kleenex aus einer Schachtel, die mittlerweile fast leer ist, und der Teppich zu ihren Füßen ist mit zusammengeknäulten Papiertüchern bedeckt. *Tock, tock, tock, tock* machen ihre Finger auf der Tastatur.

Innen. Adrians Wohnung. Nacht.

Adrian sitzt auf dem Sofa und kämmt die Katze seiner Frau. Nicht so sehr der Flöhe wegen – er kämmt sie so oft, daß kein Floh sich halten könnte –, sondern weil diese Arbeit ihm guttut. Alle vier oder fünf Striche hält er inne und inspiziert die Zinken des Kammes unter der Leselampe. Nichts. Er wartet, bis er müde genug ist, um ins Bett zu gehen. Das Kämmen ist seine Variante des Schäfchenzählens. Er wischt sich mit dem Handrücken die Augen und macht weiter und wartet auf den Schlaf.

Maudite à jamais soit la race.
Amour! Viens aider ma faiblesse.

Innen. Donalds Zimmer. Nacht.

Jeff liegt auf Donalds Bett und hört sich Musik von Donalds iPod an, fast bis zum Anschlag aufgedreht, scrollt sich, Blick zur Decke, durch die Sammlung seines Bruders, ungefähr zweitausend Titel, sucht nach dem einen Song in dieser Liste, der die Irrfahrt seiner Gefühle bremst und alles zum Ausdruck bringt, was er nicht zum Ausdruck bringen kann. Er hat keine Ahnung, was für ein Song das sein könnte. Er muß suchen. Ungefähr die Hälfte der Sammlung hat er schon durch. Der Track, den er braucht, war bisher nicht dabei.

Innen. Friedhofskapelle. Tag.

Einzelne Rosen, das ist das Angemessene für diesen Anlaß. Rose um Rose wird auf den Sarg des Superhelden gelegt, bis sie an den Seiten herunterfallen, eine tiefrote Kaskade. Die Prozession der Trauernden zieht vorbei, alle wollen Abschied nehmen, eine lange Reihe, die bis vor das Portal der Kirche reicht, die Stufen hinunter und vier Häuserblocks von Megalopolis entlang, eine einzige große Kette des Kummers und der Dankbarkeit…

So hat Donald sich das Ende seines Helden vorgestellt. Seinem eigenen Begräbnis fehlen solche Menschenmassen, aber es ist nicht minder rührend. Die Trauerreden konzentrieren sich darauf, wie tapfer er am Ende gefochten hat, als keine Hoffnung mehr war, und jeden, der ihn kannte, damit überrascht hat. Der Priester spricht von einer »letzten entscheidenden Schlacht«. Auch Jims kurze, stockende Rede spricht davon; er liest sie von einem einzelnen Blatt Papier ab, das er in zitternden Händen hält. Diese Worte von Donalds Kampf, von dem viele nichts gewußt hatten, haben ihre Wirkung auf die Gemeinde. Hände klammern sich an Holzbänke, Taschentücher werden gezückt, sorgfältig aufgetragene Wimperntusche verläuft zum Clownsgesicht. Der Wille zum Leben. Der Wille zum Leben.

Donald, im offenen Sarg, wird nun mit dem schweren Deckel zugedeckt. Nächste Haltestelle für seinen Leib: das

Feuer. Vergoldete Flügelmuttern werden festgeschraubt, und dann, nach dem Druck auf einen verborgenen Knopf, bewegt ein Förderband seine sterblichen Überreste auf einen samtenen Vorhang zu. Jim und Renata und Jeff, hinter ihnen Michael und Raff, auch Adrian King unauffällig in einer hinteren Reihe, beobachten, wie der Vorhang sich teilt und der Sarg hineinfährt, und dann schließt der Vorhang sich automatisch wieder, und die Trauergemeinde kann nur noch dem Ausgang zustreben und überlegen, ob es wohl gleich regnen wird.

Innen. Krematoriumsofen. Tag.

Die Hitze am Krematoriumsofen, wo der Sarg nun auf einem Rollwagen vor der Feuertür steht, ist ungeheuer. Man hat Mühe Luft zu bekommen. Nur die Familie und der Priester sind zum letzten Abschied hier. Taschentücher, mit denen eben noch Tränen getrocknet wurden, wischen nun den Schweiß von der Stirn, während der Priester den Sarg zum letzten Mal mit Weihwasser besprengt. Die Ofentüren öffnen sich: ein flammendes Inferno. Von Hand wird der Sarg hineingeschoben. Er nimmt seinen Platz im Mittelpunkt der Flammen ein und fängt sofort Feuer. Es ist ein Schock. So plötzlich. So eine Hitze. War das Holz mit etwas getränkt? Die ungeheure Hitze schlägt ihnen entgegen. Jim und Renata und Jeff spüren sie auf ihren Gesichtern, auf den Handrücken. Donalds Leib – der Körper, der ihm im zweiten Schuljahr einmal den dritten Platz im Zweihundertmeterlauf beschert hat, dessen Barthaare sich aber erst noch entwickelt hätten, der Körper, der eine perfekte Mischung aus den Zügen seiner Eltern gewesen war, von beiden ein wenig, und der in den nächsten drei Jahren noch um zwanzig Zentimeter gewachsen wäre – wird von den Flammen verzehrt.

Die Türen des Ofens schließen sich mit einem dumpfen Ton, und er ist darin gefangen.

Die Hinterbliebenen taumeln davon, fort von dieser unerträglichen Hitze, hinaus ins Freie.

Außen. Friedhof. Tag.

Und so... neigen selbst seine ERZFEINDE respektvoll das Haupt, als MIRACLEMANS SARG in die Grube gesenkt wird. Nie hat es auf dem Friedhof eine solche Menschenmenge gegeben. Zwei freundliche Polizisten, JIM und RENATA, stehen im Schatten einiger Bäume, sehen zu, flüstern miteinander. Er hat die Arme vor der Brust verschränkt, sie die Daumen in den Pistolengürtel gehakt.

JIM: Was meinst du, wie viele sind heute hier?

RENATA: Zehn-, fünfzehntausend.

JIM: So viele?

RENATA: Mit Sicherheit. *(Ihr fällt etwas auf.)* He – wer ist der Bursche da?

Sie beobachten einen Mann, der im Schatten einer anderen Baumgruppe steht, eine DUNKLE GESTALT.

JIM: Den habe ich im Auge. Das ist nicht der, den wir suchen.

RENATA: Sicher?

JIM: Ja. Laß ihn in Frieden.

DIE KAMERA FOLGT... der dunklen Gestalt, als sie sich nun abwendet und das Begräbnis verläßt; der Mann geht zu einem wartenden TAXI und steigt ein.

TAXIFAHRER: Kommt sonst noch jemand, Doktor?
DOKTOR: Nein. *(Pause.)* Ich bin allein. Fahren Sie.

ENDE

Outtakes und gestrichene Szenen

Montagesequenz mit Bildern von Land, Himmel und silberglänzenden Wellen fast wie im Negativ, Flugaufnahmen von geologischen Formationen und Elementen, zerklüfteten Landzungen, urtümlichen Moorlandschaften, Wäldern, Fjorden und Feldern, unwegsamen Straßen, Buchten und im Eis gefangenen Schiffen – eine Natur so ehrfurchtgebietend wie eine Kathedrale, und zum Abschluß die (natürlich einkopierten) Worte: *Sechs Wochen später.*

Innen. Sitzungssaal für das Disziplinarverfahren. Tag.

Adrian nimmt seinen Platz vor einem aus acht Männern und Frauen bestehenden Tribunal ein und sieht ihre geschäftsmäßig ernsten Gesichter, unterkühlt wie eine Klimaanlage, die alles im Raum zum Gefrieren bringt: eisige Mienen, die kühlen Arzthände flach auf den Tisch gelegt, davor Gläser mit gekühltem Wasser in genau abgemessenen Abständen – eine in jeglicher Hinsicht kalte Symmetrie. Ausstattung à la Albert Speer, denkt er mit frostiger Ironie und wartet auf das Kreuzverhör.

Wie war er an diesen Nullpunkt gelangt? Eigentlich sollten seine beruflichen Qualifikationen (sein BA, Magister in Psychologie, sein Doktortitel, die zahllosen weiteren Diplome und Referenzen) ihn davor bewahren, seine Handlungen in einen religiösen Kontext zu stellen. Unsinnig zu glauben, das Schicksal habe ihn zu dieser irrwitzigen Tat gezwungen, oder nicht? Einen Jungen klammheimlich und auf eigene Verantwortung aus dem Krankenhaus zu entführen und quer durch die Stadt zu einem Rendezvous mit einer Vertreterin der Halbwelt zu schleppen. Unsinnig zu glauben, die göttliche Vorsehung habe ihm Donald Delpe gesandt und ihre gemeinsame Unternehmung habe unter dem Schutz eines höheren Willens gestanden. Er kann spekulieren, aber – ein leichtes Kopfschütteln – nein, er ist ein gestandener Psychologe, dessen Karriere auf dem Spiel steht, und er muß sich einer härteren Analyse stellen und überlegen, ob er den größten Fehler seines Lebens begangen hat. Und wozu das Ganze? Aus Eitelkeit womöglich? Um zu beweisen, daß er etwas Besonderes war, und das zu einer Zeit, als er sich schon längst nicht mehr so fühlte? Um zu beweisen, daß seine eigenen Moralvorstellungen und sein Verständnis für den *wirklichen* Donald denen der anderen überlegen waren, Donalds Eltern eingeschlossen? All die Zeugnisse, all seine Qualifikationen, das Bataillon von Buchstaben hinter seinem Namen, und doch hatte er sich partout vor sich selbst beweisen und die Muskeln spielen lassen müssen, hatte sich zum Zuhälter für eine Nutte und einen halbwüchsigen Jungen gemacht?... Unverzeihlich. Wenn das stimmte – noch hat er diesen Urteilsspruch über sich nicht angenommen –, dann war es unverzeihlich!

VORSITZENDER: Dr. King?

Die Stimme reißt ihn aus seinen Gedanken. Er blickt auf, sieht die Gesichter der Männer und Frauen in diesem Tribunal, das über sein Schicksal entscheidet.

Innen. Onkologie / Krankenhaus. Tag.

Roy sorgt wieder für gute Stimmung auf der Krebsstation und zeigt Gunga Din einen klassischen Zaubertrick. (Er legt eine Münze mit einem Klack auf den Tisch, verdeckt sie mit einer Hand, einer Hand, die die Münze so lange reibt, bis sie verschwunden ist, um gleich darauf unterhalb der Tischplatte wieder aufzutauchen.) Anders als professionelle Zauberkünstler ist er bereit zu verraten, wie er das bewerkstelligt hat, daß es nämlich von Anfang an *zwei Münzen* waren.

Roy: Gut. Noch mal von vorn. Aber das ist jetzt das letzte Mal, okay? Achte darauf, wie ich die obere Münze verschwinden lasse. Du mußt auf die obere Münze achten. Okay. Sieh genau hin. *(Knallt die Münze auf den Tisch. Klack!)* Ich rubbele sie weg … und da ist sie … sie ist durch die Tischplatte gewandert. Hast du gesehen, was ich mit der oberen Münze gemacht habe? Ich lasse sie fallen, hier in meinen Schoß, obwohl es so aussieht, als ob ich sie auf den Tisch lege.

Der Sterbende starrt mit finsterer Miene auf Tisch, Münze, Tisch, Münze, hin und her, am Rande eines Wutausbruchs.

Gunga Din: Noch mal.

Roy *(lacht)*: Kommt nicht in Frage. Dann bin ich heute abend immer noch hier.

Gunga Din: Mach es noch mal.

Roy: Na gut. Aber jetzt wirklich zum letzten Mal …

Gunga Din läßt sich den Trick noch sechzehnmal vorführen, bevor er sich, nicht schlauer als zuvor, wieder ins Bett bringen läßt, vom Fenster aus gezählt das zweite.

Das Bett am Fenster ist leer.

Innen. Adrians Büro. Tag.

Adrian räumt seinen Schreibtisch aus, als es an der Tür klopft.

Roy *(tritt ein)*: Hallo, Boss.

Adrian: Wie geht es Ihnen, Roy?

Roy: Ich wollte mich nur bedanken, daß Sie mich da rausgehalten haben. Mann, die können Sie doch nicht einfach so vor die Tür setzen.

Adrian: Doch, das können sie.

Roy: Ich komme mir irgendwie vor, als hätte ich Sie auf die Idee gebracht. Als hätte ich den schlummernden Volksfeind in Ihnen geweckt. Tut mir leid, wenn das so war. *Mea culpa*, mein Freund.

Adrian: Schon gut. Keine Ursache.

Roy: Wann soll die Entscheidung fallen?

Adrian: In ein paar Tagen. Einer Woche. Bis dahin bin ich suspendiert.

Roy: Vielleicht geht ja doch noch alles gut aus.

Adrian: Ich weiß schon jetzt, wie es ausgeht.

Roy: Das ist ein Justizirrtum, verflucht noch mal. Das gibt einen Aufstand hier. Können Sie mir glauben. Die Jungs da draußen *(zeigt auf die Station)* gehen auf die Barrikaden, die zünden ihre Matratzen an. Alle, mit denen ich gesprochen habe, sind auf Ihrer Seite. Na ja, fast alle. Gut, es gibt ein paar, die denken, man sollte Sie ohne Bewährung lebenslänglich hinter Gitter stecken, weil Sie einen todkranken Jungen zu einer Nutte gebracht haben, aber die große Mehrheit wünscht sich, daß Sie dafür in den Adelsstand erhoben werden. Sir Adrian King. Das hat doch was.

Adrian: Danke, Roy.

Roy: Und was mich betrifft, für mich sind Sie ein Superheld, klar? Spiderman, Daredevil und Scooby Doo in einer Person. Die können Sie unmöglich feuern. Das gibt einen Aufstand. Alle drücken Ihnen die Daumen. Die Jungs da draußen stecken ihre Matratzen an.

Adrian: Danke, Roy.

Roy: Gut. Ja, dann …

Die beiden Männer umarmen sich unbeholfen. Das Hemd von Roys Pflegeruniform ist schweißnaß. Es klebt. Adrian spürt es unter den Händen. Sie stehen Brust an Brust, ihre fettstrapazierten Herzen sind aus dem Takt, aber irgendwie doch im Einklang. Der Mann, denkt Adrian, ist etwas ganz Besonderes.

Roy geht. Adrian räumt seinen Schreibtisch weiter aus, verpackt alle Requisiten seines Berufsstands in Kisten. Er hält erst inne, als ihm das Comicalbum in die Hände fällt, das Donald ihm zum Abschluß vermacht hat. Er trägt es jetzt schon seit Wochen mit sich herum und blättert fast täglich darin, immer nur so lange, bis er es nicht mehr aushält. Viel hat er nie gelesen, wollte es eigentlich immer den Eltern schicken. Einmal hat er versucht, es persönlich vorbeizubringen, aber da hat man ihm die Tür vor der Nase zugeschlagen. Anscheinend sind sie noch nicht reif für den Comic, oder für ihn. Und weil er das Meisterwerk des Jungen immer noch hat, schlägt er die Kladde auf, blättert ziellos von Episode zu Episode und spürt, wie die Trauer ihn überwältigt. Er würde es heute gern zu Ende lesen, er möchte wissen, was aus Donalds Alter ego geworden ist. Er kneift vor Konzentration die Augen zusammen, als er kurz vor Schluß auf eine gänzlich unerwartete Szene stößt. Eine Liebesgeschichte?

MIRACLEMAN schleicht durchs Gebüsch und SPÄHT in ein Haus in der VORSTADT. Dort sieht er ...

... eine JUNGE FRAU, die im Zimmer auf und ab geht. Es ist RACHEL. Er weint.

Später öffnet RACHEL die Tür und ist überrascht, als sie MIRACLEMAN entdeckt. Er ist VOM TODE GEZEICHNET.

MIRACLEMAN: Kann ich reinkommen? ...

Adrian liest die letzte Zeile und klappt die Kladde zu. Er sitzt noch immer am Schreibtisch. Gott! Plötzlich fällt es ihm wie Schuppen von den Augen! Wieso erst jetzt? Donald hat sie alle ausgetrickst. Und er hat sein Geheimnis gehütet; hat die Wahrheit nur in verschlüsselter Form preisgegeben, versteckt in dem gezeichneten Tagebuch eines Superhelden. Und wenn Adrian die chiffrierte Botschaft richtig deutet, dann ... was für eine Persönlichkeit, was für eine brillante Vorstellung. Kein Wunder, daß Donald bis zum Schluß ein Lächeln auf den Lippen hatte. Er hatte es geschafft, sein Leben so zu beenden, wie er es gelebt hatte, voller Geheimnisse. Ein Mysteryman. Hatte allen Versuchen, ihn zu verstehen, getrotzt. Ein Sieger im Spiel der Täuschungen. Adrian kann sich ein Grinsen nicht verkneifen, dann lacht er laut auf. Er kann einfach nicht anders.

ADRIAN: Also wirklich ... Du kleiner ...

Und seine Gedanken kehren zurück zu dem Augenblick, als Donald aus seinem Wagen sprang und ihn damit in den ganzen Dreck stieß, in dem er jetzt steckt, und wenn er es sich genau überlegt, weiß er, wohin Donald gegangen sein muß und was er im Schilde führte...

Innen. Adrians Auto. Nacht.

... Sein Wagen nähert sich dem Krankenhaus, und Adrian macht sich immer mehr Sorgen, wie er den Jungen am besten zurück in sein Zimmer schmuggelt. Die Anderthalbstundengrenze haben sie überschritten, doch bisher hat Roy nicht Alarm geschlagen; Adrian drückt also die Daumen, daß noch alles gutgehen wird...

ADRIAN: Wahnsinn, sagst du?

DONALD: O ja.

ADRIAN: Freut mich, daß es schön war. Hörte sich auch so an. Von da, wo ich saß.

DONALD: Und danke, daß Sie soviel Geld ausgegeben haben. Aber das hat sich gelohnt.

ADRIAN: Nein. Ich danke *dir*. *(Mit klarem Blick.)* Ich meine das ernst.

DONALD: Wofür denn?

Genau in dieser Sekunde ertönen aus Donalds Handy vier laute Akkorde aus Mozarts Viertem Klavierkonzert oder, wie er es nennt, Motorolas Klingelton Nr. 6.

DONALD: SMS.

Donald liest, dann schaltet er das Telefon aus. Adrian hält an einer roten Ampel.

DONALD: Frauen. Na, Sie wissen ja, wie die sind.

ADRIAN *(überrascht)*: Willst du damit sagen... eine Freundin?

Don antwortet nicht, sondern trommelt nur leicht mit dem Handy auf das Knie.

Sie stehen an einer roten Ampel …

DONALD: Adrian?

ADRIAN: Ja?

DONALD: Einfach nur – danke, Mann.

Die Beifahrertür öffnet sich, und Donald ist fort.

ADRIAN: Donald!

Außen. Friedhof. Tag.

Adrian besucht den Teil des Friedhofs, der den Urnenbegräbnissen vorbehalten ist. Keine Grabsteine. In den Rasen, gepflegt wie ein Golfplatz, sind Messingplatten eingelassen. Darauf Name, Geburts- und Todestag, ein kurzes Motto. Doch Donalds Platte trägt keinen Grabspruch. Es heißt nur, daß er ein geliebter Sohn und Bruder war.

Adrian überlegt, was dort noch stehen könnte. *Das Leben ist eine Geschlechtskrankheit.* Nein, das war nicht die Stimmung, in der Donald gegangen ist. Da ist er sich so gut wie sicher. *Ich will mein Geld zurück. Ich habe nichts kapiert.* Nicht ganz, denn zum Schluß hat er ja doch noch einiges begriffen. *Quietsch, quietsch, quietsch* vielleicht, die quietschenden Stifte, sein Markenzeichen, aber das verstünde niemand. *Wusch.* Das würde passen. *Auf und davon,* würde das sagen, *Volltreffer.* Aber besser noch: *Hier liegt Donald F. Delpe. Wer hätte das gedacht.* Er lächelt. Don, der Mysteryman, hätte sich einen Scherz zum Abschied gewünscht, ein wenig schwarzen Humor, aber lustig. Und er hatte sich ja auch seinen Scherz erlaubt, das konnte man wohl sagen …

Adrian hat ein paar Rosen mitgebracht. Eine metallene Vase steckt neben der Platte im Boden, mit Löchern für ein

Dutzend Stengel. Er kniet sich hin und steckt die Blumen eine nach der anderen ein. Als er fertig ist, macht der Wind sich sofort an die Arbeit und rupft die Blütenblätter ab.

Innen. Café. Tag.

Adrian sitzt gedankenverloren auf einem Hocker am Ende der langen Theke und sieht aus wie einer der Nachtschwärmer auf dem berühmten Bild von Edward Hopper. Sein Interesse gilt nicht den Milchwolken in seinem Kaffee; er ist wieder einmal auf der Suche nach den in Donalds Meistercomic verborgenen Geheimnissen, als sich …

… als sich seine Frau neben ihn setzt. Sophie hat sich verspätet, vielleicht zwanzig Minuten, und doch fühlt er sich gestört, als sie auftaucht. Er hätte gern noch mehr Zeit allein mit Donalds zweidimensionalem Alter ego verbracht. Sophie beugt sich zu ihm hinüber und will ihn küssen, aber er ist kühl, gekränkt, wendet sich halb ab, so daß der Kuß nur als Andeutung auf seiner Wange landet. Er klappt das kostbare Buch zu und blickt sie forschend an. Sie ist anders als sonst. Nervös. Ihr Gesicht hat etwas Verkniffenes, die Furchen um den Mund wirken tiefer, und als sie versucht zu lächeln, bekommt sie feuchte Augen. Anzeichen von Stress, sie hat etwas auf der Seele. Etwas geht vor. Und doch ist es ihm im Grunde egal. Heute will er um einen toten Jungen trauern.

SOPHIE: Tut mir leid, daß ich so spät dran bin.

ADRIAN: Viel Verkehr?

SOPHIE: Ein Lastwagen und ein Personenwagen. Schrecklicher Unfall. Ich bin bei Milton Keynes von der A1 abgefahren. Egal. Spielt keine Rolle.

ADRIAN: Du sagst, es ist dringend.

SOPHIE: Nicht dringend. Das ist übertrieben. Aber du bist immer bei der Arbeit, da habe ich das Gefühl, ich muß mir eine Ausrede einfallen lassen, wenn ich dich sehen will.

Adrian hebt die Brauen. Darüber hat sie sich bisher noch nie beklagt.

ADRIAN: Was ist los, Sophie? Brauchst du Geld?

SOPHIE. Es ist aus. Aus und vorbei. Seit gestern abend. Ich wollte, daß du das weißt. Es war keine Liebe. Nicht bei mir. Und bei ihm auch nicht.

ADRIAN *(nach kurzem Zögern)*: Ich habe fast das Gefühl, ich sollte dir mein Beileid aussprechen.

SOPHIE: Plötzlich wußte ich, daß ich dir nicht mehr weh tun will. Ich habe die ganze Nacht geweint – so viel habe ich noch nie geweint. Ich war so dumm. Aber ich habe etwas aus der Sache gelernt. Ich will nicht allein sein. Ich *brauche* einen Liebhaber. *(Ergreift seine Hand.)* Und das soll der Mann sein, den ich liebe.

ADRIAN *(mit sarkastischem Grinsen)*: Er hat dir den Laufpaß gegeben.

SOPHIE: Es war … es war … wir haben beide …

ADRIAN: Ha! Was sagt man dazu …

SOPHIE: Bitte, sei nicht so.

ADRIAN: Weißt du, mit einemmal habe ich fast etwas wie Achtung vor deinem Tierarzt. Na, ich nehme an, in seinem Beruf bekommt man im Laufe der Zeit einen Blick dafür, wann es besser ist, dem Leiden ein Ende zu machen. In meinem geht es immer darum, alles so lange wie möglich am Leben zu halten. Und wer kann sagen, was besser ist?

Sophie: Adrian – ich möchte, daß wir wieder so sind wie ganz zu Anfang. Weißt du noch? Laß es uns noch einmal versuchen. Können wir es nicht versuchen? Deswegen bin ich hergekommen.

Adrian: Ganz zu Anfang? Genau da stehen wir doch. Am Anfang. An dem wunderbaren Punkt, an dem ich diese schöne Fremde ansehe, die ich zu gern kennenlernen würde. Wann werde ich je die Hoffnung aufgeben, daß ich dich kennenlerne, Sophie? Wie auch immer … wir sind wieder unten angelangt. Wie bei einer Fieberkurve. Erst geht es bergauf, dann wieder bergab.

Sophie: Bitte sag das nicht. Laß es mich dir einfach zeigen. Ich werde es dir beweisen. Ganz bestimmt! Warte einfach ab.

Ihre Wangen glühen. Adrian sieht, daß die Sophie, die da vor ihm steht, nur mit Mühe die Fassung bewahrt. Dann durchzuckt ihn plötzlich ein neuer Gedanke: Ist es möglich, daß sie tatsächlich in Conrad verliebt war, daß sie ihn noch immer liebt? Er will sich die Szenen zwischen den beiden lieber nicht ausmalen.

Adrian: Hör zu, ich muß jetzt los. Ruf mich an. Von der Farm aus, einverstanden? Dann können wir uns in Ruhe unterhalten. *(Steht auf und will gehen.)* Weißt du, du bist immer noch das Schönste, was mir je auf der Welt begegnet ist, Sophie Colet, du bist ein Kunstwerk; aber manchmal frage ich mich … Ich frage mich, ob du echt bist. Ob du tatsächlich existierst.

Bei diesen Worten greift Adrian hinter ihren Rücken und hebt den Saum ihrer Jacke.

Sophie *(verwirrt)*: Was soll das?

Adrian: Ich wollte nur nachsehen, ob du einen Schwanz hast.

Sophie ist sprachlos. Adrian steht auf, nimmt sein Jackett und geht gefaßt zur Tür hinaus. Draußen kommt er noch einmal an dem Fenster vorüber, an dem sie sitzt und ihm nachblickt, und versucht zu begreifen, was da gerade vorgegangen ist. Ein Mißverständnis zwischen den Kulturen. Einen Schwanz? Dann kommen die Tränen.

Innen. Rechtsanwaltskanzlei. Tag.

Jim: Was wollen Sie?

Adrian: Ich will das hier zurückbringen.

Jim: Legen Sie es auf den Schreibtisch und gehen Sie.

Adrian: In Ordnung.

Jim: Gehen Sie.

Adrian: Irgendwann würde ich Ihnen gern erkl …

Jim: Sie haben uns belogen!

Adrian: Nein. Ich habe nicht gelogen.

Jim: Wir haben Ihnen vertraut. Und dann haben Sie klammheimlich… Sie sind KLAMMHEIMLICH …

Adrian: Ja, ich weiß. Es tut mir leid.

Jim: Zu einer … einer dreckigen kleinen verlausten Hure? Wie alt war sie? Fünfzig? Hat sie gestunken, nach … nach *(Er verzieht vor Abscheu das Gesicht.)* … nach den anderen Männern … War es das, was mein Junge Ihrer Ansicht nach vor seinem Tod noch erleben sollte? Haben Sie das etwa … dachten Sie, das ist …? Ja, was? … eine gute Idee?

Adrian: Jim, bitte, es war ganz anders.

Jim: Ich sollte Ihnen eins in die Fresse geben.

Adrian: Sie sah sehr gut aus.

Jim: Mistkerl!

Adrian: Bitte! Hören Sie mir doch zu. Bevor ich gehe. Um Ihretwillen. Die Frau war …

Schon im Augenblick, in dem Adrian die Lüge abstritt, hatte Jims Rechte sich zur Faust geballt, aber erst jetzt übermannt die Wut diesen friedliebenden Mann, der viel lieber argumentiert und diskutiert, und er schlägt zu. Damit hat Adrian nicht gerechnet. Er taumelt und stolpert rückwärts. Jim hat seit seiner Schulzeit niemanden mehr verprügelt, aber Adrian ist noch nie im Leben geschlagen worden. Sein Körper weiß nicht, was er tun soll, und sucht Zuflucht in einem Sessel. Wenn man geschlagen wird, so lernt er, verliert man vollkommen die Orientierung. Alles verschwimmt ihm vor den Augen. Er sieht Sterne. Er befühlt seine pochende Augenbraue, dann mustert er die Fingerspitzen. Kein Blut. Müßte es nicht eigentlich bluten? Er blickt auf zu Jim. Der Mann steht an der offenen Bürotür.

Jim: Raus.

Außen. Tanyas Apartmenthaus. Tag.

Es ist immer ein Irrtum, wenn man glaubt, man werde an einen Ort nie zurückkehren. Das wird Adrian in diesem Augenblick klar. Tatsache ist: Schon mit dem Beschluß stellt man die Weichen für die Rückkehr und fordert das Schicksal zur Wiederholung geradezu heraus.

Jetzt steht er also vor der Haustür dieser Frau. Seit er sie zuletzt gesehen hat, hat er noch keine Stunde Ruhe gefunden. Sie beherrscht seine Tagträume fast ebenso wie die nächtlichen. Außerdem kann sie ihm jetzt ein paar Fragen beantworten, die Donalds Comic-Tagebuch aufgeworfen hat. Nur diese Frau kann bestätigen, was er vermutet. Er steht auf der Straße und blickt hinauf zu ihrer Wohnung. Bewegen sich die Vorhänge? Hat sie ihn entdeckt und späht gerade in diesem Augenblick durch einen hauchdünnen Spalt in den Gardinen zu ihm herunter?

Er überquert die Straße und betritt die Eingangshalle, wo der goldene Käfig ihn erwartet. Er geht hinein, schließt die Gittertür und läßt sich von den surrenden Motoren emportragen. Der Bluterguß an seinem Kopf pocht wie der pulsierende Doppelpunkt zwischen den Zahlen auf einer Digitaluhr.

Innen. Tanyas Wohnung. Tag.

ADRIAN: Ich weiß, das geht nur Sie und ihn etwas an, aber – er hat mir seinen Comicroman vermacht. Ich weiß, was gewesen ist.

TANYA: Meinen Sie?

ADRIAN: Nichts. Nichts ist gewesen. Er hat nicht mit Ihnen geschlafen, nicht wahr?

TANYA: Hat er Ihnen das gesagt?

ADRIAN: Indirekt schon. Ja, er hat es mir gesagt. Ich bin eben erst darauf gekommen. Ich muß blind gewesen sein.

TANYA: Vielleicht wollte er Sie an der Nase herumführen.

ADRIAN: Vielleicht. Würde mich bei Donald nicht wundern. Vielleicht wollte er mich auch prüfen. Würden Sie mir verraten, was war? Zwischen Ihnen und ihm?

Tanya zögert, schließt für einen Moment die Augen, überdenkt sorgfältig ihre Position.

TANYA: Er hat meinen Fuß gezeichnet …

Adrian: Er hat Ihren … Fuß …

Tanya: Ich habe ihm Modell gestanden. Akt. Er zeichnete meinen Fuß. Das ist alles. Dann hat er mich noch gefragt, wie das ist, wenn man Sex hat. Er war sehr schüchtern und sehr lieb.

Adrian: Wissen Sie noch, was Sie ihm geantwortet haben?

Tanya wiederholt, was sie Donald gesagt hat, fast Wort für Wort.

Adrian: Und die Skizze. Die Skizze, die er von Ihnen gemacht hat. Wissen Sie, was daraus geworden ist?

Tanya: Die hat er mir geschenkt.

Adrian: Haben Sie sie noch?

Tanya: Ja natürlich.

Adrian: Darf ich sie sehen?

Er sieht ihr nach, seiner Elektra, wie sie davonschwebt, um das Blatt zu holen. Was kommt, wenn die Unschuld verloren ist? Ein ganzes Leben im Glauben, daß doch noch alles wieder in Ordnung kommt.

Außen. Haus Delpe. Tag.

Jim Delpe öffnet die Haustür, und da …

… da steht sie. Umwerfend. Blumen und Beileidskarte in der Hand. Er nimmt seine Lesebrille ab und sagt kein Wort. Es hat ihm die Sprache verschlagen.

Tanya: Hi. Hallo. Ich war eine Freundin von Donald.

Innen. Haus Delpe. Tag.

Jim und Renata Delpe sitzen auf dem Sofa, nebeneinander.

Tanya: Wir sind uns nur ein einziges Mal begegnet. Er war so lieb. Ich werde ihn nie vergessen.

Renata: Er hat nie von Ihnen gesprochen.

Tanya: Ich habe ihm Modell gestanden. Doch nur das eine Mal, da wird er… Adrian hatte ihn zu mir gebracht.

Jim: Ach der.

Renata: Oh! Verstehe! Sie sind Modell an der Kunstschule, nicht wahr?

Tanya: Nicht an der Kunstschule, nein. Das nicht. Und auch kein Modell. Ich bin Gesellschaftsdame.

jim: Wie meinen Sie das… »Gesellschaftsdame«?

Jim und Renata sind ganz verzaubert von dieser kultivierten jungen Schönheit, obwohl sie nicht verstehen, weswegen sie gekommen ist. Jetzt stellen beide Hirne plötzlich die Arbeit ein. Die Hirnwellen stehen vor Verblüffung still, ein Ton wie der Wählton beim Telefon: *Ommmmmmm…*

Tanya: Es muß schockierend für Sie sein, so unvermittelt und wo Sie nicht wissen, was… aber… Adrian hatte mich angestellt, um ein wenig Zeit mit Ihrem Sohn zu verbringen. Soviel ich weiß, haben Sie davon gehört?

jim: *Sie?…*

Tanya: Ja. Wenn Sie wollen, kann ich sofort gehen. Aber ich würde Ihnen gern vorher etwas zeigen. Bitte. Deswegen bin ich gekommen. Ich bin sicher, daß Sie sie sehen wollen. Es ist die Zeichnung, die Donald von mir gemacht hat.

Jim: *Sie* waren das?…

Renata: Eine Zeichnung? Soll das heißen… Sie haben ihm *Modell* gestanden?

Tanya: Ja, ich habe ihm Modell gestanden.

JIM *(angespannt; sein Atem geht schwerer, eigentlich will er die Antwort nicht wissen)*: Und was haben Sie sonst noch für ihn getan?

TANYA: Nichts.

RENATA: Nichts?

TANYA: Er wollte nichts anderes tun. Donald. Es war ihm lieber so.

Die Delpes versuchen ... sie mühen sich ... zu verstehen, was sie da hören; Erleichterung kommt dem Mißtrauen in die Quere, Verwirrung der Erleichterung, alter Ärger der Verwirrung, Unglauben dem Ärger. Die Überforderung ist auf ihren Gesichtern zu lesen. Der Zweifel. Der Schmerz. Wie sollen sie diese neuen Daten noch verarbeiten, wo sie schon den schrecklichen Tod ihres Sohns verarbeiten müssen? Auch so ist die Last nicht auszuhalten. Neben dem Sofa, fast versteckt, liegt ein Stoß aus zwei Bettlaken, einer Decke und einem Kissen: Einer von ihnen schläft auf dem Sofa.

RENATA: Und warum sollten wir Ihnen das glauben?

TANYA: Weil Sie Donald kannten. *(Pause.)* Sie können spüren, daß es die Wahrheit ist.

Die Delpes blicken starr vor sich hin. Sie wünschten ... was sie sich wirklich wünschten, das wäre, von dieser Frau alle nur möglichen Einzelheiten zu erfahren, für alle Zeit alles über diese entscheidende, doch unbekannte Episode im Leben ihres Sohns zu wissen, eine, die – soviel geben sie zu – für eine Weile eine Wendung zum Besseren bewirkte. Aber wie kann man eine Prostituierte unter solchen Umständen so etwas fragen?

JIM: Hat Adrian Sie gebeten herzukommen? Um seine Haut zu retten ...

TANYA: Nein, er hat mich sogar gebeten, nicht herzukommen. Seine Haut ist ihm egal. Aber ich habe ihm gesagt, daß ich es trotzdem tue.

Wochenlang hat ein Bild, eine Vorstellung, Jim und Renata gequält: Donald, der seine Unschuld bei einer gelangweilten Nutte verliert, der dritte Freier seit der Mittagspause … und nun hat dieses gebildete Glamourgirl plötzlich eine ganz andere Geschichte anzubieten; sie scheint geradewegs vom Titelblatt der *Vogue* gekommen und präsentiert ihnen ein noch viel abwegigeres Bild – Donald in intimer Zweisamkeit mit dieser verlockenden Sirene, wie er eine Aktzeichnung von ihr macht. Nie ist ihr Sohn ihnen so geheimnisvoll vorgekommen wie in diesem Augenblick.

Jeff ist draußen vor dem Wohnzimmerfenster, eine Cola in der Hand, und gibt eine extrem unglaubwürdige Vorstellung von jemandem, den das alles nicht im mindesten interessiert. Er wirft einen langen Blick herein, und Jim gibt ihm Zeichen zu verschwinden; doch keiner kann dem Jungen übelnehmen, daß er es wenigstens versucht. Jeff hatte bei ihrer Ankunft einen Blick auf die langbeinige Brünette erhascht, und seine Kinnlade war – *dong* – heruntergeklappt wie die Klappe an den Staufächern einer 747. Bei den Delpes waren ja nicht jeden Tag Traumfrauen wie Tanya zu Gast.

TANYA: Von Adrian weiß ich, daß Sie ihm übelnehmen, was er getan hat. Ich hoffe, was ich Ihnen jetzt erzählt habe, gibt Ihnen ein wenig Frieden.

RENATA: Frieden?

Gibt es das? fragt Renatas Gesicht. Frieden? Und wenn

überhaupt, dann gewiß nie wieder für sie. Der Verlust eines Kindes, das ist nichts, wovon man sich nach drei Monaten erholt hat oder nach drei Jahren. Nein, wenn Renata sich ausmalt, wie ihr Leben von jetzt an aussehen wird, dann sieht sie eine Möwe in einer Ölpest, die verzweifelt versucht, sich aus dem Schlamm zu befreien, aber für immer in diesem Elend gefangen sein wird bis an ihr Ende: mit den Flügeln flatternd, geteert und gefedert.

Tanya nimmt eine Mappe aus ihrer Tasche und holt behutsam Donalds Zeichnung hervor. Sie reicht sie Renata.

Nahaufnahme. Die Zeichnung – ihr Fuß – perfekt wie von Michelangelo, Schönheit in Vollkommenheit. Nur Tanyas Fuß.

TANYA: Er hatte großes Talent. Und sein Comicbuch – das haben Sie jetzt? Haben Sie es gelesen?

Jim breitet hoffnungslos die Arme aus.

JIM: Was wissen Sie schon davon? Sie verstehen das nicht. Nichts als schmutzige Pubertätsphantasien.

TANYA: Sie sollten es lesen. Beide.

Innen. Rollschuhbahn. Tag.

Und noch mehr Schönheit in Vollkommenheit … Shelly beim Rollschuhballett. Frei. Ungehemmt. Ausdrucksvoll. Opernhaft. Augen geschlossen wie im Traum. Sie dreht sich. Sie schwebt. Sie gleitet. Ganz in ihrer eigenen Welt. Ringsum sind andere Läufer, aber im Grunde ist sie allein im Mittelpunkt der Bahn. Zum Schluß dreht sie eine Pirouette, dann hält sie inne, um Atem zu schöpfen, schlägt die Augen auf und sieht …

… und sieht Jeff Delpe auf der Tribüne sitzen, iPod-

Stöpsel im Ohr; er sieht entsetzlich elend aus. Sie beobachtet ihn noch eine Weile, läuft eine Runde, schließlich rollt sie zu ihm hinüber. Er blickt erst auf, als sie vor ihm steht.

SHELLY: Hi.

JEFF: Hi.

SHELLY: Ich hab deinen Bruder gekannt.

JEFF: Und?

SHELLY: Was hörst du da?

JEFF: Jeden Scheiß-Song, den er in seinem Leben gehört hat.

SHELLY: Versuch mal »Mein Herz erbebt beim Klang deiner Stimme«. Das ist Donald. Es ist da drauf. Arie der Dalila.

JEFF: Woher zum Teufel willst du wissen, was ich suche?

SHELLY: Versuch's mal mit dem.

JEFF *(hat einen Geistesblitz)*: Shelly. Stimmt's? Du heißt Shelly oder so ähnlich.

SHELLY: Stimmt.

JEFF: Zweiundvierzig. Das bist du.

SHELLY: Was?

JEFF: Sechs mal sieben.

Sie zuckt mit den Schultern, dann läuft sie weiter, während …

… während Jeff das Menü nach diesem unwahrscheinlichen Song durchsucht. Und er findet ihn. Sie hat recht. »Mein Herz erbebt … « Kein Interpret angegeben. Verrückt. Wie hat diese Schnepfe, die seinen Bruder hat abblitzen lassen, das wissen können? Er drückt auf Play und steckt sich die Stöpsel wieder in die Ohren und sieht dabei Shelly zu – Nummer zweiundvierzig und vermutlich Lesbe, Dons vergeblicher Schwarm –, wie sie auf Rollschuhen tanzt, einen Tanz, der ganz den Eindruck macht, als höre sie denselben Track wie er, als sei sie ganz in diese Musik versunken …

… was sie auch ist. Genau in diese Musik. Sie gleitet dahin in langsamen Runden, die weiter und immer weiter werden, und lauscht dabei ihrem eigenen Bootleg-Soundtrack, heruntergeladen und gespeichert auf der Festplatte ihres Herzens …

Innen. Burger King. Nacht.

… Shelly. Shelly Driscoll. Sitzt allein an einem Tisch und wartet auf Don. Keine Freundinnen in der Nähe. Und plötzlich kommt sie Donald überhaupt nicht mehr wie die angsteinflößende Sexgöttin vor, die er immer in ihr gesehen hat. In Wirklichkeit ist sie genausojung wie er und tut nur so, als hätte sie Erfahrung in einem Spiel, von dem sie beide keine Ahnung haben.

SHELLY: Danke für die SMS.

DONALD: Danke für die Antwort. Nach deinem Besuch im Krankenhaus … na ja. *(Verlegen)* Ich wollte … ich wollte einfach …

Sie starrt ihn an. Er starrt zurück. Der Damm bricht.

DONALD: Scheiße. Ich liebe dich. Ich meine, ich kenn dich überhaupt nicht, aber ich liebe dich. Und die Sache in dem Damenklo, ich war irgendwie nervös und ziemlich krampfig, ich meine, ich tu so was sonst nie, ich bin ja kein Klofetischist oder so was, aber ich wollte einfach mit dir allein sein und hier draußen konnte ich nicht reden, mit den ganzen Leuten, und ich hatte den verrückten Gedanken, daß du womöglich willst, daß ich dir nachkomme, was du ja wohl *nicht* wolltest, so wie du rumgeschrien hast, wie Ann Darrow in *King Kong*, das klang ganz schön echt, und ich hab's eben vermasselt und wollte nur sagen, daß es mir leid tut, weil ich nämlich alles dafür geben würde, wenn ich das nicht vermasselt hätte. *(Holt Luft.)* Ungefähr so.

SHELLY *(beeindruckt)*: Du hast sprechen gelernt.

DONALD: Ja, irgendwie schon.

SHELLY: Das ist süß. Das ist wirklich ... süß. Und das mit dem Klo, ich fand, das war cool.

DONALD: Was?

SHELLY: Ja.

DONALD: Du fandest das *cool*?

SHELLY: Ja.

Ihr Blick ist viel eindringlicher geworden. Donald wird mulmig von diesem Blick. Vielleicht, steht in Donalds Denkblase, kennt sie die Spielregeln ja doch.

SHELLY: Ich hatte gehört, daß du krank bist. Und da dachte ich, ich besuch dich mal. Im Krankenhaus. Das ist ja der Horror. Krebs, echt?

DONALD: Sagen die Ärzte. Ich will nicht drüber reden.

SHELLY: Gut. Na jedenfalls...

DONALD: Jedenfalls wollte ich das noch sagen. Und jetzt gehe ich lieber. Ja ... dann bis irgendwann, und du *(zittert sichtlich)* ... du siehst bestimmt mal klasse aus. Tust du jetzt schon, aber in ein paar Jahren... das wird die Leute umhauen. Also, ich wünsch dir ein tolles Leben, okay? Und es wird ganz bestimmt toll. Und ... ähm ... falls ich dich nicht wiedersehe ... *(Er bringt den Satz nicht zu Ende – er kann nicht mehr.)*

Shelly: Du wirst mich wiedersehen.

Sie nimmt seine Hand. Ein elektrischer Schlag.

Innen. Haus von Shellys Eltern. Nacht.

Shelly schließt die Haustür auf und geht hinein, gefolgt von einem sichtlich nervösen Donald. Zwei Einbrecher, nur ohne Taschenlampe. Das Haus ist dunkel. Shelly macht Licht, dann tippt sie etwas in ein Nummernpad und schaltet die Alarmanlage aus.

Shelly: Komm rein. Keine Sorge, meine Eltern sind die ganze Woche nicht da. Wir können eine Weile bleiben. Eigentlich soll ich bei Freunden wohnen, aber wenn ich nachts hier bin, merkt das keiner.

Donald: Cool.

Donald, der Ausbrecher. Geraubte Zeit. Momente, die er aus dem Drehbuch eines anderen gestohlen hat.

Shelly: Willst du einen Gin Tonic? Oder Martini oder so was? Darfst du was trinken?

Donald: Wahrscheinlich nicht. Lieber Wasser.

Shelly zieht ihre Nylonjacke aus, auf deren Rücken J'aime Paris steht, und wirft sie aufs Sofa. Sie nähert sich ihm in Jeans und enger rosa Bluse mit einem ♥ aus Straß über der Brust.

Shelly: Nur Wasser? Mehr willst du nicht?

Sie beugt sich vor und küßt ihn auf die Lippen. Nur ganz kurz. Ihm wird schwarz vor Augen.

Shelly: Was denkst du gerade?

Donald: Das ist meine Glücksnacht. Irgendwann möchte ich dir die ganze Geschichte erzählen.

Als Shelly in die Küche geht, um das Wasser zu holen,

dudelt Donalds Handy wieder seine Mozarttöne. Donald holt es heraus, wirft einen Blick aufs Display und drückt den Anruf sofort weg. Er schaltet das Telefon aus und steckt es wieder ein.

Shelly *(aus der Küche)*: Wer ist dran?

Donald: Nur mein … mein Karatelehrer.

Shelly: Die rufen um diese Zeit an?

Donald: Ja. Es geht um … Disziplin.

Donald sitzt auf der Sofakante und wartet. Er zittert ein wenig. Er blickt auf seine rechte Hand, streckt sie aus. Ein leichtes Beben. Aber wen kümmert das schon? Solange er nicht die Nerven verliert. Was für eine Nacht. Eine Nacht, in der die Pheromone tanzen wie in einem Sternennebel die Sterne.

Innen. Haus von Shellys Eltern. Zwanzig Minuten später.

Auf dem Sofa, bei gedämpftem Licht, lösen Donald und Shelly sich aus einem zaghaften Kuß. Sie schlagen die Augen auf. Nur ein paar Zentimeter trennen ihre geöffneten Lippen, und sie atmen beide dieselbe Mischung aus Luft und Kohlendioxid und Aroma von Pfefferminzkaugummi. Shelly hat Donalds iPod-Stöpsel im Ohr und zieht sie jetzt erst heraus.

Shelly: Cool. Wow.

Donald: Gefällt dir?

Shelly: Ja.

Es ist wunderbar unklar, ob sie über die Musik sprechen, den Kuß oder beides.

Shelly: Willst du mir die Bluse ausziehen?

Donald: Ooooh. Mann. Ja. Natürlich. Ich wollte nur …

Shelly: Dann tu's.

Donald: Warum machst du das? Ich bin kein Fall für die Wohlfahrt oder so was.

Shelly: Habe ich auch nicht so gemeint. Ich will es. Du bist lieb. Ich mag dich. Das ist alles.

Donald: Du machst es aus Mitleid?

Sie schüttelt den Kopf.

Donald: Also, was ist es dann? Wieso ist plötzlich alles anders?

Shelly: *Du* bist anders. Du hast dich verändert. Und ich, ich bin auch anders. Aufregende Zeiten.

Donald: Wieso bist du anders? Was hat sich geändert?

Shelly lächelt, perfekte Zähne, zweimal täglich geputzt seit dem ersten Milchzahn, ein kluges, gesundes Mädchen, das mindestens neunzig wird. Sie zeigt auf das Sideboard, wo ein Arrangement von Geburtstagskarten steht, die meisten, foliengeprägt in Rot oder Gold, mit einer »16« darauf. Shelly Driscoll ist sechzehn geworden. Und die Sechzehnjährige grinst ihren alterslosen Freund unternehmungslustig an.

Shelly: *Das* hat sich geändert. Ich bin jetzt eine Frau. Was einfach nur heißt, daß ich jetzt weiß, was ich will. Und jetzt wo ich eine Frau bin, will ich keine Sekunde davon verschwenden. Verstehst du?

Donald: Klar.

Langsam beginnt er an den Knöpfen ihrer Bluse zu fummeln. Seine Finger kommen ihm plötzlich wie Bratwürste vor, die Perlmuttknöpfe wie Konfetti, die er aus einem Teppich lesen soll. Und über ihm steigen mehr Denkblasen auf als Kohlensäure aus einem Riesenbecher Pepsi.

Donald: Einer von uns zittert. Ich höchstwahrscheinlich.

Shelly: Nein, das bin ich. Ich bin noch Jungfrau. Und du hast wahrscheinlich schon deine Erfahrungen – oder?

Donald steckt die Zungenspitze in den Zwischenraum zwischen Schneidezähnen und Lippe.

Donald: Keine Sorge. Ich mach das schon. Vertrau mir einfach.

Shelly: Gut, daß wenigstens einer von uns beiden weiß, was man tun muß.

Donald: Das stimmt.

Sie beugt sich wieder vor und küßt ihn, während er mit der Bluse kämpft...

MiracleMan holt eine CD hervor und schiebt sie in den Player. Aber es ist kein Gangsta-Rap. Es ist eine Oper. Er dreht sich um.

MIRACLEMAN: »Mein Herz erbebt beim Klang deiner Stimme.« Ich weiß, ziemlich schmalziger Titel.

RACHEL: Wenn man wirklich liebt *(lächelt)*, ist alles schmalzig.

MIRACLEMAN kommt nackt auf seine DELILA/RACHEL zu, die auf dem Bett unter einem Laken wartet. Er schlüpft zu ihr. Ihr Körper ist viel heißer als erwartet. VIEL heißer!

MIRACLEMAN *(Denkblase)*: **Sie ist so ... warm. Aber das kommt wohl jedem Nekrophilen so vor, wenn er schließlich eine Lebendige findet.**

Das hilft ihm gegen das Zittern. Sie liegen beide auf der Seite, und ihre Hände beginnen mit dem Erforschen ihrer Körper. Sie BERÜHREN SICH. Finger tasten die lebendigen Formen ab. Keuchende, atemlose Formen. Das Weiche und das Feste daran. Vertiefungen, Hervorstehendes. Trocken und feucht und noch feuchter und kühl und warm und noch wärmer. So viele Orte zu erkunden. So viele Gefühle. Er ist in ihr. Sie hält ihn umschlossen. Sie ihn, er sie. Das ist also die körperliche Liebe. Bingo. MEGA. Außerhalb der Richterskala. Das ist wie … es ist wie Halleluja und Hosianna und Gloria in excelsis deo und Himmel auf Erden und *wusch!* alles auf einmal und in einen großen Egg McLovin gepackt. So was hat MiracleMan in seinem ganzen Leben noch nicht erlebt, nicht mal annähernd.

MIRACLEMAN: Es ist wie ein Wettkampf. Jeder will, daß der andere gewinnt.

RACHEL: Das ist schön.

MONTAGE – die beiden lieben sich – langsam, unsicher, scheu; jeder Fehler wird noch im Gedächtnis sein, wenn das Gelungene längst vergessen ist.

SPÄTER, als sie schon schläft, steht er noch einmal auf und geht ans FENSTER.

MONDLICHT bescheint ihn. Eine wunderbare Nacht. Ein Glück, AM LEBEN zu sein. Er schließt die Augen, zufriedener als je zuvor, und breitet weit die Arme, wie um sich zu ergeben, da ERTÖNT EIN SCHUSS! Das FENSTERGLAS splittert, mitten darin ist ein LOCH zu sehen. MIRACLEMAN blickt an sich hinunter. Ein GIFTPFEIL steckt in seinem HERZEN. Ungerührt zieht er ihn heraus. Vorn steckt eine lange Nadel daran. Seine Stimmung ändert sich nicht. Er ist bereit, sein Schicksal anzunehmen. Er seufzt, und mit einem LÄCHELN wirft er den Giftpfeil fort.

Draußen läßt GUMMIFINGER eine FLINTE sinken und betrachtet MIRACLEMANS Silhouette in dem hohen Fenster. Die Gestalt steht noch ein paar Augenblicke lang dort, dann… SINKT sie ZUSAMMEN und BLEIBT LIEGEN. Es ist verblüffend, GUMMIFINGER zeigt keinerlei Freude.

Drinnen hört RACHEL etwas und steht auf.

RACHEL: Was ist? Was ist los?

Sie sieht MIRACLEMAN am Boden liegen.

RACHEL *(verzweifelt)*: Nein! Nein!

Sie stürzt zu ihm hin und hebt ihn auf, eine PIETÀ, ein Sterbender in den Armen einer BARBUSIGEN FRAU.

RACHEL: Was ist los? Was ist passiert??! Sag etwas.

MIRACLEMAN schlägt die Augen auf und blickt in die ihren. Er lächelt zufrieden.

MIRACLEMAN: Heute nacht habe ich ein ganzes Leben gesehen. Jetzt kann ich gehen.

Sie weint. Ihre Augen wandern zum Fenster und verweilen dort beim ersten Morgenlicht.

MIRACLEMAN: Die Sonne geht auf. *(Pause.)* Wieder ein wunderschöner Tag.

Dann schließt er die Augen – FÜR IMMER –, gerade als SONNENLICHT den Raum durchflutet.

Innen. Wohnzimmer / Haus von Shellys Eltern. Nacht.

Shelly erwacht auf dem elterlichen Sofa und ist allein. Die Uhr auf dem Kaminsims zeigt fünf Uhr morgens. Jemand hat galant eine Decke über sie gebreitet. Sie hebt sie und blickt an sich hinunter. Das Hemd ist hochgeschoben bis zu den Achselhöhlen, die jungen Brüste sind entblößt. Unter ihr bedecken Badetücher das Sofa. Sie steht auf und knäult sie zusammen. Es sind Spuren von ihr darauf. Ihr fällt jetzt wieder ein, wie sie sie geholt und auf das Sofa gelegt hat, damit die Scotchguard-Polster ihrer Eltern keine Flecken bekommen. Jetzt fällt ihr auch wieder ein, warum ihre Bluse an der mit Japanpapier bespannten Lampe hängt, fünf Meter entfernt. Schlaftrunken sitzt sie da, und weitere Erinnerungen an Ereignisse und Emotionen der vergangenen Nacht stellen sich ein. Sie erinnert sich auch, daß sie jetzt kein Kind mehr ist. Und da lächelt sie.

Aber wo ist ihr Freund, ihr *Liebhaber*? Ja, ihr Liebster ist fort. Sind das noch die Hufschläge seines Pferdes, die sie in der Ferne hört? Nein, es ist das Schlagen ihres eigenen, zur Lust erwachten Herzens. Die Zeit der Unschuld ist zu Ende. *Die* Sorge ist sie los. Die uralte Neugier ist gestillt. Jetzt kann sie mitreden, wenn ihre Freundinnen diskutieren, statt wortlos und wütend dabeizusitzen. Sie kann die Liebesszenen im Film ansehen und jetzt *weiß* sie, wann sie nur so tun als ob. Sie jubiliert. Jetzt gehört sie zur Welt. Im guten wie im schlechten. Aber wo ist ihr Liebster geblieben? Es ist fast schon Morgen. Sie erhebt sich und holt ihre Bluse, und als sie zurückkommt, findet sie vor sich auf dem Teppich eine Rose. Eine einzelne Rose.

Sie hebt sie auf, genießt ihren Duft, hält sie an ihr wild schlagendes Herz, dann blickt sie wehmütig zum Fenster hinaus, der uralte Blick der Frauen, die ihre Männer verloren haben …

Innen. Rollschuhbahn. Tag.

… Jeff läuft zu Shelly hinüber, die eben gehen will. Er stellt sich ihr in den Weg.

Jeff: Woher hast du das gewußt? Mit der Musik? Was das für ein Song ist und so?

Sie blickt ihn prüfend an, überlegt, ob man mit ihm reden kann, ob er vertrauenswürdig ist, verläßlich, und bei keiner dieser Fragen kommt er anscheinend gut weg.

Jeff: Und?

Schließlich greift sie in ihren Backpack und holt ein Tagebuch heraus. Schlägt es auf. Eine gepreßte, getrocknete Rosenblüte. Er starrt die Rose an. Dann Shelly. Die Rose. Shelly. Die Rose.

Außen. Straße. Tag.

Jeff unterwegs auf seinen Rollerblades, anfangs langsam. Kleinlaut, in Gedanken versunken, irgendwie benommen von allem, was er gerade erfahren hat; dann legt er los, gewinnt an Tempo, wird schneller und schneller, und nun macht sich doch ein Lächeln auf seinem Gesicht breit. Sechs mal sieben, Baby. Das ist alles, was er denkt, als er sein erstes langsames Auto überholt, mitten auf der fast menschenleeren Straße. Sechs mal sieben. Peng. Direkt ins Netz. Und was lernt man daraus? Mann, das hatte Donald gut begriffen. Wenn du deine Chance bekommst, dann greif zu. Und zwar *schnell.*

Innen. Wohnzimmer / Haus Delpe. Tag.

Renata Delpe sitzt allein auf dem Sofa und schließt eben das Comic-Tagebuch ihres Sohnes. Sie schüttelt den Kopf, halb versonnen, halb verwirrt. Faßt das Buch in ihrem Schoß mit beiden Händen. Ihr Mann kommt ins Zimmer; er hat eine Lichterkette, die nicht mehr brannte, aus dem

Abstellraum unter der Treppe geholt und die defekte Birne ausfindig gemacht. Aus irgendwelchen Gründen will er die Kette draußen an der Gartenlaube aufhängen. Renata weiß, daß er einfach nur nach Beschäftigung sucht.

JIM: Und? Hast du es gelesen?

RENATA: Ich weiß nicht, ob ich lachen oder weinen soll.

Verlegenes Schweigen.

JIM: Ich glaube, wir sollten mit Adrian reden. Was meinst du? Die Sache in Ordnung bringen.

RENATA: Ich bin so froh, daß du das sagst.

JIM: Gut, dann mache ich es. Morgen rufe ich ihn an.

RENATA: Tu das.

Jim steckt die Kette in die Steckdose, um sie zu prüfen. Alle Lichter brennen. Er steht wieder auf, muß sich dazu auf ein Knie stützen. Sein Rücken ist auch nicht mehr, was er einmal war. Jim ist zufrieden.

JIM: Erledigt. War gar nicht so leicht, den Übeltäter zu finden.

RENATA: Gut.

JIM: Ein bescheuertes System. Wenn eine ausgeht, gehen alle anderen auch aus. Blödsinn ist das.

Die beiden betrachten diese Kette, bei der alle auf jeden einzelnen angewiesen sind, und bleiben eine Weile lang still. Schon wahr. Ein bescheuertes System.

Innen. Hotelhalle. Tag.

Sie hat sich in Schale geworfen, ein Outfit, das Adrian den Atem verschlagen soll. Zuerst die kurzärmelige Bluse, die ihre Arme entblößt. Für die meisten mag das konservativ sein, aber Adrian hat eine Schwäche für die schlanken

Oberarme einer Frau. Schlanke, sonnengebräunte Frauenarme. Im Sommer allgegenwärtig. Auch das Handgelenk einer Frau kann ihn verzücken, die Adern sichtbar wie Kabel in einer Heizdecke. Und da er nackte Arme mag, sind ihre Arme heute selbstverständlich nackt, denn Sophie hat etwas vor.

Wie üblich mußte sie durch die Hölle des Straßenverkehrs, um hierherzugelangen, dreieinhalb Stunden Stoßstange an Stoßstange, gefangen – wie Adrian es einmal ausgedrückt hat – zwischen dem Es und dem Über-Ich des britischen Autofahrers. Die Lastwagenspur war das kleinere Übel. Aber Sophie ist erschöpft. In einem Hotel nicht weit von Adrians Krankenhaus hat sie ein Zimmer bestellt, nur für eine Nacht. Sie stellt sich vor, daß sie mehr als das nicht brauchen wird. Sie wartet, während der Hotelmanager die Daten eintippt. »Mit einem *l*«, sagte sie, als sie ihren Mädchennamen nennt. Sie hat den Geschmack von Metall im Mund. Ihr Körper ist von Auspuffgasen durchdrungen.

Das kleine Hotel ist genau richtig für ihre Absichten. In diesen Vorraum wird sie ihren armen, geschlagenen, verbitterten, verletzten, verstoßenen Ehemann locken und alles wiedergutmachen. Sie hat ihm großen Schmerz zugefügt, entsetzlichen Schmerz, aber heute wird sie damit beginnen, das wieder in Ordnung zu bringen.

Zu der kurzärmeligen Bluse trägt sie einen knielangen, engen cremefarbenen Rock, ebenfalls sehr konservativ, wie eine Sekretärin aus den Vierzigern. Aber daran wird Adrian den extralangen Reißverschluß zu schätzen wissen, der bis über den Hintern reicht. Er ist altmodisch in seinen Vorlieben, und wenn sie gekleidet ist wie heute, dazu noch ihr palästinensisches Medaillon umgelegt hat und damit Mut, Bekenntnis zu guten Werken und Sinn für die dritte Welt zeigt, dann stellt er sich immer vor, daß sie eine französische Kriegsheldin hätte sein können, eine jener Frauen, die für die Résistance in den Untergrund gegangen sind.

MANAGER: Eine Nacht?

SOPHIE: Ja, nur eine Nacht. Aber zwei Schlüssel. Wir brauchen jeder einen Schlüssel.

Oben im Zimmer setzt sie sich auf das adrett gemachte Bett, ihr Mobiltelefon in der rechten Hand, und wartet. Ein Bild von frappierender Eleganz.

Innen. Gang / Urteilsverkündung des Disziplinarverfahrens. Tag.

Warum bewahren wir die Fassung, überlegt Adrian, warum sind wir konform, warum bleiben wir (darauf läuft es doch hinaus), wer wir sind? Weil wir immer das Schlimmste befürchten? Bauen wir unser ganzes Leben immer nur als Verteidigungsstellung gegen das Schlimmste auf, das uns widerfahren könnte?

Das merkwürdige ist: Wenn die meisten von uns nur einen unklaren oder sogar überhaupt keinen Begriff davon haben, was dieses Schlimmste ist, warum lassen wir dann jede unserer Handlungen von unserer Angst bestimmen?

Wenn wir uns nur einen Augenblick lang vorstellen – denkt Adrian, als er über den Marmorboden schreitet, direkt aus dem Sitzungsraum, noch das vernichtende Urteil im Ohr, doch nicht überrascht von der Entscheidung –, wenn wir uns also vorstellen, daß das Schlimmste, sollte es jemals eintreffen, nicht halb so schlimm ist, wie wir gedacht haben. Und dann gehen wir noch einen Schritt weiter. Wir stellen uns vor, daß dieses Schlimmste in Wirklichkeit *das Beste* ist, was uns überhaupt geschehen konnte. Wie schokkierend hätten wir damit bewiesen, wie sinnlos all die Vorsicht unseres Lebens ist.

In der Mitte des Ganges überlegt er, was er den Rest des Tages tun soll. Nein: *den Rest seines Lebens!* Er schaltet sein Mobiltelefon ein. Ein halbes Dutzend neuer Meldungen von Sophie, sechs weitere zu den vieren von gestern. Die Eingangsbox ist blockiert von ihren Meldungen. »ICH LIEBE DICH. BITTE RUF AN.« – »WO BIST DU? VIEL GLÜCK HEUTE. ICH KOMME IN DIE STADT. WIR MÜSSEN UNS SEHEN.« – »BIN IN DER STADT. WO BIST DU? WAS IST PASSIERT? HABE ÜBERRASCHUNG. KOMM INS THISTLE HOTEL. DRINGEND. DEINE FRAU.« Und zuletzt noch: »EIN BILD FÜR DICH, MEIN SCHATZ.«

Die bezaubernde Sophie. Die Einladung zu einem Schäferstündchen. Er kann sie sich vorstellen, wie sie dasitzt, jetzt in diesem Augenblick, wie sie wartet und etwas aus der Minibar trinkt. Sich Mut antrinkt. Bereit, ihn ins Bett zu locken. Ihr Körper macht die schönsten Verheißungen. Er sieht sich das Foto an, das sie geschickt hat. Hoch zu Roß auf ihrem Hengst Regency. Glänzende kniehohe Stiefel. Sirenenlächeln. Sie versucht es wieder mit den alten Zaubertricks. Die gute alte Sophie. Ihre Schönheit nimmt ihn gefangen oder versucht es zumindest. Eine Tyrannin der Liebe. O ja, mit diesem Bild zeigt sie ihm von neuem, wer der Boss ist. Sie weiß, wie sie die Zügel hält, sie weiß, wann sie ihm die Sporen geben muß. Und kein Kunstwerk hat ihn je so tief angerührt wie Sophie. Sie war immer das wertvollste Stück seiner Sammlung. Sein schönstes Stilleben.

Mit einem schnappenden Laut klappt er das Handy zu. An einem Mülleimer bleibt er stehen. Etwas muß er unbedingt jetzt gleich tun, bevor er wieder der Illusion erliegt. Er zieht den Ehering vom Finger. Er tut es fieberhaft, zerrt regelrecht. Fast wie die Szene auf dem Höhepunkt des *Zauberlehrlings*. Am Rande des Vulkans. Und wie in einem billigen Film will sich dieser Talisman einfach nicht lösen. Warum sollte er auch? Schließlich hatte er sich nur unter Mühen überstreifen lassen, da wird er nun auch nur unter Mühen abgehen. Dann gelingt es ihm aber doch. Und er weiß, was er mit dem Ring zu machen hat. Er landet unten auf dem Boden des stählernen Gefäßes. Eine Ehe vorüber. *Pläng*. Das Geräusch, das man hört, wenn die Fieberkurve der Liebe schließlich wieder unten ankommt. *Pläng*. Das war es also. Ihm ist zum Weinen. All die Jahre. All die Gefühle. Aber ihm ist auch zum Lachen. Was für ein Witz! Und so enttäuschend banal. Nicht gerade Oper oder Film, dieses Ende. *Pläng*. Aber zumindest ist es nicht schmalzig. Menschen investieren mal mehr, mal weniger Liebe. So ist das eben. Mal mehr, mal weniger, mal solche, mal solche. Da läßt sich nichts machen. Donald hat es einfacher ausgedrückt. *Schmeißen. Sie. Das. Dreck-. -stück. Raus.* Na, die Anweisung befolgt Adrian jetzt.

Jemand kommt auf ihn zu. Der Vorsitzende des Disziplinarausschusses. Schon aus zehn Schritt Entfernung streckt er ihm die Hand entgegen, eine Geste größter Anteilnahme.

VORSITZENDER: Adrian. Jetzt wo der offizielle Teil vorüber ist – ich kann Ihnen gar nicht sagen, wie leid mir das persönlich tut. Ehrlich. Und vergessen Sie nicht, Sie können Berufung einlegen. Aber ich glaube, ich spreche für uns alle, wenn ich sage, daß ... daß wir alle den Eindruck hatten ... nun, ich habe es ja auch in meiner Schlußrede schon gesagt ... daß wir ... indem wir Ihnen die Zulassung entziehen und Ihren Namen aus dem Ärzteregister streichen ...

Aber die Stimme wird immer leiser. Bald ist der Vorsitzende bloß noch ein Mund, der sich bewegt, kein Laut mehr zu hören. Dann stellt sich Adrian – auch dies eine Technik, die er von Donald gelernt hat – vor, wie er das Gesicht des Mannes mit einem Filzstift übermalt ... Er malt einen Schnurrbart, sogar einen Pfeil durch den Kopf, ein paar schwarze Zähne. Erst am Ende seines Tagtraums dringt die Stimme des Vorsitzenden wieder zu ihm durch ...

VORSITZENDER: Hatten Sie denn schon Zeit zum Überlegen? Was werden Sie jetzt tun?

ADRIAN: Jetzt? Ach, vielleicht male ich die Sixtinische Kapelle aus. Oder ich nehme ein wenig Kokain – ich wollte schon immer wissen, wie das ist.

Adrian lächelt, schüttelt die schlaffe Hand und dreht sich um. Auf dem Weg zur Treppe steht auch über ihm eine Denkblase: »WAS WERDE ICH JETZT TUN? ICH KÖNNTE DIR JA DIE BREMSSCHLÄUCHE DURCHSCHNEIDEN, DU ARSCHLOCH.«

Am oberen Treppenabsatz bleibt er stehen. Angestellte in großer Zahl sind treppauf und treppab unterwegs, alle die Selbstsicherheit in Person, alle beseelt von einer Gewißheit, die ihm verlorengegangen ist. Doch heute, hat

Adrian das Gefühl, durchschaut er sie alle. Und da sieht er sie wiederum: die *Angst*. Angst davor, daß das Schlimmste geschieht. Die Angst, die jedes dieser Leben bestimmt. Die all die Menschen in den ausgetretenen Pfaden hält. Und er setzt sich, eine Laune des Augenblicks, auf das breite Treppengeländer. Warum denn nicht? Was hat er zu verlieren? Er tut es für Donald. Und auch wenn ein paar Fremde mißbilligende Blicke werfen, hebt er den Fuß, der ihn noch hält, und rutscht das Geländer hinunter, nimmt den schnellen Weg nach unten, gewinnt durch sein Gewicht rasch an Fahrt, die Hände als Steuer hinter sich, Beine gespreizt, das Haar vom Fahrtwind nach hinten geblasen, und die Krawatte flattert über der Schulter. Er tut es für Donald, den verrückten Jungen, der immer im Clinch mit der Welt lag und der doch nie aufgegeben hat, der immer gekämpft hat, selbst wenn es überhaupt nicht so aussah, und am allermeisten am Ende, als es überhaupt nichts mehr gab, was das Kämpfen noch wert war.

Schneller und schneller saust der schwere Mann, eine menschliche Einschienenbahn, bis es aussieht, als werde nichts ihn je wieder aufhalten. Unten machen die Leute ängstlich Platz. Sie sehen ihn kommen und ziehen einander beiseite. Schließlich soll keiner verletzt werden. Leute wollen ein langes, glückliches Leben. Niemand möchte zerschmettert werden von einem Psychologen im freien Fall. Der Film kommt zum Halt. Stop. Standbild. Abblende. Ende. Wer hätte das gedacht.

Ian McEwan im Diogenes Verlag

»Ian McEwan ist das, was man so einen geborenen Erzähler nennt. Man liest ihn mit Spannung, mit Genuß, mit Vergnügen, mit Gelächter, man kann sich auf sein neues Buch freuen. McEwans Literatur verwandelt die Qualen der verworrenen Beziehungsgespräche in Unterhaltung, er setzt sie literarisch auf einer Ebene fort, wo man über sie lachen kann. Wie sollte man sich einen zivilisatorischen Fortschritt bei diesem Thema sonst vorstellen?«
Michael Rutschky / Der Spiegel, Hamburg

»Er hat einen eigenwilligen, reinen Stil, der mich manchmal an Borges und García Márquez erinnert.«
The Standard, London

Der Zementgarten
Roman. Aus dem Englischen von Christian Enzensberger

Erste Liebe – letzte Riten
Erzählungen. Deutsch von Harry Rowohlt

Der Trost von Fremden
Roman. Deutsch von Michael Walter

Ein Kind zur Zeit
Roman. Deutsch von Otto Bayer

Unschuldige
Eine Berliner Liebesgeschichte. Roman. Deutsch von Hans-Christian Oeser

Schwarze Hunde
Roman. Deutsch von Hans-Christian Oeser

Der Tagträumer
Erzählung. Deutsch von Hans-Christian Oeser

Liebeswahn
Roman. Deutsch von Hans-Christian Oeser

Amsterdam
Roman. Deutsch von Hans-Christian Oeser

Abbitte
Roman. Deutsch von Bernhard Robben

Saturday
Roman. Deutsch von Bernhard Robben
Auch als Diogenes Hörbuch erschienen, gelesen von Jan Josef Liefers

Letzter Sommertag
Stories. Deutsch von Harry Rowohlt, Bernhard Robben und Michael Walter